Katrin Zipse

# Antonia rettet die Welt
Waschbärbingo

Band 1: Antonia rettet die Welt – Papageienparty
Band 2: Antonia rettet die Welt – Schildkrötenküsse
Band 3: Antonia rettet die Welt – Waschbärbingo

KATRIN ZIPSE

# Antonia
## rettet die Welt

## Waschbärbingo

magellan

# Einlleitung

Das llll klemmt. Klllar. Weil Siggi Banane in die Tastatur geschmiert hat und jetzt ist die verklebt. Meistens muss man fünfmall auf die Taste drücken, bis sie funktioniert. Und vor llauter Begeisterung, dass sie wieder geht, haut der Computer dann gllleich jede Menge lll raus und hört nicht mehr auf. Ich hab schon im Internet recherchiert, wie man die Banane wieder aus der Tastatur kriegt, und da stand, dass man das vergessen kann und eine neue kaufen muss. Vollll der Mist. Ich muss erst mal Mama fragen, ob sie mir Geld lleiht. Aber die ist grade nicht so gut auf mich zu sprechen. Viellleicht warte ich lieber noch ein, zwei Tage damit. Jonas kommt ja erst in anderthalb Wochen zurück.

Mit dem Aufschreiben fange ich trotzdem schon an, weil ich hier wenigstens einen Computer für mich allllein habe, und wenn ich wieder bei meinen Elltern wohne, muss ich ewig betteflln, bis mich einer von ihnen mal an seinen lässt. Die sind fast so schllimm wie Igor. Der hat sich den LLaptop von Vallli unter den Nagel gerissen, als sie nach Asien gefllogen ist, und weigert sich jetzt, ihn mir zu leihen. Er behauptet, ich hätte schon genug kaputt gemacht. Dabei war ich das gar nicht. Und außerdem ist er selber schuld. Wenn er mir ein bisschen mehr mit Siggi geholllfen hätte, müssten wir jetzt nicht die Wohnung von Jonas renovieren.

»Wie llange haben wir hier gewohnt? Sechs Wochen?«, hat er die ganze Zeit geschimpft, während wir das Wohnzimmer gestrichen haben. »Und es sieht aus, als hätten zwanzig betrunkene Hooligans ein Jahr durchgefeiert. Auf was habe ich mich da nur eingellassen?«

Aber erstens übertreibt er. Und zweitens kann er immer noch froh sein, dass er überhaupt mit mir bei Jonas einziehen durfte. Sonst hätte er nämlich im Treppenhaus übernachten müssen, alls er aus Neuseelland gekommen ist.

Allso, ohne mich wäre er vielll schlechter dran, das steht fest. Auch wenn er behauptet, dass er sollchen Stress wegen mir hatte, dass er in den letzten Tagen um mindestens acht Jahre gealltert ist.

Was solll ich denn da sagen.

Bei mir ist so viell passiert, dass ich es immer noch nicht auf die Reihe kriege.

Schlimmes und Gutes und Gutes und Schllimmes, und ich weiß nicht mal, wie es jetzt grade ist, gut oder schllimm.

Das ist nämlich komplliziert.

Vielllleicht kapiere ich es, wenn ich's aufgeschrieben habe. Manchmall ordnet das ja was im Hirn.

Aber vorher muss ich mir eine neue Tastatur besorgen. Das ll macht mich irre.

Genial. Ich habe eine im Keller gefunden. Die war in einem der Kartons, die Papa nach seiner Firmenpleite aus Ungarn mitgebracht hat. Es war richtig schwer, an die Sachen ranzukommen, weil er den Keller immer noch nicht aufgeräumt hat. Morgen habe ich bestimmt einen fiesen Muskelkater vom Kartonwuchten, aber es hat sich gelohnt. Mit der Tastatur von Papa vertippt man sich viel seltener als mit der von Jonas. Die ist schon alt und hat noch hohe Tasten, die laut klackern, wenn man draufdrückt. Damit fühlt man sich sofort wie eine Starreporterin, die über ein Megaverbrechen schreibt, das so skandalös ist, dass es Amerika erschüttert.

Bei mir geht's zwar bloß um mein Leben und nicht um einen Kontinent. Doch erschüttert hat's mich auch.

Und jetzt fang ich endlich an.

Aber nicht mit dem Guten.

# 1. Kapitel

Etwas Schlimmes war passiert.

Es hat aber ganz schön lang gedauert, bis ich das kapiert habe. Erst mal war ich nur genervt, weil Igor frühmorgens ins Wohnzimmer getrampelt ist und mir eine dreckige Kühltasche auf die Couch gestellt hat. Sie war blau-weiß gestreift und so alt, dass sie schon ein paar Löcher hatte.

Mr Bond wurde natürlich auch gleich wach, weil mein Bruder solchen Krach machte. Er wühlte sich hektisch unter der Bettdecke vor und bellte die Kühltasche an.

»Schnauze, 007«, blaffte Igor.

Mr Bond hörte tatsächlich auf zu bellen, aber besser wurde es auch nicht, weil er dann anfing, die Kühltasche abzuschlecken.

»Toni, schmeiß den Hund aus dem Bett«, meckerte Igor. »Der sabbert alles nass. Das ist eklig.«

Ich habe getan, als ob ich wieder eingeschlafen wäre, aber er hat trotzdem nicht aufgehört zu motzen: »Was soll der Scheiß überhaupt? Die blöde Tasche stand direkt vor der Wohnungstür. Ich bin voll drübergefallen.«

Wenn Igor von der Arbeit heimkommt, ist er immer gereizt. Das verstehe ich gar nicht. Sein Job ist nämlich cool, und ich weiß todsicher, dass er ihm gefällt. Ich bin abends mal kurz in der Bar gewesen, wo er arbeitet, und habe gesehen, dass er die ganze Zeit bloß hinterm Tresen steht und Cocktails mixt, und ansonsten macht er nichts, außer Mädchen anzulächeln. Erst als er mich entdeckte, kriegte er schlechte Laune und nervte gleich rum, dass ich in seiner Bar nichts zu suchen hätte. Dabei wollte ich ihm nur seinen Wohnungsschlüssel bringen, den er zu Hause vergessen hatte. Er hatte es noch nicht mal gemerkt, aber bedankt hat er sich trotzdem nicht, nee, sondern immer weiter so muffig geguckt.

Mir ist ja schon klar, dass man die eigene Schwester nicht pausenlos anlächeln kann, aber ab und zu finde ich auch nicht zu viel verlangt.

Obwohl, um fair zu bleiben: Es ist schon viel besser mit ihm geworden, seit wir allein wohnen. Meistens ist er jetzt nur noch frühmorgens eklig, wenn er von der Arbeit nach Hause kommt, und ich beachte ihn dann einfach nicht, bis er ausgeschlafen hat.

An dem Morgen habe ich das mit dem Igor-Ignorieren aber nicht hingekriegt, weil ich selber sauer war, dass er mich so früh geweckt hatte. Deshalb habe ich aufgehört, so zu tun, als ob ich schlafe, und zurückgemotzt, dass er die alte Tasche gefälligst wieder mitnehmen soll. Was konnte ich denn dafür, dass jemand seinen Müll bei uns im Treppenhaus abgestellt hatte?

Aber Igor hat nur gesagt: »Auf dem Müll steht dein Name«, und mir die andere Seite der Kühltasche zugedreht.

Echt wahr, irgendjemand hatte mit schwarzem Filzstift fett »FÜR TONI« draufgeschrieben.

Das war komisch.

Wer bitte stellte mir nachts eine Kühltasche auf die Fußmatte?

Paulina?

Die durfte doch immer nur bis neun Uhr abends raus. Außerdem hätte sie ja wohl geklingelt, wenn sie bei mir vor der Tür gestanden hätte.

Aber vielleicht hatte sie ihre Eltern gefragt, ob sie die Tasche mitnehmen und bei mir abstellen könnten, wenn sie ihren Abendspaziergang durch den Park machten.

Die waren oft noch spät unterwegs, weil sie vorher keine Zeit hatten.

Und wenn es so gewesen war, dann waren da Cake Pops drin. Als Sonntagsfrühstück für mich. Extra in einer Kühltasche, damit der Schokoguss nicht verlief.

Ich schob Mr Bonds Schnauze zur Seite und rüttelte vorsichtig an der Tasche. In ihrem Inneren raschelte es ein bisschen.

»Cake Pops in Seidenpapier«, sagte ich. »Ganz klar.«

»Was bitte sind Cake Pops?«, fragte Igor und rümpfte die Nase. »Hört sich irgendwie unappetitlich an.«

»Gar nicht. Das sind kleine Kuchen am Stiel aus Quark und Schokolade und so. Pauli backt die tonnenweise und die sind schweinelecker.«

»Und die kriegst alle du?«

»Nicht alle, aber viele. Die Idee mit dem Backen ist ja auch von mir. Das soll gegen schlechte Laune helfen.«

»Verarsch mich nicht.«

»Doch! Ehrlich! Das hab ich im Internet recherchiert, weil Pauli so oft schlechte Laune gehabt hat. Noch schlimmer als Valli früher. Und da stand, dass man was Kreatives machen soll, wenn man mies drauf ist. Häkeln oder Männchen malen. Oder eben

Kuchen backen. Und das hat echt geholfen! Obwohl Pauli erst gar nichts davon ausprobieren wollte, weil sie behauptet hat, ihre schlechte Laune käme daher, dass sich ihre Hormone nicht mit Mathe vertragen würden, und dagegen könnte man nichts machen.«

»Eine Freundin, die nie schlechte Laune hat, weil sie für mich Kuchen backt, hätte ich auch gern«, hat Igor gesagt und die Kühltasche sehnsüchtig angeschaut. »Aber irgendwie lande ich ständig bei einem anderen Typ Mädchen.«

Das stimmt. Die Freundinnen, die er bisher gehabt hat, haben eher so ausgesehen, als ob sie sich den Quark ins Gesicht schmieren würden und nicht in den Kuchen. Aber da ist er ja wohl selber dran schuld.

»Ich geb dir einen Cake Pop ab«, habe ich gesagt. »Du darfst dir sogar aussuchen, welchen.«

Die sehen nämlich immer verschieden aus. Manche haben sogar Ohren.

Bloß, dass dann kein einziger in der Kühltasche drin war. Nicht der kleinste Kuchenkrümel. Das war mir leider gleich klar, als ich mir die Tasche genauer angesehen habe.

Mein Name stimmte nämlich nicht.

Wenn Paulina »TONI« in Großbuchstaben schreibt, macht sie auf das »I« immer einen fetten Punkt, auch wenn keiner drauf gehört. So einen richtigen Klecks. Aber auf dem »I« auf der Tasche war keiner. Nicht der allerkleinste i-Punkt.

»Iiih!« Ich stellte die Kühltasche von der Couch runter. Eine alte Tasche von jemand Fremdem wollte ich nicht im Bett haben. »Die ist gar nicht von Pauli! Ich hab keine Ahnung, wem die gehört.«

»Mach sie auf, dann weißt du's.«

»Und wenn da was Ekliges drin ist? Ein abgeschnittenes Ohr zum Beispiel? Deshalb ist Mr Bond auch so wild drauf.«

Der war der Kühltasche nämlich gleich hinterhergesprungen und schnüffelte schon wieder an ihr rum.

»Quatsch.«

»Doch! Der riecht das Blut.«

»Hör auf zu spinnen, Babykröte. Wer soll dir denn bitte ein abgeschnittenes Ohr schicken?«

»Weiß ich nicht. Komische Leute gibt's immer. Die haben extra eine Kühltasche genommen, damit das Ohr frisch bleibt. Hoffentlich ist das jetzt nicht angegammelt, weil die Tasche Löcher hat.«

Igor schaute mich scharf an.

»Babykröte? Gibt es irgendwas, das ich nicht weiß? Hast du Angst vor Ärger, weil du deine Nase mal wieder in fremde Angelegenheiten gesteckt hast?«

»Ach Blödsinn!«

Das regt mich so auf. Ständig behauptet irgendwer aus meiner Familie, ich würde mich in Sachen einmischen, die mich nichts angehen, und mich dadurch in Schwierigkeiten bringen. Dabei mache ich das gar nicht, ich helfe nur, wenn jemand Probleme hat. Gerade mein Bruder müsste das wissen. Wenn ich nicht gewesen wäre, hätte er ziemlich blöd dagestanden, als er damals von den Tierdieben entführt worden war. Ich habe ihn nämlich gerettet. Aber hinterher vergessen die Leute so was ja immer gern.

Voll bescheuert.

»Ich steck meine Nase in gar nichts rein«, habe ich zu Igor gesagt. »Ich mach mir nur mehr Gedanken als andere Leute.«

»Deine Fantasie will man aber echt nicht haben. Wo nimmst du das nur alles her?«

»Von Pauli. Die guckt keine Krimis mehr, sondern Horrorfilme, wenn ihre Eltern Spätschicht haben. Und die schlimmsten Szenen spielt sie mir in der Pause vor. Sie sagt, das braucht sie, um sie zu verarbeiten. Sonst traut sie sich nicht mal mehr allein aufs Schulklo.«

Igor schüttelte fassungslos den Kopf.

»Als ich in eurem Alter war, haben die Mädchen über Schminktipps geredet und nicht über vergammelte Ohren. Vor euch kann man ja Angst kriegen. Ich mach das Teil jetzt auf.«

Er kniete sich vor die Kühltasche und zog den Reißverschluss auf. Mr Bond drängelte sich winselnd neben ihn und wollte seinen Kopf in die Öffnung bohren.

»He, lass mal, 007.«

Igor schob ihn weg und beugte sich über die Tasche.

»Hä?«, machte er verblüfft.

»Was ist denn?«

»Ich glaube, da ist nur Dreck drin. Kompost oder so was.«

Ich hockte mich zu ihm und schaute auch rein.

In der Kühltasche stand eine weiße Plastikwanne, ungefähr so groß wie ein Schuhkarton. Sie war bis zum Rand mit Laub und Erde gefüllt. Neben ihr lagen vier blaue Kühlakkus und ein Briefumschlag.

Igor runzelte die Stirn. »Was soll der Scheiß?«

»Vielleicht wegen der Zollkontrolle, damit man das Ohr nicht gleich findet.«

»Du bist so irre, Babykröte.«

Ich holte den Brief aus der Tasche und machte ihn auf. Darin war ein kariertes Blatt, das aus einem Schulheft rausgerissen war. Mr Bond schnappte sich das Kuvert und zerlegte es hinter dem Vorhang in eine Million kleine Schnipsel.

Ich faltete das Papier auseinander. Die Nachricht darauf war fast nicht lesbar. Jemand musste sie in aller Eile geschrieben haben. Sie war kurz.

*Hallo Toni,*
*die Akkus halten noch bis Mittag. Danach muss Krötz unbedingt in den Kühlschrank. Bitte leg ein feuchtes Tuch auf seine Kiste und mach einmal in der Woche die Kühlschranktür für eine Minute auf.*
*DANKE!!!*
*Und viele Grüße*
*Lazlo*
*Such mich nicht!*

Ich ließ den Brief sinken. Was sollte das denn bitte? Warum stellte Lazlo mir Krötz vor die Tür? Und warum sollte ich ihn nicht suchen? Oder besser: Wieso kam er überhaupt auf die Idee, dass ich ihn suchen könnte? Wollte er denn verschwinden? So wie im Juni, als ich wochenlang in der ganzen Stadt nach ihm gefahndet hatte? Damals hatte er sich gefreut, als ich ihn gefunden hatte, und wir waren danach fast jeden Tag zusammen unterwegs gewesen. Auch als er schon bei Philipp wohnte. Aber in den Sommerferien wurde er plötzlich komisch und hatte nie mehr Zeit für mich und irgendwann hat er sich gar nicht mehr gemeldet.

Und jetzt das hier. Krötz und dieser Brief.

Igor stieß mich an.

»He, Babykröte, kannst du mir mal sagen, was ein Krötz ist? Ist das so ein Kuchendings, das man immer weiter verteilt? Seit wann backt man das aus Schlamm und Erde?«

»Nee. Das ist eine Schildkröte«, erklärte ich ihm. »Die habe ich kennengelernt, als du in Neuseeland warst. Die liegt dadrin in ihrer Überwinterungskiste.«

Igor lachte. »Erzähl keinen Blödsinn. So irre ist keiner, dass er will, dass man seine Schildkröte in den Kühlschrank verfrachtet.«

»Doch. Lazlo. Aber der ist nicht irre. Das ist wegen der Winterstarre. Damit Krötz es kalt genug hat zum Durchschlafen.«

»Und was kommt als Nächstes?«, fragte Igor entgeistert. »Ratten auf dem Klo? Enten in der Badewanne? Echt, Kröte, du und deine Tiermeise.«

»Sei leiser!«, flüsterte ich und boxte ihn mit dem Ellbogen. »Sonst weckst du ihn noch.«

»Wozu rege ich mich überhaupt auf?«, seufzte er und kam auf die Füße. »Ich geh schlafen. Du machst ja doch, was du willst.«

Damit hatte er schon irgendwie recht.

»Aber der kriegt nur ein Fach im Kühlschrank!«, meldete er sich noch mal aus dem Flur. »Und meine Bierflaschen bleiben alle drin!«

»Jaja«, sagte ich und war froh, als er weg war.

Ich brauchte Ruhe zum Nachdenken.

Seit zehn Wochen hatte ich nichts mehr von Lazlo gehört und jetzt stellte er mir mitten in der Nacht seine Schildkröte vor die Tür. Warum wollte er sie denn nicht bei Philipp überwintern? Immerhin gab es dort sogar einen Garten, wo Krötz sich einbuddeln könnte. Nur mal angenommen, ich wäre übers Wochenende verreist gewesen, dann hätte Krötz tagelang in einer löchrigen Kühltasche im Treppenhaus gestanden.

Wenn Lazlo das riskiert hatte, musste er in Schwierigkeiten sein.

Ich zog mein Handy unter dem Kopfkissen vor und rief bei Philipp zu Hause an. Die Nummer hatte ich noch von Lazlo. Niemand ging ans Telefon.

Nur der Anrufbeantworter sprang an. Ohne ein Wort zu sagen, legte ich wieder auf.

Was jetzt?

Ein Handy besaß Lazlo nicht.

Ich hatte ihm ja mein altes geben wollen, als ich zum Geburtstag endlich ein Smartphone gekriegt hatte. Aber er hat abgelehnt. Er hätte sowieso kein Geld fürs Guthaben, hatte er behauptet. Das fand ich komisch, weil er jeden Morgen Zeitungen austrug. Da hätte er doch genügend Geld verdienen müssen, um ab und zu telefonieren zu können. Aber vielleicht musste er Philipps Familie ja dafür bezahlen, dass sie ihn bei sich wohnen ließ?

Es war zu blöd, dass die Leute vom Jugendamt ihr Versprechen immer noch nicht eingehalten hatten, ihn in einer betreuten Wohngemeinschaft unterzubringen. Ständig gab es andere Kinder, die die frei gewordenen Zimmer dringender brauchten als er.

Also gut. Wenn ich nicht mit ihm telefonieren konnte, musste ich ihn eben treffen. Egal, ob er das wollte oder nicht. Denn es war doch seltsam, wenn einem jemand, der nicht gesucht werden wollte, seine Schildkröte vor die Wohnung stellte, wodurch man überhaupt erst bemerkte, dass er weg war. Dafür brauchte man schon eine Erklärung. Und abgesehen davon war es ja wohl meine Sache, wen ich suchte und wen nicht.

## 2. Kapitel

Irgendwann in den Sommerferien hatte Lazlo angefangen, nicht nur Zeitungen auszutragen, sondern als Hilfshausmeister in der alten Villa zu jobben. Wahrscheinlich war er auch jetzt wieder dort. Ich wäre am liebsten sofort hingerannt, aber die Villa machte sonntags erst um 14 Uhr auf. Bis dahin waren es noch vier Stunden. Also rief ich erst mal Paulina an. Ich wollte sie überreden, dass sie nachher mitkam, weil ich nicht besonders scharf drauf war, allein zur Villa zu gehen. Vor dem Eingang lungern immer die Älteren rum, die sich cool finden, und wenn man an ihnen vorbeiläuft, glotzen sie einen an, als ob man irgendein ekliges Gemüse wäre, das sie hinten im Fahrradkorb vergessen hätten.

Blöderweise sprang bei Paulina aber nur die Mailbox an. Bestimmt war ihr Akku wieder leer. Ich quatschte ihr eine Nachricht drauf: »Pauli, melde dich sofort. Ist extrem wichtig.«

Hoffentlich hörte sie die rechtzeitig ab.

Danach kümmerte ich mich endlich um Krötz.

Mr Bond rannte zwischen meinen Füßen rum und kläffte vor Begeisterung, als ich die Kühltasche in die Küche trug. Wahrscheinlich hoffte er auf ein Stück Schildkröte zum Frühstück. Damit er nicht ganz so deprimiert war, weil nichts draus wurde, verfütterte ich Igors Wurst an ihn, bevor ich die Überwinterungskiste aus der Kühltasche hob und auf die Küchentheke stellte. Als ich das Laub und die Erde zur Seite geschoben hatte, kam der Panzer zum Vorschein, aber sonst war nichts von Krötz zu sehen. Kein Kopf und noch nicht mal ein Bein. War das normal für Schildkröten? Verkrochen die sich in ihrem Panzer, wenn sie in der Winterstarre waren? Und durfte man sie eventuell kurz wecken, um zu sehen, ob sie noch lebten, oder kriegten sie dann einen Herzschlag vor Schreck?

Mist. Ich wusste einfach viel zu wenig darüber.

So vorsichtig, wie ich nur konnte, hob ich Krötz aus der Kiste. Es tat sich gar nichts. Doch als ich ihn drehte, um die Unterseite von seinem Panzer anzugucken, schob er wie in Zeitlupe seinen runzligen Kopf ein kleines Stück nach draußen. Für eine Millisekunde öffnete er die Augen und schaute mich müde an. Dann ließ er sie wieder zufallen, zog seinen Kopf so langsam ein, wie er ihn ausgefahren hatte, und war verschwunden.

War das jetzt komisch? Dass er so schnell aufwachte und dann sofort wieder einschlief? Als wäre er zu schwach, um wach zu bleiben. Hieß das, dass er krank war? Schildkröten konnten wahrscheinlich alles Mögliche kriegen. Und sein Panzer. Der war doch früher nicht so dunkel gewesen, oder? Hatte der sich verfärbt? Und wenn ja, war das schlimm?

Ich holte mein Handy aus dem Wohnzimmer und suchte im Internet, was es bedeutete, wenn ein Schildkrötenpanzer dunkler geworden war. Danach regte ich mich erst recht auf. Denn in allen Schildkrötenforen stand, dass das von Mangelerscheinungen kommen könnte und man sein Tier anders füttern musste. Aber wie denn, bitte schön, wenn man denen im Winterschlaf gar nichts zu fressen geben durfte? Und überhaupt. Vielleicht war sein Panzer ja auch schon immer so dunkel gewesen, und ich machte ihn erst krank, wenn ich ihn mit irgendwas gegen Mangelerscheinungen vollstopfte?

Oh Mann, war das kompliziert. Ich musste unbedingt jemanden fragen, der sich gut mit Schildkröten auskannte. Und am besten bevor ich Lazlo traf, damit er sich nicht unnötig aufregte.

Aber heute war Sonntag und natürlich hatten alle Zoohandlungen zu. Ich suchte im Internet nach dem Tierarzt, der Notdienst hatte, doch der wohnte in einem Dorf, das viel zu weit weg war, um mit Kühltasche und Krötz hinzuradeln. Und sonst fiel mir niemand ein, den ich fragen konnte.

Oder doch. Valli.

Ja klar.

Valli reiste seit einem Monat mit Leon durch Asien. Dort lebten jede Menge Schildkröten. Man konnte sogar mit ihnen im Meer schwimmen. Das hatte sie mir geschrieben. Und dass es extra Farmen gab, auf denen sie Schildkrötenbabys aufzogen.

Valli konnte mir bestimmt helfen. Sie müsste ja nur jemanden auf einer der Farmen fragen, ob die Panzerfarbe gesund aussah oder nicht.

Ich schob die Kiste mit Krötz unter die Neonröhre an der Spüle, sodass man den Panzer gut erkennen konnte, und machte ein Foto, das ich Valli schickte.

Danach schichtete ich die Erde und die Blätter wieder auf ihn drauf und legte ein feuchtes Geschirrhandtuch über die Kiste. Ich war gerade dabei, sie neben Igors Bier in den Kühlschrank zu schieben, als es gegen die Wohnungstür donnerte. Der Schlag war so laut, dass ich zusammenzuckte und Krötz fast fallen ließ.

»Das war meine Drohne!«, rief Papa von draußen. »Stell dir vor, Antonia, sie hat sich eingeklappt! Und Frühstück ist auch fertig!«

# 3. Kapitel

Sonntags frühstücke ich immer oben bei meinen Eltern. Sie brauchen das, damit sie wissen, dass wir noch eine Familie sind, obwohl wir zurzeit getrennt wohnen. Meistens essen wir ja auch abends zusammen, also zumindest, wenn sie es schaffen, den Küchentisch soweit freizuräumen, dass man Teller draufstellen kann. Doch Abendessen zählen für Mama nicht, weil sie so kurz sind. Igor ist dann nämlich immer schon zur Arbeit weg und ich will Mr Bond nicht länger als unbedingt nötig allein unten lassen. Der ist ja schon den halben Tag über einsam, wenn ich in der Schule bin.

Ich mag unsere Sonntagsfrühstücke total gern, weil meine Eltern sich jetzt immer extra viel Mühe geben und frische Brötchen holen und Obstsalat machen und so was. Früher hat es das nicht so oft gegeben. Hoffentlich behalten sie das bei, wenn Papa seine Drohnen weggeräumt hat und ich wieder Platz habe, um bei ihnen zu wohnen.

Die Idee mit den Drohnen ist Papa schon in Ungarn gekommen, als seine Firma gerade am Pleitegehen war, und ich war sogar daran beteiligt. Ich wollte, dass er sich was Schönes an seine hässliche

Küchentapete in Budapest hängen konnte und habe ihm Fotos von Mr Bond geschickt. Doch mein Brief war zu groß für die winzigen Briefkästen vor dem Haus, sodass der Umschlag halb raushing. Und als es anfing zu regnen, wurde er so nass, dass Papa gar nichts mehr an die Wand nageln konnte außer Papierpampe, auf der ein Stück von einer Hundeschnauze zu erkennen war.

Damit so was nicht wieder passierte, hat er sich überlegt, intelligente Briefdrohnen zu konstruieren, die einen Sensor besitzen, mit dem sie rausfinden, wie das Wetter sich in den nächsten Stunden entwickeln wird. Das ist seine neue Firmenidee. Und wenn eine Drohne die Information bekommt, dass es bald regnet oder schneit, legt sie die Umschläge, die für den Briefkasten zu groß sind, drinnen im Haus ab. Dazu muss sie sich aber automatisch zusammenfalten können und so klein werden, dass sie zum Beispiel durch ein gekipptes Fenster passt. Mitsamt der Post. Oder durch einen Briefkastenschlitz, den manche Haustüren vorne drin haben. Oder durch eine Katzenklappe. Es ist natürlich sehr schwierig, die Drohnen so zu bauen, dass das auch funktioniert, und man braucht ziemlich viel Platz für die komplizierten Vorkonstruktionen, die dafür nötig sind.

Vallis Zimmer sieht deshalb noch schlimmer aus als zu der Zeit, als sie selber drin gewohnt hat, und das will echt was heißen. Es ist komplett vollgestopft mit lauter Metallteilen und verschiedenen Bohrmaschinen und Fräsen und noch anderem Werkzeug, weil Papa dort die Prototypen für seine Drohnen baut. Prototyp nennt man das erste Ding, das genauso funktioniert, wie man es sich gedacht hat. Alles davor nennt man »vielversprechende erste Versuche« oder »komplett fehlinvestierte Gelder«, je nachdem, ob Mama oder Papa darüber spricht.

Igors Zimmer hat Papa auch besetzt. Dort stehen sein Computer und der Drucker, und der Fußboden ist mit Zeichenpapier zugemüllt, weil er da die Skizzen malt, wie die Drohnen seiner Vorstellung nach mal aussehen sollen: wie Spinnen, aber mit jeder Menge Gelenken an den Beinen, damit sie sich gut einklappen können. Und auf dem Rücken haben sie den Wettersensor und Sonnenkollektoren, damit sie unterwegs nicht schlappmachen. Es gibt kleine Modelle nur für Briefe, aber auch große, die Pakete tragen können. Die passen dann natürlich nicht mehr in den Briefkasten. Deshalb sollen die eine Art Klappschirm dabeihaben, den sie über dem Paket aufstellen. Papa hat aber noch Schwierigkeiten, den Schirm standfest zu kriegen. Bisher fliegt er, sobald es auch nur ein bisschen stürmt, mit dem Paket einfach wieder davon und lässt sich vom Wind irgendwohin treiben.

Das Schlafzimmer und das Klo hat Papa natürlich auch belegt. Dort stapeln sich die Bücher, die er für seine Erfindung lesen will, und nicht mal den Küchentisch hat er frei gelassen, obwohl das eigentlich Mamas Arbeitsplatz ist. Dort steht ihr Computer, seit ihr Schreibtisch mit Papas Notizzetteln vollgeklebt ist. Aber den halben Küchentisch beansprucht er trotzdem noch für seine Geschäftspost. Er hat ungefähr hundert Firmen angeschrieben, weil er Geldgeber sucht, die für seine Erfindung bezahlen, damit er sie noch weiter verbessern kann. Die meisten Firmen antworten gar nicht auf seine Mails, aber manche schreiben sogar richtige Absagebriefe, und die sammelt er in der Küche. Ich glaube, damit Mama sieht, dass er auch wirklich was tut und nicht nur zum Spaß vor sich hin werkelt und ihr Geld ausgibt.

Seit ich mit Igor in die Wohnung von Jonas gezogen bin, hat Papa auch noch mein Zimmer übernommen. Darin hebt er die vielversprechenden ersten Versuche auf, die das mit dem automatischen Zusammenklappen noch nicht gut hingekriegt haben und die er wieder reparieren muss.

Aber anscheinend hatte er den Dreh jetzt raus. Als ich die Wohnungstür aufmachte, um mit ihm nach oben zu gehen, flog seine Drohne gerade Frau Meisters Tür an und faltete sich elegant zusammen.

»Sieh dir das an, die will durch den Briefkastenschlitz!«, jubelte Papa.

Aber er hatte den Satz noch nicht zu Ende gebracht, da krachte sie auch schon volle Kanne gegen die Türklinke, die ungefähr hundert Meter vom Briefkastenschlitz entfernt war.

»Ich muss nur noch ein wenig an der Feinsteuerung feilen«, rief er begeistert und rannte die Treppe runter, um seine abgestürzte Drohne einzusammeln, bevor Frau Meister sie in die Finger kriegte.

Beim Frühstück war es dann ein bisschen schwierig. Ich war wegen Lazlo und Krötz durcheinander und Papa wegen seiner Drohne, und Mama kriegte schlechte Laune, weil wir zu abgelenkt waren, um mit ihr zu reden. Sie ist sofort explodiert, als ich nur mal kurz am Handy war. Dabei habe ich Valli bloß das Foto von Krötz geschickt und zwei Wörter dazugeschrieben.

**Hallo Valli,**
**kannst du bitte mal auf einer Schildkrötenfarm fragen, ob der Panzer von Krötz okay aussieht oder ob ihm irgendwas fehlt? Und ob ich ihn dann füttern soll, obwohl er in der Winterstarre ist. Ist leider superwichtig!!!**
**Deine Toni**

»Antonia, lass sofort das Gedaddel am Frühstückstisch. Sonst ist dein Handy weg«, fuhr Mama mich an. »Und das gilt auch für dich!«, motzte sie dann gleich noch Richtung Papa.

Dabei hatte er gar kein Smartphone in der Hand, sondern seine Drohne.

An Frau Meisters Tür hatte sie einen Schlag weggekriegt, und er versuchte, sie wieder gerade zu biegen.

»Ich hab's in zwei Sekunden!«, sagte Papa. »Nur noch das eine kleine Bein.«

»Und ich bin schon fertig«, erklärte ich. »Hab nur Valli geschrieben.«

»Was denn?«, fragte Mama misstrauisch.

»Ach, nicht so wichtig.«

»War das deine erste Nachricht heute an sie?«

»Ja!«

Was Handynachrichten angeht, spinnt meine Familie leider absolut. Nicht nur, dass ich beim Essen keine einzige mehr schreiben darf, ich darf Valli überhaupt nur noch einmal am Tag eine schicken. Sprachnachrichten sind ganz verboten. Das musste ich Mama versprechen, sonst hätte sie mir mein Smartphone weggenommen, bis Valli aus Asien zurück ist. Und alles nur, weil meine Familie nicht drüber wegkommt, dass ich meiner Schwester mal ein paar Nachrichten hintereinander geschickt habe.

Das ist aber erstens schon Wochen her und zweitens war es eine totale Ausnahme und meine Eltern waren selber dran schuld. Wenn die nicht so mit Streiten beschäftigt gewesen wären und mir zugehört hätten, wäre das gar nicht passiert. Nur deshalb habe ich mich damals ja bei Valli gemeldet. Ich wollte unbedingt verhindern, dass Mr Bond auch nur eine einzige Nacht in der Fremde bleiben musste.

Musste er dann aber doch.

So gesehen hat Jonas eigentlich den größten Mist gebaut, weil er Mr Bond in eine Tierpension gegeben hatte, ohne vorher mit mir drüber zu reden. Als ich davon erfahren habe, war es nämlich schon zu spät. Da kam er grade ohne Hund von dort zurück. Dabei ist Mr Bond viel zu alt für solche Experimente. Dem sind sogar die kleinen Brüder von Paulina zu viel. Ich wusste, dass er es niemals aushalten konnte, wochenlang mit lauter anderen Hunden zu leben.

Aber als ich Jonas das sagte, meinte er nur, dass er keine andere Wahl gehabt hätte.

»Der Hundesitter hat abgesagt. Ich habe niemanden für Mr Bond, solange Ben und ich in Afrika sind. Und ich kann die Reise nicht verschieben. Die Reportage über die Okapis ist einfach zu wichtig.«

Okapis sehen ungefähr so aus wie gestreifte Esel oder Giraffen mit zu kurzem Hals, und es gibt sie nur in einem einzigen Gebiet auf der Erde, und zwar im zentralafrikanischen Regenwald. Leider sind sie dort vom Aussterben bedroht, weil sie wegen ihrem schönen Fell gejagt werden.

Durch ihre Reportage wollen Jonas und Ben den Leuten klarmachen, dass es das Allerletzte ist, sich ein Okapi-Fell zu kaufen, und dass sie Geld spenden sollen, damit die Tiere besser vor Wilderern geschützt werden können.

Klar war so ein Bericht über die Okapis enorm wichtig. Aber man kann ja nicht ein Tier gegen das andere ausspielen und

Mr Bond deshalb hängen lassen. Da muss man eben mal ein bisschen überlegen.

»Du hättest erst mich fragen sollen, ob ich ihn nehmen kann, bevor du ihn weggebracht hast«, warf ich Jonas vor.

»Wozu, Toni? Dein Vater hat eine Tierhaarallergie. Schon vergessen?«, sagte er nur.

Aber natürlich hatte ich das nicht vergessen. Wegen Papas Allergie hatte ich Möhrchen hergeben müssen, als ich noch in der Grundschule war. Das vergaß ich doch nicht. Möhrchen war mein Kaninchen gewesen und ich hatte es nur einen halben Tag behalten dürfen. Es war erst ein paar Minuten in der Wohnung, als Papa schon zu niesen anfing. Drei Stunden später waren seine Augen zugeschwollen und er schnappte komisch beim Luftholen. Am Abend mussten wir es zurückbringen.

Das war der schlimmste Tag in meinem Leben. Ich habe gespürt, wie mein Herz gebrochen ist, und mich gewundert, dass es keiner gehört hat.

Aber die Sache mit Möhrchen und die mit Mr Bond konnte man nicht vergleichen. Möhrchen wäre sein ganzes Leben lang bei uns geblieben und Mr Bond würde nur für ein paar Wochen mit uns zusammenwohnen. Papa könnte doch so lange eine Atemschutzmaske aufziehen.

»Du kannst deinen Vater nicht zwei Monate lang mit einer Atemschutzmaske rumlaufen lassen«, meinte Jonas, aber ich hörte ihm gar nicht zu, sondern rannte schon die Treppe hoch, um es Papa vorzuschlagen.

Er hätte vielleicht sogar mitgemacht, doch Mama war sofort dagegen.

»Kommt gar nicht infrage«, erklärte sie. »Ich habe keine Lust, wochenlang mit jemandem zusammenzuleben, der aussieht, als ob es in unserer Wohnung einen Chemieunfall gegeben hätte. Das ist eine echte Schnapsidee, Antonia.«

»Dann machen wir es eben umgekehrt und ich ziehe nach unten zu Mr Bond«, schlug ich ihr vor.

Das wäre mir gleich das Liebste gewesen. Die Wohnung von Jonas ist nämlich superedel, mit riesiger Couch und leinwandgroßem Plasmafernseher und einem Kühlschrank mit Eiscrusher. Und einen Computer gibt es auch.

Der war damals noch in Ordnung.

Leider war Mama damit überhaupt nicht einverstanden. Sie verdrehte nur die Augen und sagte: »Geht's noch? Du bist eben erst vierzehn geworden, du kannst nicht allein mit einem Hund wohnen.«

»Ich wäre doch bloß ein Stockwerk unter euch. Ich könnte jeden Tag mit euch essen und alles.«

»Antonia, ich will dich nachts nicht in einer fremden Wohnung haben, und damit basta.«

»Ich könnte dich anrufen. Von mir aus alle zwei Stunden. Dann weißt du, dass es mich noch gibt und dass alles in Ordnung ist.«

Mama stöhnte. »Das fehlt mir grade noch. Ich will nachts ruhig schlafen und weder alle zwei Stunden geweckt werden noch mir überlegen müssen, was mein Kind allein in einer fremden Wohnung macht.«

»Ich wäre ja nicht allein. Mr Bond wär doch bei mir. Bitte, Mama!«

Aber ich konnte betteln, so viel ich wollte, Mama blieb hart.

»Es reicht, Antonia!«, sagte sie energisch. »Warum ist ein ›Nein‹ eigentlich nie ein ›Nein‹ bei dir? Wieso muss ich über alles ewig diskutieren? – Und warum sagst du nicht auch mal was?«, rief sie Papa hinterher, der sich in Igors Zimmer verdrücken wollte. »Sie ist schließlich auch dein Kind. Ich habe keine Lust, sie immer allein zu erziehen.«

»Du musst mich gar nicht mehr erziehen«, behauptete ich. »Ab zwölf machen Kinder sowieso, was sie wollen.«

Das hatte ich im Internet gelesen und fand es ziemlich gut.

»Jetzt hör mal zu, Antonia«, erklärte Mama. »Ich habe gerade andere Probleme als deine pubertären Tiermarotten. Igor hat angerufen. Er kommt morgen zurück, und sein Zimmer sieht aus wie eine Papiermülldeponie, durch die ein Tornado gefegt ist. Ich muss mich jetzt erst mal darum kümmern, dass er irgendwo bei uns wohnen kann.«

Papa kam in den Flur zurückgerannt und rief entgeistert: »Was? Igor kommt schon morgen? Warum sagt mir das keiner? Das geht nicht. Ich kann meine Unterlagen nicht so schnell wegräumen, ich bin mitten in einer neuen Konstruktion.« Er schaute mich flehend an. »Antonia, kann dein Bruder nicht für ein oder zwei Wochen zu dir ins Zimmer ziehen? Der braucht doch gar nicht viel Platz.«

»Kommt nicht infrage«, mischte sich Mama ein. »Igor ist die halbe Nacht wach und Antonia muss morgens früh raus.« Sie schüttelte entnervt den Kopf. »Nicht zu fassen, dass eine Fünfzimmerwohnung plötzlich für vier Leute zu klein sein soll. Ich seh meinen Sohn schon im Treppenhaus schlafen.«

»Du dramatisierst«, behauptete Papa.

Und da hatte ich die beste Idee überhaupt: Igor und ich würden einfach zusammen zu Mr Bond ziehen. Damit wären alle Probleme auf einmal gelöst. Ich musste nur meinen Bruder fragen, ob er einverstanden war. Das war aber leider kompliziert, weil er kein Handy mehr hatte, seit er vergessen hatte, es beim Bungeejumpen in Queenstown aus der Hosentasche zu nehmen.

Ich wollte von Mama und Papa wissen, ob man Igor in einem Hostel oder so erreichen konnte, aber das war nicht möglich. Sie waren so damit beschäftigt, sich darüber zu streiten, wie viel Platz ein normal großer Mann brauchte, um Drohnen zu konstruieren, die so klein waren, dass sie durch Briefkastenschlitze passten und sowieso nicht funktionierten, dass sie mich einfach ignorierten. Deshalb bin ich in mein Zimmer und habe Valli gefragt. Das heißt, ich habe ihr eine Sprachnachricht geschickt. Das geht schneller als schreiben und keiner meckert über Rechtschreibfehler.

Aber komischerweise hat sie überhaupt nicht geantwortet. Ich habe gedacht, sie hätte meine Nachricht nicht gekriegt und sie ihr nach ein paar Minuten noch mal geschickt. Und dann noch mal und noch mal, weil sie immer noch nicht geantwortet hat. Zum Schluss waren es sieben Nachrichten, die sie von mir gekriegt hat, oder vielleicht auch acht.

Geantwortet hat sie aber immer noch nicht. Sie konnte meine Nachrichten nämlich gar nicht abhören, weil sie irgendwo in den Bergen unterwegs war, wo es nur Teeplantagen gab und sonst nichts, und eben auch keinen guten Handyempfang. Doch das konnte ich ja nicht wissen. Das Blöde war leider nur, dass sie dachte, es wäre was richtig Schlimmes passiert, weil ich ihr dermaßen viele Nachrichten geschickt hatte, und sie regte sich furchtbar auf. Sie glaubte echt, dass unsere Eltern einen Autounfall gehabt hätten und jetzt tot wären, oder ein Einbrecher hätte sie ermordet oder so was in der Art. Ich hätte ja nie gedacht, dass meine Schwester sich so schreckliche Sachen ausdenken könnte, weil sie immer behauptet, ich hätte eine viel verrücktere Fantasie als sie.

Auf jeden Fall rannte sie sofort von dem Berg runter, auf dem sie grade war, und fuhr mit einem Taxi in den nächsten Ort, wo es ein Hotel mit WLAN gab. Blöderweise war sie auf dem Weg zum Hotel aber so durcheinander, dass sie ihren Geldbeutel verloren hat.

Das regte sie natürlich noch mehr auf. Doch komplett ausgerastet ist sie erst, als sie meine Nachrichten endlich abhören konnte und mitgekriegt hat, dass ich nur wissen wollte, wie ich Igor erreichen konnte. Sie hätte sich ja darüber freuen können, dass nichts Schreckliches passiert war, aber stattdessen war sie stinksauer und hat Mama eine ewig lange Mail geschrieben, in der sie sich über mich beschwert hat.

Wegen dem ganzen Hin und Her konnte ich Igor erst fragen, ob er mit mir und Mr Bond bei Jonas wohnen wollte, als er schon hier war. Zum Glück hatte er auch gleich Lust, nur Mama war immer noch dagegen. Aber das änderte sich, als er gleich am ersten Abend seine dreckige Wäsche mit Schwung über hundert winzig kleinen Drohnenersatzteilen auskippte und Papa vor Verzweiflung anfing zu brüllen. Und als Mama dann noch mitten in der Nacht Igors Fuß verarzten musste, weil er auf eine Metallsäge getreten war, die direkt vor seinem Bett gelegen hatte, fand sie meine Idee plötzlich gut. Die anderen, die es anging, waren ja sowieso dafür. Jonas und Ben holten Mr Bond sofort aus der Hundepension und brachten ihn zu sich nach Hause. Am nächsten Tag flogen sie nach Afrika, um die Okapis zu retten, und Igor und ich zogen ein Stockwerk nach unten.

So war das.

Und seitdem darf ich Valli höchstens noch eine einzige Nachricht am Tag schicken und bestimmt nicht beim Frühstück. Doch das mit Krötz war so wichtig, dass es dieses Mal nicht anders ging.

Valli antwortete auch sofort.

**Hallo Toni,**
**hier ist weit und breit keine Schildkrötenfarm, tut mir leid. Aber sobald ich eine sehe, frage ich nach. Was ist denn mit Lazlo? Warum kümmert der sich nicht?**
**Hab dich lieb, Valli.**

Ich wollte ihr noch schnell zurückschreiben, dass Lazlo gerade nicht da war. Denn das Schreibverbot galt ja wohl nicht, wenn Valli mich was fragte. Dann musste ich schließlich antworten, damit sie sich nicht wieder aufregte, weil sie dachte, mir wäre was passiert.

Doch ich war noch nicht mal beim dritten Wort, da riss Mama mir schon das Smartphone aus den Händen und schob es unter ihren Po. »Das bleibt jetzt hier bei mir.«

»Mama, das ist meins! Gib das wieder her, du machst es ja kaputt!«, schrie ich empört.

Papa zuckte vor Schreck zusammen und schaute von seiner Drohne auf.

»Es gibt keinen Grund so rumzubrüllen, Antonia«, brummte er.

Dabei hatte er überhaupt nicht mitgekriegt, um was es ging.

Wenn Mama sich auf seine Drohne gesetzt hätte, hätte er garantiert auch geschrien.

»Eine Nachricht am Tag«, sagte Mama ungerührt. »Und keine Sorge, ich setz mich schon nicht richtig drauf. Nach dem Frühstück kriegst du's zurück.«

# 4. Kapitel

Paulina meldete sich erst, als Mr Bond und ich schon auf dem Weg zur alten Villa waren.

»Sorry, ich hab vergessen, mein Handy aufzuladen«, brüllte sie gegen den Höllenlärm an, den ihre kleinen Brüder im Hintergrund machten. »Was ist los?«

»Kannst du kommen? Jetzt gleich? Ich bin im Park.«

»Geht nicht, Toni. Ich darf nicht raus!«, schrie sie. »Warte mal kurz, ich muss die Gremlins abschütteln, die sind heute noch monstermäßiger drauf als sonst.«

Eine Weile hörte ich nur noch Gekreische, dann fiel eine Tür zu und es wurde leiser. Irgendjemand drehte einen Schlüssel im Schloss um.

»Geschafft«, stöhnte Paulina. »Ich hab mich im Klo eingesperrt. Hoffentlich habe ich jetzt wenigstens mal ein paar Minuten Ruhe.«

Doch da donnerte es schon an die Tür.

»Pauli, ich muss Pipi!«, schrie einer der Gremlins.

Durchs Telefon konnte ich nicht entscheiden, ob es Matti oder Marek war.

»Ich auch!«, schrie der andere. »Ganz, ganz doll!«

»Hier ist besetzt«, brüllte Paulina zurück. »Pinkelt in einen Blumentopf, wenn ihr nicht warten könnt.«

Der Lärm im Hintergrund wurde weniger. Anscheinend waren sie wirklich weggegangen.

»Wenn das noch lange so geht, spül ich mich im Klo runter«, jammerte Paulina. »Stell dir vor, meine Eltern lassen mich heute den ganzen Tag nicht aus der Wohnung. Und nur, weil meine Oma am Abend nach Polen zurückfährt. Sag mir, wo da der Sinn ist. Die hängen alle nur auf dem Sofa rum, stopfen Mohnrolle in sich rein und quatschen über irgendwelche Leute, die ich nicht kenne. Und die Gremlins brüllen mir ständig irgendeinen Müll ins Ohr. Die sind irre aufgedreht, weil sie auch nicht rausdürfen. Kannst du nicht bitte, bitte zu mir kommen? Wenn du da bist, hat meine Mutter bestimmt Erbarmen und zwingt mich nicht mehr, im Wohnzimmer zu bleiben und mich ins Koma zu fressen. Und zu zweit haben wir die Gremlins ruckzuck gefesselt, geknebelt und im Schrank eingesperrt. Dann können wir es uns richtig gemütlich machen.«

Ich hätte Paulina echt gern besucht. Ich mag ihre Oma. Ihre Mohnrolle schmeckt noch besser als die Cake Pops von Paulina, und sie versucht immer, mir polnische Sprichwörter beizubringen. Eins habe ich mir gemerkt: »Eine Frau wird zweimal verrückt: wenn sie liebt und wenn sie anfängt, grau zu werden.« Aber auf Polnisch kriege ich es leider nicht mehr zusammen.

»Wenn's geht, komme ich nachher noch bei dir vorbei«, sagte ich zu Paulina. »Hängt davon ab, wie schnell ich Lazlo finde.«

»Wie, Lazlo?«, kreischte sie. »Sag nicht, dass der sich wieder bei dir gemeldet hat!«

»Doch! Aber ganz komisch. Der hat Krötz in einer Kühltasche vor meiner Tür ausgesetzt, mitten in der Nacht und ohne mir Bescheid zu sagen. Das passt überhaupt nicht zu ihm. Ich glaube, da ist irgendwas passiert.«

»Wieso denn?«, fragte Paulina. »Das ist eine Schildkröte im Winterschlaf.«

»In der Winterstarre.«

»Egal. Auf jeden Fall eine Schildkröte, die pennt. Die kann man problemlos allein irgendwo stehen lassen, die kriegt sowieso nichts mit. Deshalb muss noch lange nichts passiert sein.«

»Aber warum hat er das dann gemacht?«

»Vielleicht besucht er seinen Vater und hat gedacht, er bringt Krötz solange lieber zu dir, weil du dich besser mit Tieren auskennst als Philipp. Falls sie doch aus Versehen aufwacht.«

»Ohne mich zu fragen? Der meldet sich zehn Wochen lang nicht, und dann lädt er seine Schildkröte bei mir ab und schreibt nicht mal dazu, wann er zurückkommt, sondern nur, dass ich ihn nicht suchen soll. Das ist doch nicht normal.«

Paulina seufzte.

»Toni, du redest hier von einem Jungen und nicht von irgendwem Normalen. Jungs sind so.«

»Wie ›so‹? Willst du behaupten, die stellen einem nachts immer ihre Haustiere vor die Tür und wollen nicht gesucht werden, wenn sie abhauen?«

»Kann sein, dass er sich damit nur interessant machen will. So in Richtung ›einsamer Wolf‹. Das würde doch zu ihm passen«, meinte Paulina. »Der Held reitet in den Sonnenuntergang und hofft, dass du ihm nachschmachtest.«

»Und schreibt grade mal drei Sätze zum Abschied?«

»Na hör mal! Drei Sätze sind schon viel. Glaubst du, ich habe von Bekir schon mal eine Nachricht gekriegt, die länger war als fünf Wörter? Jungs sind anders als wir, Toni. Schreiben strengt die an. Reden auch. Also zumindest mit Mädchen. Nur küssen kriegen sie noch irgendwie hin.«

»Ich habe Lazlo aber nicht geküsst.«

Ich flüsterte, weil mich eine Radfahrerin überholte. Die musste das ja nicht unbedingt mitkriegen.

»Nee, schon klar«, sagte Paulina, und ich merkte durchs Telefon, wie sie grinste. »Ihr habt im Park ja immer nur Mistkäfer umgedreht und irgendwelche Raupen über den Weg getragen.«

»Pauli, du nervst«, ächzte ich.

Paulina wollte mir einfach nicht glauben, dass ich mich im Sommer wochenlang mit Lazlo getroffen hatte, ohne ihn zu küssen. Irgendwie war das so eine fixe Idee von ihr, dass man sich ausschließlich deshalb mit Jungs im Park verabredete, um auf einer Parkbank rumzuknutschen. Nur weil sie das immer mit Bekir machte. Aber Lazlo und ich hatten wirklich nur miteinander geredet. Keine Ahnung über was genau, irgendwie übers Leben. Wie unsere Schulen waren und wo wir mal wohnen wollten und warum Regenwürmer nicht in Pfützen ertranken, auch wenn ich das immer geglaubt hatte. Lazlo interessierte sich nämlich genauso für Tiere wie ich, und er war auch der Meinung, dass man alle retten musste, die in Not waren, auch die kleinen.

Mit zu mir nach Hause wollte er nie, und ich war auch nicht scharf drauf, ihn meinen Eltern vorzustellen. Papa hätte ihm garantiert stundenlang von seinen Drohnen erzählt, und Mama hätte ihn viel zu viel gefragt, weil sie sich immer für meine Freunde interessiert. Und gefragt werden will Lazlo nicht. Das habe ich gemerkt, als ich wissen wollte, wo seine Mutter ist. »Weg«, hat er gesagt und mehr nicht.

Wenn, dann redet Lazlo, ohne dass man ihn fragt.

»He, Toni, warum sagst du nichts mehr? Bist du beleidigt?«, rief Paulina durchs Telefon. »Ich habe doch nur gemeint, dass du Lazlo eventuell mal hättest klarmachen sollen, dass du auf ihn stehst. Dann wäre er wahrscheinlich nicht einfach so abgehauen.«

»Ich weiß ja gar nicht, ob ich auf ihn stehe«, sagte ich leise und ruckelte an Mr Bonds Leine, damit er mal weiterlief. Sobald ich beim Spazierengehen abgelenkt war, nutzte er das gnadenlos aus und schnupperte stundenlang an jedem Grashalm rum. Wenn er in dem Tempo weitermachte, hatte die alte Villa schon wieder geschlossen, bis wir dort ankamen.

»Haha«, machte Paulina. »Klar stehst du auf ihn. Du bist total verliebt.«

»Bin ich nicht.«

»Also gut. Wir machen den Test. Frage Nummer eins: Hast du Lust, ihn zu küssen?«

»Keine Ahnung.«

Ich hatte auf jeden Fall keine Lust, solche Fragen zu beantworten. Schon gar nicht hier im Park, wo ständig Leute an Mr Bond und mir vorbeiliefen.

Aber Paulina ließ nicht locker.

»Jetzt komm, Toni, stell dich nicht so an. Man weiß ja wohl, ob man Lust hat, jemanden zu küssen oder nicht.«

Ich bückte mich, um eine Nacktschnecke aufzuheben, die sich auf den Weg verirrt hatte, und setzte sie unter einen Busch auf der Wiese.

»Bist du noch dran?«, fragte Paulina.

»Ja.«

»Also?«

Ich seufzte.

»Mann, Pauli. Ich weiß es doch nicht. Manchmal habe ich Lust und manchmal habe ich keine. Und ich will auch nicht drüber nachdenken und verlieben will ich mich noch viel weniger. Dafür habe ich keine Zeit.«

Auf den Stress, den Paulina hatte, um Bekir in ihrem Leben unterzubringen, war ich nämlich nicht scharf. Eigentlich war sie ständig nur am Überlegen, wie sie es hinkriegen konnte, mich zu treffen, sich um die Gremlins zu kümmern, ab und zu Hausaufgaben zu machen und trotzdem noch Zeit für Bekir zu haben. Ich hatte dazu noch Mr Bond. Und jetzt auch noch Krötz. Das ging ja gar nicht.

»Was heißt hier, du willst dich nicht verlieben? Das sucht man sich nicht aus«, sagte Paulina streng. »Das kommt, egal, ob es grade passt oder nicht. Glaub mir, Toni, ich weiß, wovon ich rede.«

»Wieso? Bei dir und Bekir passt doch alles.«

»Von wegen«, sagte Paulina mit Grabesstimme. Und dann: »Toni, du bist die Einzige, die es wissen darf. Ich habe mich noch in jemand anderen verliebt. In Moritz.«

»Hä?« Ich war sprachlos. Auf die Idee wäre ich im Leben nicht gekommen. Moritz war erst seit diesem Schuljahr bei uns in der Klasse. Er war aus Norddeutschland hergezogen und ein komplett anderer Typ als Bekir, groß und blass und still. »Wann hast du dich denn in den verliebt? Du hast dich doch noch kein einziges Mal mit ihm unterhalten.«

»Aber wir haben uns immer so Blicke zugeworfen«, schwärmte

Paulina. »Voll intensiv. Und vorgestern habe ich ihn beim Bäcker getroffen und ihm ›Hallo‹ gesagt und da habe ich so ein Kribbeln gespürt, ganz tief im Bauch. Und gestern am Getränkeautomat haben wir endlich richtig miteinander geredet. Jetzt weiß ich sicher, dass ich in ihn verliebt bin. Aber Bekir liebe ich eben auch noch.«

»Hast du's ihm gesagt?«, fragte ich.

»Wem? Bekir? Nein, das darf der gar nicht wissen. Erzähl ihm ja nichts, Toni, versprich's mir.«

»Nein, natürlich nicht. Ich meine aber Moritz. Weiß er es schon?«

Paulina holte tief Luft und erklärte dann: »Mit dem treffe ich mich morgen nach der Schule. Und dann müssen wir reden. Aber das klappt nur, wenn du mir die Gremlins abnimmst, Toni. Geht das? Weißt du, ich muss ihn unbedingt ohne die beiden sehen, sonst läuft gar nichts. Wenigstens eine Stunde, ja? Und könntest du mir dafür Mr Bond leihen? Hunde sind super fürs erste Date. Die brechen das Eis.«

Sie sagte noch etwas, aber das ging in dem Getöse unter, das plötzlich bei ihr losbrach.

»Pauli, du musst raus!«, schrien die Gremlins und donnerten wieder gegen die Klotür.

Im Hintergrund hörte ich ihre Mutter. Ich konnte nicht verstehen, was sie sagte, weil sie Polnisch sprach, und so viele Wörter hatte ich noch nicht von ihrer Oma gelernt. Aber es klang nicht begeistert.

»Oh, Mist«, brüllte Paulina in ihr Handy. »Die Gremlins haben in den Gummibaum im Flur gepinkelt. Ich glaube, ich muss das Klo räumen, sonst dreht mir meine Mutter den Hals um. Tschüs, Toni.«

Es war so, wie ich befürchtet hatte: Vor dem Eingang zur alten Villa standen jede Menge Raucher und machten ihren Gemüseblick, als ich auftauchte. So als ob sie selber die Einzigen wären, die dort reindürften.

Ich nahm Mr Bond auf den Arm, damit keiner auf ihn drauftrat, und quetschte mich zwischen ihnen durch. Leider kriegte er so viel Rauch ab, dass er anfing zu niesen und gar nicht mehr aufhörte.

»Dein Hund hat Schnupfen«, behauptete ein Junge mit Pferdeschwanz, an dem ich mich eben vorbeidrücken wollte. »Das ist nicht gut.«

»Der hat keinen Schnupfen, der verträgt nur keine blöden Zigaretten«, antwortete ich und klang ungefähr so nett wie die Sommerhalder, wenn sie uns in der Pause aus dem Schulgebäude schmeißt.

»Uuups, sorry«, sagte er erschrocken und drehte seinen Kopf in die andere Richtung, um den Rauch auszublasen. »Ich hätte nicht gedacht, dass das Hunden was macht.«

Von Hunden hatte er zwar keine Ahnung, aber er klang trotzdem ganz okay. Deshalb traute ich mich auch, ihn zu fragen, ob er wusste, wo Lazlo war.

»Ich kenn gar keinen Lazlo«, meinte er.

»Der ist ungefähr so alt wie ich, aber noch größer. Der hat immer die Hemden von seinem Vater an. Und im Sommer hatte er eine Schildkröte dabei.«

»Ach der«, sagte der Junge und lachte. »Der große Dünne mit den XXL-Klamotten und dem Schuhkarton. Klar kenne ich den. Gesehen habe ich ihn heute aber noch nicht. Guck am besten mal im Haus drin.«

Er hielt mir die Eingangstür auf, sodass ich mit Mr Bond durchschlüpfen konnte.

Die Vorhalle war leer, aber im Café, das man durch die Flügeltür sehen konnte, herrschte schon ziemlicher Betrieb. Ich streckte meinen Kopf rein und schaute mich um. Lazlo entdeckte ich nirgends. Also ging ich zu dem Mädchen, das hinter dem Tresen stand, und fragte, ob sie ihn irgendwo gesehen hätte. Sie schüttelte den Kopf.

»Benni sucht ihn auch. Der ist schon gut angepisst deswegen. Die wollten heute zusammen am Schuppen bauen.«

Sie schaute mich neugierig an. In ihrer Oberlippe hing ein kleiner Ring. Und in ihrer rechten Augenbraue hatte sie auch einen. Das sah ziemlich cool aus.

»Bist du Toni?«, fragte sie.

»Ja. Wieso?«, sagte ich und hoffte, dass Lazlo eine Nachricht für mich hinterlassen hätte. Eine, in der mal mehr stand als dieses blöde »Such mich nicht«.

»Nur so«, meinte sie. »Er hat mal erzählt, dass ihr euch immer im Park trefft. Mit deinem Hund.«

Sie deutete mit dem Kinn auf Mr Bond, den ich immer noch auf dem Arm trug.

»Den kannst du übrigens ruhig runterlassen.«

»Das mit dem Park war früher mal«, erklärte ich und setzte Mr Bond auf dem Boden ab. »Jetzt habe ich Lazlo schon ewig nicht mehr gesehen. Aber er hat mir seine Schildkröte vor die Tür gestellt, und ich weiß nicht, warum. Der ist irgendwie einfach weg.«

Das Mädchen runzelte die Stirn.

»Ich glaube nicht, dass er verreist ist«, sagte sie. »Der steht das ganze Wochenende bei uns im Plan.«

Sie ging zur Pinnwand über der Kaffeemaschine und nahm ein großes Blatt ab, auf dem der Dienstplan vom November und Dezember abgedruckt war. Sie legte ihn auf den Tresen.

»Schau!« Sie deutete auf das Datum von heute. »Da steht sein Name. 27.11. von 10 bis 18 Uhr. Und gestern ist er da gewesen. Der hätte doch für heute abgesagt, wenn er vorgehabt hätte zu verreisen.«

»Arbeitet der immer so viel?«, fragte ich.

Lazlos Name stand nämlich fast an jedem Tag drin. Nur zwei Freitage hatte er ausgelassen.

Das Mädchen nickte. »Der braucht das Geld.«

»Wozu?«, fragte ich.

Sie zuckte mit den Schultern.

»Keine Ahnung. Ich weiß nur, dass ihm die Arbeit krass wichtig ist. Und er hat Benni noch nie hängen lassen. Das passt nicht zu ihm.«

»Also ist ihm was passiert«, flüsterte ich und mir war plötzlich kalt.

»He du, mach dich nicht verrückt.« Sie beugte sich über den Tresen und streichelte kurz meinen Arm. »Der taucht sicher bald wieder auf. Vermutlich hat er einfach einen Mordskater.«

»Aber warum hat er dann Krötz vor meine Tür gestellt?«

»Im Suff machen die Leute die unmöglichsten Sachen«, sagte sie. »Da könnte ich dir Geschichten erzählen. Wenn einer mal nicht auftaucht, ist das kein Grund, Panik zu schieben. In den allerallermeisten Fällen steckt überhaupt nichts Schlimmes dahinter.«

Sie wollte mich beruhigen, und das war ja auch nett, es funktionierte nur nicht. Denn wer sagte denn, dass das hier nicht einer von den allerallerwenigsten Fällen war, wo eben doch etwas Schreckliches passiert war? Und keiner wollte es wahrhaben und niemand suchte nach Lazlo und er blieb einfach verschwunden. Für immer.

Plötzlich drehte sich alles um mich und in meinen Ohren fing es an zu rauschen.

Ohne mich zu verabschieden, rannte ich aus dem Café.

Mit Mr Bond im Schlepptau drängelte ich mich zwischen den Rauchern vor dem Eingang durch.

»Na? Hast du ihn gefunden?«, rief der Junge mit dem Pferdeschwanz hinter mir her.

Ich antwortete ihm nicht, sondern fing an zu rennen. Ich wollte so schnell wie möglich weg und einen ruhigen Platz finden, um mich wieder einzukriegen. Doch leider hatte Mr Bond überhaupt keine Lust, sich zu beeilen. Wir waren noch keine dreißig Meter gerannt, da ließ er sich so plötzlich auf den Hintern fallen, dass ich eine Vollbremsung machen musste, damit er nicht aus dem Halsband rutschte.

Die Jugendlichen vor der Villa hatten uns beobachtet und fingen an zu lachen.

Ich zerrte mein Handy aus der Jackentasche und wählte Philipps Nummer. Noch war nicht alles verloren. Vielleicht hatte Lazlo wirklich geschlafen, als ich vorhin angerufen hatte, und hörte jetzt endlich das Telefon. Oder jemand anderes ging ran und konnte mir sagen, wo er war. Dann war alles gut.

Doch leider sprang auch dieses Mal nur der Anrufbeantworter an. Niemand war zu Hause.

Oder?

War Lazlo doch daheim und ging nur nicht ans Telefon, weil ihn irgendjemand nicht ließ?

Was war da los?

Wenigstens wusste ich, wo ich hinmusste, auch wenn ich Lazlo nie bei Philipp besucht hatte.

»Ich wohne jetzt oben am Berg, in einem super Bungalow mit Pool und allem«, hatte er mir mal vorgeschwärmt.

Er hatte dort ein Zimmer für sich allein und durfte bleiben, bis er einen WG-Platz hatte. Und Krötz auch.

Trotzdem hatte er ihn jetzt bei mir abgegeben.

Oder hatte das jemand anderes getan?

Es dauerte ewig, bis ich ankam. Alle paar Meter musste ich Mr Bond ein Stück tragen, weil der Berg so steil war. Die Leute, die hier wohnten, erledigten bestimmt alles mit dem Auto. Vor jedem Haus stand eine riesige Doppelgarage und überhaupt war alles viel größer und feiner als bei uns. Nicht nur die Häuser und die Garagen, sondern auch die Gärten und sogar die Hecken um die Grundstücke. Die waren so hoch, dass man von den Häusern immer nur die oberen Stockwerke sah. Deshalb wäre ich auch fast an Philipps Bungalow vorbeigelaufen. Den konnte man hinter der dichten grünen Hecke nämlich gar nicht erkennen. Nur an der Hausnummer an der Garage hatte ich gemerkt, dass ich richtig war. Ich drückte ungefähr fünfzig Mal auf den Klingelknopf am Gartentor, aber niemand machte auf.

Kurz entschlossen hob ich Mr Bond über das Tor rüber und kletterte hinter ihm her. Der Garten war groß, mit hohen Bäumen und dem Swimmingpool mitten auf dem Rasen. Er war mit einer grauen Plane abgedeckt, auf der jede Menge Blätter lagen.

Zusammen mit Mr Bond umrundete ich das Haus und spähte durch die Fenster. Alle Zimmer, in die ich sehen konnte, waren aufgeräumt und superschick eingerichtet. Im Wohnzimmer standen zwei schwarze Ledersofas und ein Fernseher, der noch größer war als der von Jonas, und in der Küche gab es grau lackierte Schränke, und alle Geschirrtücher waren leuchtend weiß. Wir hatten immer extra bunte, damit es nicht so viel ausmachte, wenn mal Tomatensoße dranhing.

Erst als ich schon gehen wollte, entdeckte ich das Beet vor der Garagenrückwand. Der kleine Zaun außenrum war platt getreten und der Boden darin war zerwühlt. Jemand musste dort in aller Hektik etwas ausgegraben haben.

Auf dem Rückweg rief ich Paulina an. Es war zu spät, um noch zu ihr zu gehen, aber ich wollte wenigstens mit ihr reden.

»Lazlo ist nirgends«, erzählte ich ihr. »Nicht in der alten Villa und nicht bei Philipp. Da ist nämlich überhaupt niemand. Nur ein kaputtes Gehege. Das ist vielleicht von Krötz.«

»Na dann ist doch alles klar«, sagte Paulina. »Der ist mit Philipp und seiner Familie weggefahren. Und Krötz wollte er nicht allein im Garten lassen, damit ihn keiner ausbuddelt. Ist doch logisch.«

»Aber warum hat er den Zaun runtergetrampelt? Und wieso hat er mir nicht geschrieben, wann er ihn wieder abholt?«

»Bleib cool, Toni. Morgen taucht er wieder auf, ganz sicher. Ich sag Bekir, dass er in der Schule nach ihm Ausschau halten soll. Die haben ihre Klassenzimmer im gleichen Gang.«

# 5. Kapitel

Am nächsten Tag stupste Paulina mich im Matheunterricht an.

»Bekir hat geschrieben«, flüsterte sie und schob mir ihr Handy rüber. »Philipp ist in der Schule, aber Lazlo nicht.«

Ich erschrak so, dass ich quietschte.

»Antonia, her damit«, sagte die Sommerhalder und nahm mir Paulinas Handy weg.

Leider durfte sie es erst nach Unterrichtsschluss wieder abholen. Da war ich schon längst auf dem Weg zu Lazlos Schule, weil ich Philipp abfangen wollte.

Bekir wartete draußen auf mich. Er war extra länger geblieben, um mir Philipp zu zeigen. Ich wusste ja nicht mal, wie er aussah.

»Der kickt meistens noch nach dem Unterricht«, sagte er. »Hinten bei der Turnhalle. Würde ich auch gern, aber ich muss immer meine kleine Schwester abholen.«

Zusammen gingen wir über den Pausenhof. Bekir schob sein Fahrrad. Es hatte einen Kindersitz hintendrauf.

»Sag mal, ist eigentlich irgendwas mit Pauli?«, fragte er plötzlich und sah mich unruhig von der Seite an.

»Nö, wieso?«, fragte ich zurück und versuchte, harmlos zu klingen. »Der geht's gut.«

»Ich meine nur. Die ist irgendwie komisch zu mir.«

»Ist echt alles okay«, behauptete ich und fühlte mich schlecht, weil ich von Moritz wusste und er nicht.

Aber Paulina war meine beste Freundin und ich konnte sie doch nicht verraten.

Bekir ließ nicht locker.

»Ich hab gedacht, ich seh sie noch kurz vorm Training heute Nachmittag. Aber sie hat schon wieder keine Zeit, weil sie mit Matti und Marek zum Arzt muss. Was haben die denn?«

Oh Mann. Die hatten Moritz und der Arzt war ich. Das konnte ich ihm allerdings schlecht sagen.

»Die haben wieder Läuse«, behauptete ich. »Und Pauli will niemanden sehen, damit sich keiner ansteckt.«

»Ach, deshalb war sie so komisch am Telefon. Das hätte sie mir doch sagen können«, meinte Bekir unglücklich.

»Du weißt ja, bei Läusen stellt sie sich immer seltsam an«, sagte ich und hoffte, dass wir endlich am Bolzplatz ankamen, damit ich mich nicht weiter in Paulinas kompliziertem Liebesleben verheddern musste.

Sechs Jungs rannten johlend über einen grünen Hartplatz und kickten sich einen Tennisball zu.

»Ich muss leider gleich weiter«, meinte Bekir und schaute immer noch traurig. »Du kommst ohne mich klar, oder? Ich muss zum Kindergarten.«

»Klar«, sagte ich. »Danke, dass du mir geholfen hast.«

»Der mit dem blau-weißen Ringelpulli ist Philipp.«

Er deutete auf einen ziemlich kleinen Jungen mit halblangen braunen Haaren, der wie ein Irrer über den Platz raste.

Dann schwang er sich auf sein Rad und fuhr schnell davon.

»Du bist echt nett, Bekir!«, rief ich ihm hinterher.

Hoffentlich hörte er es noch.

Ich stand ewig am Spielfeldrand und wartete, dass der Ringelpulli mal zu mir rübersah, damit ich ihn herwinken konnte, aber er ließ den Tennisball keine Sekunde aus den Augen. Rufen brachte auch nichts, die schrien alle viel lauter als ich. Irgendwann reichte es mir. Ich rannte aufs Spielfeld und hielt Philipp am Pulli fest, grade als er zum nächsten Spurt ansetzen wollte.

»Ey, lass los«, schrie er. »Was soll der Scheiß?«

»Ich muss mit dir reden. Ich bin eine Freundin von Lazlo.«

»Hör mir bloß auf mit Lazlo«, sagte er finster. »Mit dem bin ich durch.«

»Warum?«

»Der ist ein Dieb!«

Er machte sich von mir los und lief weiter, dem Tennisball hinterher.

»Das kann nicht sein!« Ich rannte ihm nach und packte ihn wieder am Pulli. »Du spinnst.«

»Und du nervst«, antwortete er.

Aber dann ging er doch mit mir runter vom Platz. Wir setzten uns auf die Stufen vor der Turnhalle, und er erzählte, was passiert war.

Seine Eltern waren mit ihm und seinem kleinen Bruder übers Wochenende zu den Großeltern gefahren. Lazlo wollte nicht mitkommen, weil er Dienst in der alten Villa hatte. Und als Philipp und seine Familie gestern Abend zurückkamen, fehlten mindestens dreihundertfünfzig Euro und alle sieben Laptops und Tablets.

»Wie? Ihr habt sieben Laptops?«

»Nein. Nur drei. Der Rest sind Tablets. Mein kleiner Bruder kriegt erst nächstes Jahr einen Laptop, wenn er acht wird.«

Irre. Die waren ja wirklich reich.

»Und warum glaubst du, dass Lazlo was damit zu tun hat?«, fragte ich.

»Weil er seitdem verschwunden ist. Der ist wie vom Erdboden verschluckt. Samt seiner Schildkröte. Nur seine Sachen sind noch da.«

»Die Schildkröte ist nicht verschluckt, die ist bei mir. Die hat er vor meine Tür gestellt.«

»Ach so«, sagte Philipp verblüfft. »Also, ich verstehe das alles nicht. Warum macht der das, uns beklauen?« Er seufzte. »Und ausgerechnet dieses Mal haben meine Eltern mich gezwungen, meinen Laptop und das Tablet zu Hause zu lassen. Nur weil meine Oma sich beschwert hat, dass ich immer nur auf einen Bildschirm gucke und nicht mit ihr rede. Und jetzt ist alles weg. Der hat mitgenommen, was er kriegen konnte, und ist damit abgehauen. Das war richtig durchgeplant. Der hatte sogar einen Komplizen, der ihm geholfen hat.«

»Hä? Welchen Komplizen denn?«

»Weiß ich nicht. Irgendeiner in einem dunklen 3er-BMW-Coupé mit Breitreifen und Sportauspuff. Das hat am Samstagabend vor unserem Garten gestanden. Unser Nachbar hat es gesehen.«

»Was ist ein Coupé?«

»Ein Zweisitzer. Das weiß man doch.«

»Und da war nur einer drin, in dem Auto?«

»Keine Ahnung. Es war ja schon dunkel. Unser Nachbar hat nur das Auto bemerkt. Es ist ihm aufgefallen, weil es direkt an unserer Hecke gestanden hat. Ich denk mal, die haben unsere Laptops durch die Büsche in die Karre geladen. Und dann sind sie irgendwann mit tierischem Geröhre davongefahren.«

»Und Lazlo war dabei?«

»Denk ich mal, ja«, sagte Philipp ungeduldig. »Unser Nachbar hat nur gehört, wie die das Auto gestartet haben und losgerast sind. Ich glaube ja, dass der Komplize einer von der alten Villa war. Seit Lazlo dort jobbt, ist er immer komischer geworden.« Er sah mich forschend an. »Du bist doch auch mit ihm befreundet. Findest du nicht, dass er sich verändert hat?«

»Ich weiß nicht«, sagte ich langsam. »Ich kenne ihn eigentlich noch gar nicht so lange. Und ich habe ihn ewig nicht mehr gesehen.«

Doch irgendwie hatte Philipp schon recht.

In den Sommerferien war ich für drei Wochen mit meinen Eltern nach Griechenland geflogen, und als ich Lazlo danach wieder getroffen hatte, war er ganz seltsam gewesen. So still.

Ich habe ihn gefragt, ob irgendwas passiert wäre, als ich fort gewesen war, aber er hat behauptet, es wäre alles okay. Nur dass er seitdem nie mehr Zeit gehabt hatte, mich zu treffen, weil er immer arbeiten musste.

Aber deshalb war er noch lange kein Dieb.

Philipp zog die Augenbrauen zusammen. »Meine Eltern warten noch eine Woche. Wenn Lazlo uns die Sachen bis dahin zurückgibt, ist alles okay. Aber danach gehen sie zur Polizei und zeigen ihn an.«

Das regte mich jetzt aber echt auf.

»So ein Quatsch! Lazlo ist irre froh, dass er bei euch wohnen darf, der bestiehlt euch doch nicht. Und außerdem verdient er selber genug Geld. Ihr verdächtigt ihn nur, weil sein Vater wegen irgendwelchen Geldsachen im Gefängnis sitzt.«

»Überhaupt nicht! Lazlo war mein Freund«, verteidigte sich Philipp. »Es ist mir scheißegal, ob sein Vater im Knast ist oder nicht. Damit hat das nichts zu tun. Aber was soll man denn sonst denken, wenn es nirgends Einbruchspuren gibt? Keine Kratzer an der Tür, keine eingeschlagene Fensterscheibe, rein gar nichts? Und das Bargeld, das verschwunden ist, war in einer Teedose im Spülschrank, neben dem Mülleimer. Außer uns und Lazlo wusste keiner was davon.«

Na ja. So supergut war das Versteck jetzt auch nicht. Wenn ich der Einbrecher gewesen wäre und ich hätte eine Teedose wo gefunden, wo sie garantiert nicht hingehörte, hätte ich mir auch gedacht, dass was Wertvolles drin war.

»Vielleicht war Lazlo schon längst weg, als die Diebe in euer Haus gekommen sind«, sagte ich. »Die haben einen Nachschlüssel gehabt oder so. Und Lazlo ist woanders, bei seinem Onkel zum Beispiel, und weiß von der ganzen Sache gar nichts.«

Philipp schüttelte den Kopf.

»Bei seinem Onkel ist er nicht. Da hat meine Mutter schon angerufen. Der weiß auch nicht, wo er sein könnte. Aber das ist ein komischer Typ. Als meine Mutter gesagt hat, dass er Lazlo als vermisst melden soll, hat er nur gemeint, das hätte noch Zeit und dass er sowieso von allein wiederauftauchen würde. Der hat sich null Sorgen gemacht.«

Die Jungs auf dem Bolzplatz johlten, weil einer ein Tor geschossen hatte. Philipp schaute sehnsüchtig hin.

»War's das jetzt?«, fragte er.

»Nein. Ich will, dass du mir glaubst. Lazlo hat nicht gestohlen.

Sonst hätte er doch auch seine Klamotten mitgenommen. Das muss anders gewesen sein. Wir müssen nur noch draufkommen, wie.«

»Du willst es nur nicht wahrhaben, weil du ihn gernhast«, meinte Philipp.

»Nein. Ich will es nicht wahrhaben, weil es nicht stimmt.«

Meistens war die Wahrheit nämlich viel komplizierter, als man dachte, das hatte ich inzwischen kapiert. Und dass es falsch war, jemanden zu verdächtigen, nur weil er sich seltsam benahm. Das sagte noch gar nichts. Denn alles konnte immer auch ganz anders gewesen sein.

Und da fiel es mir plötzlich wie Schuppen von den Augen. Irre, wie lange man manchmal brauchte, um die einfachsten Sachen zu kapieren.

Dabei war es so klar: Die Einbrecher hatten nicht nur die Laptops und das Geld bei Philipp geklaut, die hatten auch Lazlo eingesackt. Sie hatten bestimmt gedacht, es wäre niemand im Haus, weil sie beobachtet hatten, wie die Familie weggefahren war. Von Lazlo wussten sie ja nichts. Und als sie das Haus durchsuchten, war er plötzlich aufgetaucht.

Es blieb ihnen gar nichts anderes übrig, als ihn mitzunehmen. Sonst hätte er sie ja verraten.

Vor lauter Aufregung zerrte ich wieder an Philipps Pulli.

»Der ist nicht freiwillig mit. Die haben ihn entführt«, sagte ich.

»Wer?«, fragte Philipp und schaute gespannt, was ich mit seinem Pulli machte.

»Die Einbrecher.«

Und dann haben sie ihn in den nächsten Wald gefahren und ihn dort erschossen und vergraben.

Ich habe es vor mir gesehen. Wie Lazlo in einem nebligen Wald vor einer dunklen Tanne steht und plötzlich knallt ein Schuss. Langsam sackt er in sich zusammen und bleibt am Fuß der Tanne liegen.

Ich ließ Philipps Pulli los. Ich hatte plötzlich keine Kraft mehr. Nicht mal zum Atmen.

»Was ist denn?«, fragte Philipp beunruhigt und klopfte mir auf den Rücken. »Du bist krass weiß im Gesicht. Wirst du jetzt ohnmächtig?«

»Weiß nicht«, keuchte ich. »Geht gleich wieder.«

Ich starrte auf den Bolzplatz.

Weder Wald noch Nebel.

Nur fünf Jungs und ein Tennisball.

»Reg dich nicht so auf«, sagte Philipp und hörte auf, meinen Rücken zu klopfen. »Der ist nicht entführt worden. Dann hätte er doch nicht noch seine Schildkröte ausgegraben und bei dir abgestellt.«

Okay. Das war tatsächlich seltsam. Aber so was kam vor. Vielleicht hatte Lazlo seine Entführer angefleht, dass er Krötz zu mir bringen durfte, und sie hatten sich erweichen lassen. Nur weil sie Verbrecher waren, hieß das noch lange nicht, dass sie kein Mitleid gegenüber Tieren hatten.

Oder sie hatten Lazlo gezwungen, seine Schildkröte bei mir abzusetzen, damit es so aussah, als ob er freiwillig fortgegangen wäre. Ja. Deshalb hatte er auch geschrieben, dass ich ihn nicht suchen sollte. Auch dazu hatten sie ihn gezwungen. Eigentlich wollte Lazlo nämlich, dass ich ihn fand. So wie schon mal, auf dem Dachboden der alten Villa.

Ein Junge kam vom Bolzplatz gerannt.

»Alter«, rief er Philipp schon von Weitem zu. »Kommst du auch mal zurück oder was? Drei gegen zwei, das ist doch Mist.«

Philipp stand auf.

»Ich spiel mal wieder, okay?«, sagte er und lief zurück aufs Spielfeld.

## 6. Kapitel

Warum war es Lazlos Onkel anscheinend völlig egal, dass sein Neffe weg war? War er gar nicht scharf darauf, dass er wieder auftauchte? Oder wusste er, wo er war, und wollte es nur nicht zugeben?

Ich hatte so viele Fragen.

Und dann machte ich mir auch immer noch Sorgen um Krötz. Wenn ich doch wenigstens wüsste, ob mit ihm alles in Ordnung war.

Als ich auf dem Weg zum Park war, um Mr Bond gegen die Gremlins zu tauschen, schrieb ich eine Nachricht an Valli.

**Weißt du jetzt was wegen dem Panzer von Krötz? Lazlo kann ich nicht fragen. Der ist verschwunden.**

Ich war noch nicht mal eine Kreuzung weiter, da schrieb Valli schon zurück.

**Was heißt verschwunden?**

**Weg. Niemand weiß, wo er ist. Auch sein Onkel nicht. Aber den frag ich heute noch selber.**

Denn vielleicht wusste er wirklich mehr, als er zugegeben hatte.

Sofort kam die nächste Nachricht.

**DA GEHST DU ABER NICHT ALLEIN HIN!!!!**

Das war so typisch Valli. Jetzt regte sie sich schon wieder auf. Nur weil ich ihr mal erzählt hatte, dass Lazlos Onkel blöd war.

Ich war gerade dabei, ihr zurückzuschreiben, aber weiter als bis **Keine Sorge** kam ich nicht, weil es hinter mir plötzlich laut quietschte.

Fahrradbremse, ganz klar.

»Hey, mach gefälligst die Augen auf!«, brüllte ein bärtiger Typ mit Leuchtweste. Anscheinend waren Mr Bond und ich aus Versehen auf den Fahrradweg gelatscht, als ich Valli geschrieben hatte.

»'tschuldigung.«

Ich sprang schnell auf den Gehweg zurück und zog Mr Bond zu mir her.

»Scheißverpeilter Handyzombie«, schimpfte der Mann und fuhr weiter.

So ein Mist. Wenn Mama mir nicht verboten hätte, Valli Sprachnachrichten zu schicken, wäre das überhaupt nicht passiert. Dabei hätte ich nämlich die Straße im Auge behalten können. Nur beim Schreiben ging das nicht.

Ich musste unbedingt noch mal mit ihr reden und ihr klarmachen, wie gefährlich so ein Sprachnachrichtenverbot war.

Mein Handy meldete sich wieder. Die nächste Nachricht von Valli:

**TONI! ANTWORTE! VERSPRICH MIR, DASS DU DA NICHT ALLEIN HINGEHST!**

Vorsichtshalber blieb ich diesmal stehen, bevor ich ihr zurückschrieb.

**Keine Sorge, mach ich nicht.**

Und sie gleich: **EIN HUND ZÄHLT ABER NICHT ALS BEGLEITUNG!**

**Ich nehme zwei Freunde mit, versprochen.**

**GUT!!!**

Okay, die Freunde waren Matti und Marek. Valli wäre wahrscheinlich nicht besonders glücklich gewesen, wenn sie gewusst hätte, dass meine Bodyguards Erstklässler waren. Aber ein Doppelpack Gremlins war gefährlicher, als man dachte. Man konnte nur nie vorhersagen, für wen.

Während Mr Bond und ich an einer roten Ampel warteten, schrieb ich ihr noch mal wegen Krötz. Dazu hatte sie ja noch gar nichts gesagt.

**Hast du wegen dem Panzer gefragt?**

**Nein, sorry. Aber ich bleib dran!**

**DANKE**

Ein paar Minuten später kam noch eine Nachricht von ihr.

**Sag Bescheid, was mit Lazlo ist!**

**Mach ich.**

Paulina kam mir schon am Parkeingang entgegengerannt.

»Endlich!«, rief sie aufgeregt. »Ich dachte schon, du kommst nicht mehr! Ich muss gleich los. Die Gremlins warten auf dem Spielplatz auf dich.«

Sie nahm mir die Hundeleine aus der Hand. Mr Bond schnüffelte an einem Papierkorb herum und machte keine Anstalten, auch nur noch einen Meter weiterzugehen. Paulina sah skeptisch auf ihn runter.

»Hoffentlich läuft der überhaupt ein paar Schritte.«

»Sonst musst du ihn eben tragen.«

Sie schüttelte energisch den Kopf.

»Nein, das geht nicht. Dann können wir nicht Händchen halten.«

»Tragt ihn zusammen. Mr Bond ist lang genug. Einer kann ihn um den Brustkorb nehmen und der andere am Po.«

Paulina stöhnte genervt.

»Super Idee, Toni. Das ist so ziemlich das Romantischste, was ich je mit einem Jungen gemacht habe. Hundewuchten. Und was für klasse Gesprächsthemen man da hat: ›Schatz, willst du lieber seine Schnauze im Gesicht haben oder seinen Hintern?‹« Plötzlich fing sie an zu kichern. »Im Ernst, Toni, wenn du Lazlo das auch vorgeschlagen hast, wundert's mich nicht, dass er weg ist.«

»Das ist überhaupt nicht witzig«, sagte ich böse. »Ich mache mir Sorgen um den. Philipp behauptet, er hätte ihre Laptops gestohlen und wäre dann abgehauen. Aber ich glaube, dass er von den Dieben entführt worden ist.«

Paulina machte große Augen.

»Welche Diebe denn?«

Ich erzählte ihr, was ich von Philipp erfahren hatte.

»Na ja, entführt«, meinte sie, als ich fertig war, und runzelte skeptisch die Stirn. »Meinst du nicht, das ist ein bisschen weit hergeholt?«

»Was glaubst du denn? Dass er geklaut hat?«

»Also, das finde ich wahrscheinlicher, als dass er gekidnappt worden ist.«

»Ach ja? Würdest du das auch denken, wenn es um mich ginge? Bestimmt nicht! Ihr verdächtigt Lazlo doch nur, weil er einen kriminellen Vater hat. Und wenn dich Mr Bond beim Knutschen stört, kannst du ihn übrigens gern hierlassen. Meine Idee war's nicht, dass du ihn mitnimmst.«

Ich war so wütend, dass ich ihn ihr sowieso am liebsten wieder weggenommen hätte.

Paulina schaute mich verblüfft an.

»Jetzt sei nicht gleich so sauer. Ich sag doch nicht, dass Lazlo ein Dieb ist. Ich meine nur, dass es auch nicht ausgeschlossen ist. Das ist es bei niemandem. Aber wenn du sagst, dass das nicht sein kann, hast du sicher recht.« Sie nahm mich in den Arm. »Reg dich nicht so auf, Toni. Das klärt sich alles.«

»Meinst du?«, fragte ich leise und war nicht mehr sauer, sondern nur noch deprimiert.

»Klar. Und Lazlo geht's gut. Du musst dir keine Sorgen machen. Und ich stänker auch nicht mehr gegen Mr Bond. Ich bin ja froh, dass du ihn mir leihst. Bis zur nächsten Parkbank wird er es schon schaffen. Dann reden Moritz und ich eben im Sitzen miteinander. Beim Gehen fällt einem das zwar leichter, aber dafür kann man sich auf einer Bank besser küssen. Also, falls wir heute überhaupt so weit kommen.«

Irre. Ich hatte mich wochenlang mit Lazlo im Park getroffen, aber ich wäre nie auf die Idee gekommen, vorher zu planen, was wir machten. Womöglich war das ein Fehler gewesen. Bis zum Küssen hätte ich es nämlich vielleicht doch mal gern geschafft.

Paulina ließ mich los und streckte mir ihr Gesicht entgegen.

»Ist dir eigentlich nichts an mir aufgefallen?«

Ich schaute sie genau an, aber ich konnte nichts Besonderes an ihr entdecken.

»Was soll mir denn aufgefallen sein?«

»Seh ich aus wie immer?«

»Da am Kinn hast du einen Pickel, aber den hattest du auch schon gestern.«

»Toniiiiii«, sagte Paulina gequält. »Ich hab extra die Wimperntusche von meiner Mutter geklaut und jetzt siehst du es nicht mal. Dann merkt Moritz es auch nicht und glotzt nur auf meinen Pickel.« Sie seufzte schwer. »Ich möchte mich einmal im Leben schön machen, ohne dass zwei Irre an die Badezimmertür trommeln. Nur ein einziges Mal. Dann würde ich das genauso gut hinkriegen wie alle anderen.«

»Du bist aber total hübsch.«

»Ja?«, fragte Paulina und sah ein paar Grad glücklicher aus. »Bekir findet das auch.« Doch dann verdüsterte sich ihre Miene wieder. »Aber ihr zählt nicht. Du bist meine beste Freundin und Bekir ist mein Freund. Ihr habt euch schon an mich gewöhnt. Nur für Moritz bin ich noch ganz neu. Der sieht das womöglich anders.«

»Dann lass den. Für zwei Jungs hast du sowieso keine Zeit.«

»Danach fragt die Liebe nicht, Toni. Der ist Zeit egal. Du kommst doch auch zu spät zur Schule, weil du Regenwürmer über die Straße trägst. Das machst du einfach, weil du Tiere liebst, und es ist dir egal, wie viel Zeit das kostet. Und meine Regenwürmer sind eben Jungs.«

Ich war mir nicht sicher, ob Bekir und Moritz besonders begeistert gewesen wären, wenn sie gewusst hätten, dass Paulina sie mit Regenwürmern verglich, aber ich verstand zumindest, was sie meinte.

Matti und Marek entdeckte ich schon von Weitem, als ich zum Spielplatz lief. Marek war der, der auf dem Giebeldach des Spielhäuschens hockte und sich nicht runtertraute, und Matti der, der unten stand und andauernd schrie: »Das geht doch babybabyeinfach! Du musst nur die Augen zumachen und springen!«

Ein paar Mütter, die auf den Bänken am Sandkasten saßen, beobachteten die beiden.

»Nein!«, brüllte ich. »Hört sofort auf mit dem Mist! Das ist viel zu hoch zum Springen!«

»Deshalb soll er doch die Augen zumachen«, rief Matti zurück.

»Marek, du bleibst, wo du bist, verstanden!«

Ich raste zu ihnen. Als ich an den Müttern vorbeikam, hörte ich, wie eine zur anderen sagte: »So große Jungs sollten nicht mehr auf den Spielplatz dürfen. Die machen diesen gefährlichen Blödsinn vor und die Kleinen imitieren das dann.«

Die Frau neben ihr nickte. »Vor allem, wenn sie so lange unbeaufsichtigt sind. Das geht eigentlich gar nicht.«

Ich warf ihnen den allerfinstersten Blick zu, den ich draufhatte. Den hatte ich mir von der Sommerhalder abgeguckt. Es war ihr gefürchteter Ich-vernichte-euch-alle-mit-der-nächsten-Mathearbeit-Blick. Sogar Valli fand, dass ich den gut draufhatte. Aber die Mütter beeindruckte er überhaupt nicht.

Die Wände des Spielhäuschens waren aus breiten Holzlatten gezimmert und fast zwei Meter hoch, und der Dachfirst, auf dem Marek saß, war noch ein Stück höher. Ich konnte nicht glauben, dass er da hochgeklettert war.

»Wer hat ihn denn dort raufgesetzt?«, fragte ich Matti.

»Das war ich«, sagte er und leuchtete vor Stolz. »Ich bin nämlich zuerst aufs Dach. Und dann habe ich ihn hochgezogen. Aber jetzt traut er sich nicht mehr runter und ziehen darf ich ihn auch nicht.«

»Da gibt's doch gar nichts, wo man dran hochklettern kann.«

»Doch! Das geht ganz einfach. Guck!«

Er streifte sich die Schuhe von den Füßen und zog die Socken aus. Dann quetschte er seine Finger und Zehen in die Ritzen zwischen den Holzlatten und kletterte wie Spiderman die senkrechte Wand hoch. Als er am Dachvorsprung war, machte er eine Pause.

»Da wird es schwerer«, schnaufte er. »Da muss man sich schieben.«

Marek beugte sich vorsichtig zu ihm runter.

»Kommst du jetzt wieder zu mir hoch?«, fragte er hoffnungsvoll.

»Nö«, sagte Matti und kletterte wieder nach unten. »Ich hab's nur Toni gezeigt.«

Marek fing an zu heulen. Die Mütter starrten noch böser zu uns rüber.

Mist. Irgendwie musste ich ihn vom Dach kriegen. Ich schaute mich nach etwas um, auf das ich mich stellen konnte, aber da war nichts. Und die Spalten zwischen den Holzlatten waren für meine Finger und Zehen garantiert zu eng. Doch an der Schmalseite der Hütte, ungefähr einen Meter über dem Boden, war eine große Fensterhöhle. Wenn ich mich auf den Sims stellte, müsste ich wenigstens mit den Händen an Marek ranreichen. Ich hielt mich mit den Fingern so gut es ging in den Ritzen zwischen den Brettern fest und zog mich in die Fensterhöhle. Als ich mich aufrecht hinstellte, konnte ich über den Dachfirst sehen, direkt in Mareks verweintes Gesicht.

»Hey, Marek, reg dich nicht auf. Ich helf dir. Du musst dich nur andersrum hinsetzen und auf den Bauch legen. Dann kannst du dich rückwärts zu mir schieben.«

Der arme Marek war völlig verkrampft, aber endlich traute er sich doch, sich auf dem Dachfirst umzusetzen. Auf dem Bauch liegend schob er sich so weit in meine Richtung, dass ich erst seine Beine, dann den Po und schließlich seinen Bauch zu fassen kriegte und ihn neben mich auf den Fenstersims ziehen konnte. Von dort schaffte er es dann allein bis nach unten.

»Euch zwei kann man keine Sekunde aus den Augen lassen«, stöhnte ich, als wir alle wieder auf dem Boden standen.

»Mich schon«, sagte Matti.

Die Wohnung von Lazlos Onkel lag in einem Neubaugebiet, das gar nicht weit weg vom Park war. Den Weg kannte ich, weil ich im Sommer schon mal da gewesen war, als ich Lazlo gesucht hatte. Man musste nur zwei große Straßen überqueren und an einem Einkaufszentrum vorbeigehen, und dann war man fast da.

Eigentlich war die Gegend total schön, weil die Häuser alle ganz modern waren, so große weiße Würfel, die in einem Halbkreis um einen kleinen Teich herumstanden.

Das half einem allerdings auch nichts, wenn man dafür mit einem fiesen Onkel zusammenlebte, der weder Kinder noch Schildkröten mochte. Beim letzten Mal, als ich ihn nach Lazlo gefragt hatte, war er richtig unfreundlich gewesen, und ich hatte überhaupt keine Lust, ihm noch mal zu begegnen. Aber ich wusste auch nicht, was ich sonst machen sollte, um Lazlo zu finden.

Es war nur gut, dass ich die Gremlins dabeihatte. Die waren jetzt nicht die super Bodyguards, aber sie erzählten unterwegs zumindest so viel Quatsch, dass ich zwischendurch fast vergaß, wohin wir unterwegs waren.

»Wenn wir da sind, seid ihr aber still«, schärfte ich ihnen ein. »Ich muss den Typ, den wir besuchen, was Wichtiges fragen. Und wenn ihr dazwischenredet, lenkt mich das ab. Dann kriege ich nicht mit, was er sagt.«

»Wie still sollen wir denn sein?«, fragte Marek. »So still wie in der Schule oder so wie im Hort oder so, wie wenn wir schlafen?«

»So still wie in der Schule, das reicht«, sagte ich.

Ich hatte ja keine Ahnung, wie viel Erstklässler dort inzwischen rumquatschten.

Was, wenn Lazlo hier ist, schoss es mir plötzlich durch den Kopf, als ich bei seinem Onkel klingelte. Gleich steht er in der Wohnungstür und freut sich wie blöd, dass ich ihn gefunden habe. »Ich musste kurz untertauchen«, sagt er. »Ich habe den Dieben die Laptops wieder abgenommen und weiß nicht, ob die mich jetzt suchen. Deshalb verstecke ich mich lieber für ein paar Tage. Kommt rein, mein Onkel ist nicht da.«

Aber leider war das nur ein Hirngespinst.

In der Wohnungstür stand sein Onkel und schaute uns grimmig zu, wie wir die halbe Treppe bis zu ihm hochstiegen. Er hatte immer noch seinen komischen spitzen Kinnbart und seine Haare waren genauso schmierig nach hinten zurückgegelt wie beim letzten Mal. Nur der Rest von seinem Kopf sah anders aus. Sein linkes Auge war zugeschwollen und seine Nase war ungefähr doppelt so groß wie normal und irgendwie schief.

»Dich kenne ich doch«, sagte er zur Begrüßung. Er nuschelte ziemlich. Vielleicht waren seine Zähne auch demoliert. »Du bist die Kleine von Lazlo. Macht ihr jetzt eure Familienausflüge zu mir oder was?«

Er deutete mit seinem Spitzbartkinn in Richtung der Gremlins, die neben mir standen und ihn groß anschauten.

»Wir suchen Lazlo«, erklärte ich ihm.

»Kannst du vergessen«, sagte er. »Der war seit Ewigkeiten nicht hier. Seit er bei dem reichen Schnösel wohnt.«

»Warum ist dein Auge so bunt?«, fragte Matti und ging einen Schritt vor, um es besser anschauen zu können.

»Was glaubst du wohl, du Knirps?«, fragte der Onkel zurück. »Dass ich's mir angemalt habe?«

Matti schüttelte den Kopf. »Ich glaube, dir hat einer draufgehauen.«

»Du bist ja ein Schlauer«, knurrte der Onkel.

Ich zog Matti zurück. Das blaue Auge von diesem Typ war mir herzlich egal. Mir ging es um Lazlo.

»Haben Sie eine Idee, wo er sein könnte? Ich muss unbedingt mit ihm sprechen.«

Er zuckte mit den Schultern. »Weiß ich nicht und interessiert mich auch nicht. Der kann mir gestohlen bleiben.« Er machte einen Schritt auf mich zu und beugte sich zu mir runter, sodass sein zerbeultes Gesicht ganz nahe an meinem war. »Dem kleinen Scheißer habe ich nämlich das da zu verdanken.« Er deutete auf sein blaues Auge und richtete sich wieder auf. »Und außerdem kommt der sowieso wieder.«

»Aber das war doch nicht Lazlo!«, sagte ich erschrocken.

»Toni, der hat ›Scheißer‹ gesagt«, meldete sich Marek.

Ich beachtete ihn gar nicht.

»Lazlo ist kein Schläger!«

Marek zog an meiner Hand. »Toni, der darf nicht ›Scheißer‹ sagen.«

»Marek, jetzt lass mal«, flüsterte ich ihm zu. »Das ist grade nicht wichtig. Ich muss was klären.«

Ich drehte mich wieder zu Lazlos Onkel.

»Lazlo ist kein Schläger!«, wiederholte ich.

»Denk, was du willst. Ist mir egal«, brummte er.

»Man darf aber nicht ›Scheißer‹ sagen«, beharrte Marek.

»Nee, darf man nicht«, mischte sich jetzt auch Matti ein.

Lazlos Onkel musterte sie finster.

»Zwei so Oberschlaue!«, meinte er. »Weißt du, was, Mädchen? Kümmer dich mal lieber um die. Wenn die so weitermachen, kriegen die schneller das Maul gestopft, als ihnen lieb ist.«

Er drehte sich um und wollte die Wohnungstür zuziehen.

Ich nahm meinen ganzen Mut zusammen und blockierte sie mit dem Fuß, damit sie offen blieb. So leicht wurde er mich nicht los.

»Wenn Sie nicht wissen, wo Lazlo ist, dann gehe ich zur Polizei und melde ihn als vermisst«, erklärte ich und hoffte, dass er nicht merkte, wie meine Stimme vor Aufregung zitterte. »Das darf man nämlich, auch wenn man nicht verwandt ist. Eine Vermisstenmeldung kann jeder aufgeben.«

Das hatte ich extra im Internet recherchiert.

Jetzt guckte er noch finsterer.

»Einen Scheiß machst du. Hast du das verstanden? Weil dich das alles nämlich einen Dreck angeht. Steck deine Nase nicht in anderer Leute Angelegenheiten, Kleine, sonst kriegst du eine Menge Ärger. Kapiert? Und deinem Lazlo tust du keinen Gefallen, wenn du zu den Bullen gehst. Das bricht dem das Genick. So. Und jetzt macht euch vom Acker.«

Er kickte meinen Fuß weg und knallte die Tür zu. Die Gremlins und ich standen bedröppelt im Treppenhaus. Marek kriegte sich als Erster wieder ein.

Er stellte sich direkt vor die Wohnungstür, formte seine Hände zu einem Trichter und drückte seinen Mund dagegen.

»Und man darf trotzdem nicht ›Scheißer‹ sagen, du selber Scheißer«, brüllte er.

Am liebsten hätte ich mitgebrüllt.

# 7. Kapitel

Ich war immer noch ganz durcheinander, als wir an dem kleinen Teich vorbei zurück zur Straße liefen. Es konnte doch nicht sein, dass es diesen Onkel einen Dreck interessierte, wo sein Neffe war. Schließlich war er für ihn verantwortlich.

Und außerdem passte das Wenige, das er über Lazlo gesagt hatte, gar nicht zusammen. Denn wenn Lazlo seit Ewigkeiten nicht mehr bei ihm gewesen war, konnte er ihn doch nicht geschlagen haben.

Ich zog mein Handy aus der Jackentasche und suchte im Internet nach Fotos von blau gehauenen Augen. So schlimm, wie das von Lazlos Onkel aussah, war es allerhöchstens eine Woche alt. Also musste er seinen Neffen in den letzten Tagen irgendwo getroffen haben. Warum gab er das nicht zu? Und was war dann passiert? Hatten sie sich gestritten? Worüber? Er war doch damit einverstanden gewesen, dass Lazlo zu Philipp gezogen war. Aber selbst wenn sie Streit gehabt hätten, hätte Lazlo ihn doch niemals geschlagen. Das passte überhaupt nicht zu ihm.

Und warum würde es ihm das Genick brechen, wenn ich ihn als vermisst meldete?

Marek riss mich aus meinen Gedanken.

»Toni, wie kriegt man das Maul gestopft?«, fragte er und griff nach meiner Hand.

Oje. Lazlos Onkel hatte ihn bestimmt völlig verschreckt.

»Das war nur ein dummer Spruch von diesem blöden Onkel«, erklärte ich schnell. »Den kannst du gleich wieder vergessen. Man stopft niemandem das Maul. So was sagt man nicht und machen tut man es erst recht nicht.«

»Doch. Mit Kaugummi«, behauptete Matti und nickte wissend zu seinem Bruder hin. »Der stopft doll.«

»Banane aber noch mehr«, sagte Marek.

»Und Schokoküsse!«, setzte Matti noch einen drauf.

»Und Glibberaugen!«, schrie Marek.

»Und blöder Onkel!«, kreischte Matti und sie kriegten sich vor Lachen fast nicht mehr ein.

Wir waren schon fast zurück auf der Straße, als Marek plötzlich stehen blieb.

»Toni, ich hab Hunger«, seufzte er und sah mich hoffnungsvoll an.

»Ich auch. Und ich muss Pipi«, erklärte Matti.

»Ich aber auch. Und wie«, jammerte Marek.

Ich schaute mich suchend um. Mitten auf den Rasen konnte ich sie schlecht pinkeln lassen, aber daneben war ein großer Parkplatz, um den niedrige Sträucher wuchsen.

»Da gehen wir hin«, sagte ich und zeigte ihnen die Büsche.

Doch als wir dort waren, vergaß ich die Gremlins völlig. Denn in einer der Parkbuchten, zwischen einem Geländewagen und einem kleinen rot-weißen Auto von der Altenpflege, stand ein schwarzer BMW. Er hatte nur zwei Türen und sehr breite Reifen.

Wie hatte der Nachbar das Auto beschrieben, das vor Philipps Haus gestanden hatte? »Ein dunkles 3er-BMW-Coupé mit Breitreifen und Sportauspuff.«

Ich schaute mir das Auto von hinten an. Der Auspuff war mindestens doppelt so groß wie der von dem Altenpflegeauto daneben. Das war ein Sportauspuff, todsicher.

»Toni, komm jetzt«, drängelte Marek.

Er zog an meiner Hand und machte X-Beine.

»Gleich! Ich muss nur eben noch was gucken.«

»Was denn?«, fragte Matti.

Ich linste durch das Fenster auf der Fahrerseite. Auf dem Beifahrersitz lag ein hellblaues Handtuch. Zwei große rote Flecken waren darauf. Ich schirmte meine Augen vom Licht ab und schaute genauer hin. Die Gremlins drängten sich neugierig neben mich und stellten sich auf die Zehenspitzen, um besser ins Auto sehen zu können. Neben dem Handtuch, direkt auf dem Sitzpolster, waren noch drei rote Flecken. Sie waren ein bisschen verwischt.

»Boah! Da ist Blut«, sagte Matti aufgeregt. »Ganz viel!«

Mir sackten die Beine weg. Ich musste mich am Auto abstützen.

»Toni?«, fragte Marek und schaute mich ängstlich an. »Ist das wirklich Blut?«

»Nein«, sagte ich heiser. »Dem ist Wein ausgelaufen. Oder Tomatensaft.«

Ich schickte die Gremlins zum Pinkeln hinter den Haselnussstrauch und setzte mich auf die Bordsteinkante. Ich brauchte kurz Zeit zum Durchatmen und um zu überlegen, was das jetzt bedeuten konnte.

Wenn dieser dunkle BMW derselbe war, der vor Philipps Haus

gestanden hatte, dann war Lazlos Onkel am Samstagabend bei ihm gewesen. Ihn hatte der Nachbar gesehen. Plötzlich ergab alles, was an diesem Abend passiert war, einen Sinn. Natürlich war Lazlo kein Dieb. Und einen Komplizen gab es genauso wenig. Sein Onkel war es, der die Laptops gestohlen hatte. Er wusste ja, dass sein Neffe jetzt bei reichen Leuten wohnte, und nachdem er mitgekriegt hatte, dass Lazlo übers Wochenende allein dort war, setzte er sich ins Auto und fuhr zu ihm hin. Lazlo machte ihm die Tür auf, logisch, das machte ja wohl jeder bei Verwandten. Deshalb gab es auch keine Einbruchsspuren. Und dann fing sein Onkel an, die Laptops und Tablets aus dem Haus zu tragen. Bestimmt stellte Lazlo sich ihm in den Weg und schrie, dass er das lassen sollte. Oder nein. Dann hätten die Nachbarn ja Schreie gehört. Lazlo sagte gar nichts, sondern warf sich gleich auf seinen Onkel und versuchte, ihm die Laptops wieder abzunehmen. Der wehrte sich natürlich. Und dann brach eine Schlägerei los, und der fiese Onkel kriegte einen Schlag aufs Auge, und zack, noch einen auf die Nase. Geschah ihm recht. Lazlo war zwar kein Schläger, aber wenn's drauf ankam, konnte er garantiert kämpfen wie ein Löwe. Blöd war nur, dass er so irre dünn war und sein Onkel voll kräftig. Deshalb überwältigte er Lazlo irgendwann und schlug ihn brutal nieder. Danach suchte er in aller Ruhe die restlichen Laptops und Tablets zusammen und wühlte so lange in den Schränken, bis er zufällig die Teedose mit dem Bargeld fand. Er schleppte alles zum Auto und zum Schluss verfrachtete er den bewusstlosen, blutenden Lazlo auf den Beifahrersitz und fuhr mit seiner Beute davon.

Oder nein, noch mal anders. Krötz gab's ja auch noch.

Der fiese Onkel buddelte Krötz aus, steckte ihn in die Kiste und zwang den benommenen Lazlo, einen Brief an mich zu schreiben. Kein Wunder, dass der fast unleserlich gewesen war.

Dann packte er Krötz mit dem Brief in die Kühltasche und stellte sie mir vor die Tür. Alles sollte so aussehen, als ob Lazlo freiwillig fortgegangen wäre, damit ich auf keinen Fall nach ihm suchte. Irre, wie genau er alles geplant hatte. Aber dass ich ihm so schnell auf die Schliche kommen würde, damit hatte dieser Mistkerl sicher nicht gerechnet.

Jetzt musste ich nur noch rauskriegen, wo er Lazlo hingebracht hatte.

»Toni!«

Die Gremlins kamen zurück und machten noch mehr X-Beine als vorher.

»Ich hab gar nicht gekonnt!«, rief Marek empört. »Dahinten ist es eklig.«

»Voll müllig ist es da«, stimmte Matti ihm zu.

»Ehrlich?«

Ich stand auf und ging mit ihnen zum Haselnussstrauch. Dort lagen ein paar Bierdosen im Unterholz und jede Menge Papiertaschentücher. Es war jetzt nicht der allerfeinste Platz zum Pinkeln, aber ich fand, es ging schon. Ich wollte ihnen gerade sagen, dass sie sich nicht so anstellen sollten, da kam mir eine viel bessere Idee.

»Wir gehen zu Lazlos Onkel zurück«, erklärte ich ihnen. »Der hat ein richtiges Klo.«

Marek schüttelte den Kopf. »Ich muss nicht mehr.«

»Du willst nur nicht hin, weil du ›Scheißer‹ zu dem gesagt hast«, meinte Matti. »Und jetzt hast du Schiss.«

»Gar nicht«, behauptete Marek und trat nach ihm.

»Scheißer Schiss Scheißer Schiss«, sang Matti und wich ihm lachend aus.

»Hört auf zu streiten.« Ich nahm sie an die Hand. »Der tut euch nichts. Der ist nur ein bisschen schlecht gelaunt. Immerhin ist er der Onkel von Lazlo und Lazlo ist nett. Außerdem bin ich ja dabei.«

Natürlich war ich auch nicht wild drauf, zu dem Mistkerl zurückzugehen. Doch mit zwei Jungs, die dringend aufs Klo mussten, hatte ich den perfekten Vorwand, um nachzuschauen, ob er Lazlo gefangen hielt. So gemein war ja wohl niemand, dass er kleinen Kindern verbot, bei sich zu pinkeln, wenn sie unbedingt mussten.

Aber dann klappte es doch fast nicht. Lazlos Onkel weigerte sich nämlich tatsächlich, die Gremlins reinzulassen.

»Sag mal, läufst du noch ganz rund?«, fuhr er mich an. »Ich bin doch keine öffentliche Bedürfnisanstalt. Da draußen gibt's jede Menge Natur, da können deine Brüder hin. Erst vor meiner Tür rumpöbeln und dann noch in mein Bad wollen. Ihr habt ja Nerven.«

»Ich muss auch gar nicht mehr«, flüsterte Marek.

»Ich schon«, sagte Matti und lächelte so vertrauensvoll, als ob er mit dem Weihnachtsmann reden würde.

Lazlos Onkel musterte ihn genervt, aber Matti lächelte so lange weiter, bis er aufgab. »Meinetwegen«, stöhnte er, »dann komm halt rein. Bad ist erste Tür rechts. Aber zieh die Schuhe aus, verdammt. Und mach hinne.«

Matti schlüpfte aus seinen Schuhen und huschte durch die

Wohnungstür. Marek machte es ihm nach und rannte hinterher. Anscheinend musste er jetzt doch wieder.

»Vielen Dank«, sagte ich und zog auch die Schuhe aus. »Ich geh schnell mit und pass auf, dass sie keinen Mist machen.«

Er nickte kurz und rückte ein Stück zur Seite, damit ich an ihm vorbeikam.

»Jungs, alles klar?«, rief ich durch die Badezimmertür, während er mich nicht aus den Augen ließ.

»Ja!«, antworteten Matti und Marek.

Ich blieb im Flur stehen und lauschte. Außer dem leisen Geplapper der Gremlins, die sich über Schlangen unterhielten, die manchmal in Klos lauerten, war nichts zu hören. Keine Musik. Keine Bewegungen. Kein Rufen. Falls Lazlo hier war, war er entweder nicht bei Bewusstsein oder sein Onkel hatte ihn geknebelt und gefesselt, sodass er keine Möglichkeit hatte, sich bemerkbar zu machen. Ich ging ein paar Schritte den Flur entlang und kontrollierte die Wohnung so unauffällig wie möglich. Neben dem Bad war eine geräumige Küche mit hohen weißen Schränken an der Wand und einem Glastisch in der Mitte. Auf der Spüle stand ein Kaffeeautomat. Geschirr oder irgendetwas zum Essen entdeckte ich nirgends. Es sah nicht so aus, als ob hier besonders viel gekocht würde.

Auf der anderen Seite des Flurs waren noch zwei Türen, aber sie waren geschlossen.

War Lazlo in einem der Zimmer dahinter?

Ich drehte mich zu seinem Onkel um. Er lehnte noch in der Haustür und spielte irgendwas auf seinem Handy. Alle paar Sekunden machte es komische Töne.

Leise schlich ich zu der geschlossenen Tür, die gegenüber der

Küche war, und horchte. Ich lauschte so doll, dass ich schon dachte, mein Ohr würde gleich durch die Tür wachsen, aber von Lazlo hörte ich trotzdem nichts.

Am Ende des Flurs war noch ein Raum. Er hatte keine Tür und man konnte von dort, wo ich stand, bis zu seiner Fensterfront durchsehen. Dahinter lag ein Balkon. Auf Zehenspitzen lief ich durch den Flur und schaute mir das Zimmer genauer an. Anscheinend war es das Wohnzimmer. In der Mitte stand ein schwarzes Ledersofa mit einem Laptop drauf. War das einer von denen, die eigentlich Philipp gehörten?

»Genug gesehen?«, fragte Lazlos Onkel plötzlich.

Ich schrak zusammen und wandte mich zu ihm um.

Er grinste spöttisch.

»Du bist ja überhaupt nicht neugierig.«

»'tschuldigung, ich … ich hab nur gedacht, dahinten steh ich nicht so im Weg«, stotterte ich und ging zurück zum Bad.

Was machten die Gremlins eigentlich so lange dadrin?

Ich klopfte an die Tür. »Seid ihr jetzt fertig? Kann ich rein?«

»Gleich!«, schrie Marek, aber Matti machte schon die Tür auf.

»Fertig«, sagte er und kam raus. »Es war keine Schlange drin.«

Marek lief ihm hinterher.

»Ich kontrolliere nur schnell, ob die beiden kein Chaos gemacht haben«, rief ich dem Onkel zu und schlüpfte ins Bad.

Der Boden unter dem Waschbecken war ziemlich nass. Wahrscheinlich hatten die Gremlins beim Händewaschen rumgespritzt. Das war mir jetzt aber egal. Mich interessierte nur, ob es hier irgendwelche Spuren von Lazlo gab.

Leise öffnete ich den Spiegelschrank über dem Waschbecken. Er war voller Rasiersachen und Männercremes und so was. Nichts davon sah so aus, als ob es einem fünfzehnjährigen Jungen gehörte. Aber im untersten Fach stand ein Glas mit zwei Zahnbürsten.

Warum zwei?

»He, willst du dich dadrin einrichten oder was?«, schrie der Onkel aus dem Flur.

»Alles okay hier«, rief ich zurück und machte, dass ich aus dem Bad kam.

Die Gremlins waren schon im Treppenhaus. Sie hielten ihre Schuhe in der Hand und traten sich gegenseitig auf die Füße. Lazlos Onkel stand immer noch in der Tür. Ich startete einen letzten Versuch.

»In welchem Zimmer hat Lazlo eigentlich gewohnt, als er bei Ihnen war?«, fragte ich.

»Warum?«, fragte er zurück.

»Ich hab ihm ein Buch geliehen und hätte es gern wieder«, behauptete ich. »Ich wollte nur kurz schauen, ob es noch hier in seinem Zimmer liegt.«

»Toni, Marek macht immer viel doller als ich!«, beschwerte sich Matti von draußen.

»Ich komm gleich!«, rief ich zurück.

»Der hat bei mir kein Zimmer gehabt«, erklärte der Onkel. »Der hat im Wohnzimmer geschlafen. Und außerdem ist hier nichts mehr von ihm. Alles, was noch da war, habe ich entsorgt, das war sowieso nichts wert. Ich brauche den Platz für mich. So, und jetzt mal raus mit dir, Lady, sonst schlägst du hier noch Wurzeln.«

Er zeigte mit dem Daumen zur Tür, aber ich wollte immer noch nicht aufgeben.

Ein allerletzter Versuch.

»Aber Sie haben doch noch zwei Zimmer hier.« Ich deutete auf die verschlossenen Türen. »Da wäre doch eigentlich jede Menge Platz für einen Mitbewohner. Oder brauchen Sie die Zimmer zum Arbeiten? Erfinden Sie irgendwas? Was denn? Mit Erfindungen kenne ich mich aus.« Ich redete einfach drauflos und hoffte, dass Lazlo mich hörte, wenn er hier war. Dass er mich hörte und es schaffte, sich irgendwie bemerkbar zu machen. Bis zur Tür vorzurobben und dagegenzutreten, zum Beispiel. Aber dazu musste ich ihm mehr Zeit verschaffen.

»Mein Vater erfindet nämlich auch grade was«, quasselte ich. »Der bastelt Drohnen. Also so richtig echte, die fliegen können, logisch. Sonst wären es ja auch keine Drohnen, sondern Riesenspinnen. Haha.«

Der Onkel schaute mich verblüfft an.

»Was laberst du eigentlich?«, fragte er.

Ich machte einfach weiter. »Und wenn mein Vater was im Kopf hat, dann hängt er sich immer voll rein. Mit seinen Drohnen zum Beispiel belegt er unsere ganze Wohnung, stellen Sie sich das mal vor, jedes einzelne Zimmer! Ich musste extra ausziehen, weil er sogar mein Zimmer gebraucht hat!«

»Nee, du, das hat der nur behauptet, um dich loszuwerden«, unterbrach mich der Onkel und schob mich Richtung Wohnungstür. »Der kann einem leidtun, dein Vater. Dich hält man ja echt nicht aus, so wie du einem auf die Pelle rückst. Und dann dein Gequatsche.«

Okay, jetzt musste ich wohl wirklich gehen. Die Gremlins hatten auch keine Nerven mehr, länger auf mich zu warten. Inzwischen traten sie sich nicht mehr nur auf die Füße, sondern mit aller Kraft gegen das Schienbein.

Ich war schon fast aus der Wohnung raus, als ich den Affen

sah. Er war aus Plastik und baumelte an einer Metallkette, die an einem Haken neben der Wohnungstür hing. »MANIC« stand auf dem Lendenschurz, den er seltsamerweise trug. Daneben baumelte noch was: ein schwarzer, eckiger Schlüssel, der zwei blaue und zwei weiße Dreiecke drauf hatte, die zusammen einen Kreis bildeten. Außen drum rum waren drei fette Buchstaben: BMW.

Als wir zum Spielplatz zurückliefen, meldete ich mich bei Valli. Das hatte ich ihr ja versprochen.

**Ich hab eine Spur! Der Onkel hat irgendwas mit dem Verschwinden von Lazlo zu tun.**

**Was denn?, schrieb Valli zurück.**

**Muss ich noch rauskriegen.**

Ihre Antwort kam sofort. Mit ungefähr hundertachtzig Ausrufezeichen.

**ABER KEINE ALLEINGÄNGE, TONI!!!!!!!!!! Sag Mama und Papa Bescheid.**

Ich fand es nicht so dringend, darauf zu antworten, immerhin war's ja keine Frage. Aber Valli dachte anscheinend anders darüber.

**TONI??**

Und dann gleich noch mal: **Toni!!!!! Wenn du Mama und Papa nichts davon erzählst, erfahren sie es von mir.**

Warum glaubten große Geschwister eigentlich immer, dass sie einem in alles reinquatschen durften? Mama und Papa mussten doch überhaupt nicht wissen, dass Lazlo verschwunden war. Die kannten ihn gar nicht. Und außerdem würden sie sich sowieso nur aufregen.

So wie Valli. Ich hatte gedacht, sie wäre inzwischen cooler geworden und wüsste, dass ich so was auch allein hinkriegte, aber anscheinend hatte sie das schon wieder vergessen. Oder es lag daran, dass sie so weit weg war. Wenn ich früher allein bei Oma und Opa war, machte ich mir auch immer Sorgen, dass die daheim ohne mich nicht klarkamen.

Also war's erst mal wichtig, sie zu beruhigen.

**Ich sag's ihnen. Muss nur vorher noch was klären**, schrieb ich zurück.

Hoffentlich war sie damit zufrieden und ließ Mama und Papa in Ruhe.

# 8. Kapitel

Paulina war total aufgedreht, als wir uns im Park wieder trafen, um die Gremlins und Mr Bond zurückzutauschen.

»Das war so klasse, Toni«, legte sie gleich los, sobald wir auf unserer Bank am Spielplatz saßen. Mr Bond lag neben uns im Gras und schnarchte und Matti und Marek waren auf dem Klettergerüst verschwunden. »Moritz ist irre witzig. Das denkt man gar nicht, wenn man ihn nur in der Schule sieht, aber der hat voll Humor.«

»Nee, denkt man ehrlich nicht«, sagte ich, weil ich mir nicht vorstellen konnte, wie jemand witzig sein konnte, der nie den Mund aufmachte.

»Ist aber so«, beharrte Paulina beleidigt.

»Okay.«

Wegen Moritz wollte ich keinen Streit anfangen. Vielleicht konnte er ja schräge Grimassen schneiden. Oder Bauchreden. Das wäre dann schon witzig. Aber eigentlich war es mir egal. Hauptsache, Paulina ging es gut. Außerdem hatte ich genug mit Lazlo zu tun. Und auf die Gremlins musste ich auch noch ein Auge haben. Sie waren vom Klettergerüst gesprungen und rasten jetzt zur Hütte. Ich wollte nicht schon wieder Verrenkungen machen müssen, um einen von ihnen vom Dach zu pflücken. Das wäre garantiert an mir hängen geblieben, auch wenn Paulina jetzt da war. Sie hat nämlich viel kürzere Beine als ich. Damit wäre sie gar nicht bis zur Dachkante gekommen.

»He! Nicht aufs Hüttendach!«, brüllte ich den Gremlins zu.

Matti bremste ab.

»Ich kann aber!«, rief er.

Marek rannte weiter bis zum Sandkasten und hüpfte rein.

»Das ist für Babys!«, protestierte Matti, aber dann lief er doch seinem Bruder hinterher und hockte sich neben ihn.

Paulina hatte nicht mal aufgeschaut. Sie glotzte nur auf ihr Handy und tat, als ob wir gar nicht da wären.

Ich boxte sie in die Seite, aber nur ganz leicht.

»Jetzt sei nicht mehr sauer, Pauli. Ist doch toll, dass es gut lief.«

Paulina schaute von ihrem Handy hoch und lächelte verwirrt.

»Ich bin nicht sauer«, sagte sie. »Ist doch klar, dass du das nicht beurteilen kannst. Du hast ja noch nicht erlebt, wie wunderschön es mit einem Jungen sein kann, den man grade erst kennenlernt.«

»Mhm«, brummte ich.

Ich fand es doof, dass sie das sagte. Weil ich nämlich genau wusste, was das für ein Gefühl war. Schließlich kannte ich Lazlo auch erst seit ein paar Monaten und mit ihm im Park war es mindestens so schön gewesen wie bei ihr und Moritz. Und witzig konnte Lazlo auch sein, ohne dass er dafür bauchreden musste. Außerdem stimmte das sowieso nicht. Man musste nicht alles schon mal erlebt haben, um es zu verstehen. Man musste sich nur in den anderen reinversetzen können. Und darin war ich echt gut. Aber deshalb konnte ich diesen Moritz ja wohl trotzdem unwitzig finden. Doch das behielt ich jetzt mal lieber für mich.

»Wie ging's eigentlich mit Mr Bond?«, fragte ich, um das Thema zu wechseln. »Seid ihr die ganze Zeit mit ihm rumgelaufen?«

»Haha«, machte Paulina. »Der wollte sich keinen Schritt vorwärtsbewegen, nachdem du weg warst. Ich musste den bis zur großen Eiche schleppen, wo Moritz gewartet hat, sonst wäre ich nie angekommen. Dort haben wir auf einer Bank gesessen und Mr Bond hat gepennt. Zum Schluss haben wir sogar Händchen gehalten, aber weiter sind wir noch nicht.«

»Und was machst du jetzt mit Bekir?«

Paulina zuckte mit den Schultern. »Was soll ich schon machen? Ich liebe beide, da bin ich mir jetzt sicher. Ich kann mich doch nicht zwingen, mich für einen zu entscheiden. Mit vierzehn ist man noch viel zu jung, um sich endgültig festzulegen. Das kann ich immer noch, wenn ich alt bin und eine Familie gründen will. Da wäre es schon wichtig zu wissen, mit wem. Aber bis dahin habe ich noch ein paar Jahre.« Sie grinste fröhlich. »Jetzt ist doch erst mal super, dass es mir gut geht. Und wenn Bekir nichts davon erfährt, geht's ihm ja auch nicht schlecht. Ich treffe mich einfach immer mit Moritz, wenn er Fußball hat. Echt praktisch, so ein Sport, findest du nicht?«

Sie schaute mich erwartungsvoll an, aber ich sagte lieber nichts. Ich fand das nicht so klasse wie sie, doch ich wollte nicht schon wieder streiten.

»Du freust dich gar nicht für mich«, beschwerte sie sich nach einer Weile.

»Doch, irgendwie schon«, sagte ich zögernd. »Zumindest ein bisschen.«

»Also gut«, ächzte Paulina ergeben. »Jetzt sag schon, was dir nicht passt.«

»Mir tut Bekir leid. Ich glaube, der ahnt was. Der hat mich gefragt, ob ich weiß, was mit dir los ist, weil du so komisch zu ihm wärst.«

»Aber du hast ihm doch hoffentlich nichts gesagt?«, fragte Paulina erschrocken.

»Nein. Natürlich nicht. Ich hab erzählt, die Gremlins hätten wieder Läuse und du könntest ihn deshalb nicht sehen.«

Paulina sprang von der Bank auf und schaute mich entsetzt an.

»Das hast du nicht gesagt!«, kreischte sie. »Bitte sag, dass du das nicht gesagt hast!«

»Wieso denn nicht? Du hast doch behauptet, dass du mit ihnen beim Arzt wärst. Ich hab das nur etwas ausgebaut, damit es glaubhafter wird. Und wenn einer bei euch Läuse hat, willst du Bekir doch wirklich nie sehen.«

Das war nämlich letztes Pfingsten so gewesen. Da hatten Matti und Marek in echt Läuse gehabt, und Paulina wollte Bekir nicht mehr treffen, bis es vorbei war.

»Weil ich nicht wollte, dass er überhaupt was davon mitkriegt«, jammerte sie und setzte sich wieder hin. »Und jetzt erzählst du ihm diesen Mist. Dabei stimmt das noch nicht mal.«

»Also weißt du.« Jetzt war ich auch sauer. »Wenn du willst, dass ich Bekir was Bestimmtes sage, musst du mir schon vorher verraten, was. Und ihn so doll anzulügen, finde ich sowieso doof. Deshalb wollte ich ihm wenigstens was sagen, was früher mal gestimmt hat.«

Paulina seufzte. »Ich finde es ja auch blöd. Aber das ist eine Notsituation. Da darf man.«

»Ist es nicht. In Notsituationen geht's um Leben und Tod.«

»Mann, Toni, was soll ich denn sonst machen? Ich liebe ihn

schließlich immer noch. Und ich will ihm nicht wehtun. Verstehst du das nicht?«

»Ich weiß nicht.« Ich stand auf, um einen Mistkäfer aufzuheben, der über den Weg zuckelte, obwohl es eigentlich schon viel zu kalt für ihn war. Nicht dass noch jemand auf ihn drauftrat, weil er nicht mehr mit ihm rechnete. »Ich finde, dass man wenigstens so ungefähr die Wahrheit sagen soll. Lügen macht alles nur komplizierter.«

»Die Wahrheit aber auch«, meinte Paulina. »Es hat doch keinen Sinn, die Leute fertigzumachen, nur damit man sich danach ganz toll ehrlich fühlt.«

Ich balancierte den Käfer auf der Fingerspitze und setzte ihn auf dem Rasen hinter unserer Parkbank ab.

»Am besten ist vermutlich so eine Art Mittelding«, überlegte Paulina weiter. »So viel Wahrheit, wie geht, und nur so viel Lüge, dass sich niemand aufregen muss.«

Ich sagte nichts mehr. Vielleicht hatte sie ja recht. Irgendwie war mir das alles grade zu kompliziert. Und außerdem musste ich darüber nachdenken, wo Lazlo sein könnte. In der Wohnung von seinem fiesen Onkel war keine Spur von ihm gewesen, außer der zweiten Zahnbürste. Aber wer sagte überhaupt, dass es seine war? Jemandem, den man geknebelt und gefesselt im Nebenzimmer liegen hatte, würde man abends wahrscheinlich nicht das Klebeband vom Mund reißen, um ihm die Zähne zu putzen. Dann könnte er einen ja beißen.

Vielleicht hatte der Mistkerl eine Freundin und die Zahnbürste gehörte ihr. Konnte ich mir zwar nicht vorstellen, so fies, wie der war, aber schließlich gab es auch komische Frauen.

Eigentlich war ich mir ziemlich sicher, dass Lazlo gar nicht mehr in der Wohnung gelegen hatte, als ich drin war. Wenn er noch da gewesen wäre, hätte ich das irgendwie gespürt. Bestimmt hatte sein Onkel ihn schon fortgeschafft.

»Woran denkst du?«, fragte Paulina nach einer Weile. »Du bist so still.«

Ich drehte mich zu ihr. »Pauli, wo würdest du jemanden verstecken, der nicht mehr gefunden werden soll?«

»Tot oder lebendig?«, fragte sie zurück.

»Lebendig natürlich!«, erwiderte ich und kriegte vor Entsetzen Schluckauf. »Das ist sein eigener Neffe!«

»Sag bloß, sein fieser Onkel hat ihn«, sagte Paulina verblüfft.

Ich erzählte ihr von dem BMW und dem Blut auf dem Beifahrersitz. Die Indizien waren eindeutig. Das fand Paulina auch.

»Klar, der Onkel hängt mit drin«, erklärte sie. »Aber womöglich machen Lazlo und er auch gemeinsame Sache. Das Blut könnte immerhin auch von einem anderen Opfer stammen.«

Ich wäre natürlich froh gewesen, wenn das nicht Lazlos Blut gewesen war, aber dass er mit seinem Onkel unter einer Decke steckte, war einfach Blödsinn. So was würde Lazlo niemals machen. Das sagte ich auch Paulina. Diesen Quatsch sollte sie jetzt endlich mal vergessen.

»Okay, okay«, lenkte sie ein. »Du kennst ihn besser als ich. Dann können wir nur hoffen, dass er heil aus der Sache rauskommt.«

»Was meinst du damit?«, fragte ich alarmiert. »Der will ihn doch wohl nicht umbringen, oder? Glaubst du, dass er ihn umbringen will? Pauli?«

»Na ja.« Paulina runzelte die Stirn. »Es gibt die schlimmsten Sachen. Auch in Familien. Aber gehen wir mal davon aus, dass er noch lebt. Wo würde sein Onkel ihn verstecken?«

Sie schwieg und schaute düster vor sich hin. Wahrscheinlich spulte sie alle Horrorfilme der letzten Wochen vor ihrem inneren Auge ab. Das war schon beim Zusehen gruselig. Irgendwann hielt ich es nicht mehr aus.

»Mensch, Pauli, sag schon«, drängelte ich und stupste sie an.

»Also«, legte sie los. »Vielleicht hat er ihn in einer verlassenen Fabrikhalle an ein dickes Stahlrohr gefesselt. Oder an die Heizung im feuchten Keller von einem unbewohnten Haus. Oder er steckt in einem Erdloch im Wald. Oder er hat ihn in ein Wohnmobil auf irgendeinem einsamen Parkplatz gesperrt.« Sie kam immer mehr in Fahrt. »Oder in ein leer stehendes Schwimmbad. Eine halb fertig gebaute Tiefgarage. Eine U-Bahn-Station, in der keine U-Bahn mehr fährt. Es gibt viele Möglichkeiten. Ohne eine konkrete Spur findest du ihn nie.«

»Glaubst du, sein Onkel lässt ihn wieder frei, wenn er die Laptops und die Tablets verkauft hat?«

Paulina schüttelte den Kopf.

»Das kannst du vergessen. So blöd ist der nicht. Dann würde Lazlo ja sofort zur Polizei gehen und ihn verraten. Nee, wenn er nicht auffliegen will, muss er seinen Neffen logischerweise irgendwann aus dem Weg schaffen.«

»Nein!«, quietschte ich. Das konnte sie doch nicht einfach so behaupten. Es gab schließlich noch andere Lösungen. Das war ja hier kein Horrorfilm. Und wegen ein paar gestohlenen Sachen tötete man doch nicht den eigenen Neffen. »Das macht der nicht. Dann könnte er seinem Bruder niemals mehr in die Augen sehen. Der bringt Lazlo nicht um. Ich weiß, was der vorhat! Er will ihn aus dem Land schaffen und dann bei einer Familie weit weg von hier abladen. Irgendwo in Südamerika oder so.«

»Wenn du meinst. Von so was habe ich zwar noch nie gehört, aber das könnte schon auch sein.« Paulina stand auf, weil aus dem Sandkasten wildes Geschrei kam. Die Gremlins hatten genug vom Burgenbauen und bewarfen sich mit Sand.

»He! Hört sofort auf«, rief sie zu ihnen rüber. »Die müssen bald mal heim«, sagte sie zu mir. »Wird ja schon dunkel. Und kalt ist es auch. Willst du auf dem Heimweg nicht bei der Polizei vorbei und Lazlo vermisst melden, bevor es zu spät ist? Wir würden auch noch schnell mitkommen.«

»Der Mistkerl hat doch gesagt, das bricht ihm das Genick.«

»Klar, würde ich an seiner Stelle auch behaupten«, meinte Paulina.

Matti kam schreiend angelaufen, weil er Sand im Mund hatte.

Paulina gab ihm ihre Wasserflasche. Er trank, als wäre er am Verdursten.

»Ich will auch«, brüllte Marek und sprang aus dem Sandkasten.

»Nicht so viel«, sagte Paulina zu Matti. »Sonst schaffst du es ohne Pinkeln nicht bis nach Hause.«

Matti setzte die Flasche ab und wischte sich über den Mund. Marek schnappte sie und trank den kümmerlichen Rest.

»Ich muss kein Pipi«, sagte er und rülpste ein bisschen, weil er so schnell getrunken hatte. »Ich war schon. Bei so einem Mann, den Toni was gefragt hat.«

Paulina schaute mich groß an. »Das ist jetzt aber nicht wahr, oder? Du hast die Gremlins in dem seine Wohnung gelassen? Spinnst du? Der Typ ist gefährlich.«

»Die mussten so dringend«, verteidigte ich mich. »Und da wusste ich ja noch gar nicht sicher, dass er Lazlo hat. Den BMW-Schlüssel habe ich erst beim Rausgehen entdeckt. Und außerdem hätte der den Gremlins niemals was getan, die haben doch gar nichts mit der Sache zu tun.«

»Du solltest mal ein paar Horrorfilme gucken, dann wärst du nicht so gutgläubig«, meinte Paulina kopfschüttelnd. »Das Grauen lauert hinter jeder Tür.«

Sie sagte es so unheimlich, dass ich den ganzen Heimweg über Angst hatte, obwohl Mr Bond dabei war.

## 9. Kapitel

Valli hat mir geschrieben, dass du mit uns über was reden musst«, begrüßte mich Mama gleich, als ich zum Abendessen nach oben kam.

Nicht zu fassen. Meine Schwester schaffte es tatsächlich, sich in mein Leben einzumischen, auch wenn sie achttausend Kilometer entfernt war.

»Was ist denn los?«, fragte jetzt auch Papa und schaute von seinem Drohnenkonstruktionsplan hoch, den er auf dem Küchentisch ausgebreitet hatte.

»Gar nichts. Ein Freund von mir hat seine Schildkröte bei mir abgegeben, und ich weiß nicht genau, ob sie gesund ist. Das ist alles. Deshalb habe ich Valli gefragt, ob sie mal auf einer Schildkrötenfarm nachfragen kann. Und jetzt macht sie eine Riesengeschichte draus, dabei ist das gar nicht so wichtig.«

»Welcher Freund denn?«, wollte Mama wissen.

»Kennst du nicht. Ist von einer anderen Schule. Der hat grade keine Zeit, sich um seine Schildkröte zu kümmern. Deshalb hat er sie zu mir gebracht.«

Ich hoffte, dass das Thema damit erledigt wäre. Aber von wegen. Mama war eine richtige Schildkrötenexpertin.

»Machen die jetzt nicht sowieso Winterschlaf? Da muss man sich doch eigentlich gar nicht mit denen beschäftigen«, meinte sie.

»Doch, irgendwie schon. Man muss gucken, dass die genug Luft kriegen und den Kühlschrank auf und zu machen und so was«, stotterte ich.

»Aha«, sagte Mama, aber überzeugt klang sie nicht.

Doch ich hatte Glück. Die Fragestunde war vorbei, weil sie mit Papa diskutieren musste, ob man auf einen Drohnenkonstruktionsplan Teller fürs Abendessen draufstellen durfte oder nicht.

Mama fand, das war okay, aber Papa war dagegen. Zusammenlegen wollte er seinen Plan allerdings auch nicht, damit er keine Knicke kriegte. Deshalb habe ich ihm geholfen, ihn in mein Zimmer zu tragen. Auf meinem Bett war nämlich noch ein Stückchen frei.

Als ich später am Abend auf Jonas' Couch lag und mich an Mr Bond kuschelte, konnte ich ewig nicht einschlafen. Ich musste die ganze Zeit an Lazlo denken. Wo war er jetzt? Hatte er es warm? War er hungrig? War ich womöglich doch auf der falschen Spur, wenn ich seinen Onkel verdächtigte? Immerhin könnte es auch reiner Zufall sein, dass der BMW auf dem Parkplatz genau gleich aussah wie der, der bei Philipp vor dem Haus gestanden hatte.

Aber solche Zufälle waren extrem unwahrscheinlich. Und außerdem war das mein einziger Anhaltspunkt. Mehr hatte ich nicht. Deshalb musste ich an seinem Onkel dranbleiben. Vielleicht hatte ich ja Glück. Denn wenn er Lazlo doch irgendwo versteckt hatte, musste er ab und zu nach ihm sehen. Zumindest wenn er noch lebte. Etwas anderes wollte ich sowieso nicht denken. Natürlich lebte Lazlo und ich würde ihn finden. Ich sagte es mir immer wieder vor. Früher oder später würde sein Onkel mich auf seine Spur führen. Aber dazu musste ich ihn beschatten.

Gleich am nächsten Tag fing ich damit an.

# 10. Kapitel

Natürlich war es superschwierig, jemanden zu überwachen, wenn man von morgens bis nachmittags in der Schule saß und am Abend um sieben wieder zum Essen zu Hause sein musste. Das ging eigentlich gar nicht. Ich konnte nur hoffen, dass Lazlos Onkel auch irgendwo arbeitete und sich erst nachmittags auf den Weg zu seinem Neffen machte, während ich auf der Lauer lag. Und dann würde ich ihm heimlich hinterhergehen. Nur falls er mit dem Auto wegfuhr, wäre es doof. Dann würde er mich sofort abhängen, vor allem, weil ich ja auch noch Mr Bond dabeihatte.

Aber zuerst musste ich das mit dem Überwachen überhaupt mal hinkriegen. Auf dem Rasen vor dem Haus stand kein einziger Baum, hinter dem Mr Bond und ich uns hätten verstecken können. Es gab nur das Gestrüpp neben dem Parkplatz und das war zu weit weg. Von dort konnte ich zwar den BMW gut beobachten, aber vom Hauseingang sah ich nichts.

Am besten war es noch, auf der Straße vor der Siedlung zu patrouillieren. Da hatte ich alles im Blick. Ich hätte ja gerne Paulina dabeigehabt, weil zwei Mädchen, die immer denselben Weg hin und her gehen, viel unauffälliger sind als eins. Bei zweien denkt jeder, die merken vor lauter Quatschen nicht, dass sie ständig die gleiche Strecke laufen. Und außerdem hätte ich mich hinter Paulina verstecken können. Sie ist zwar ziemlich viel kleiner als ich, aber wenn ich in die Knie gegangen wäre, hätte es schon geklappt.

Doch Paulina konnte nicht, weil sie zu viel damit zu tun hatte, das mit Bekir und Moritz auf die Reihe zu kriegen. Moritz hatte ihr den halben Vormittag lang Briefchen geschrieben, weil er wieder mit ihr im Park Händchen halten wollte, und von Bekir waren dermaßen viele Kurznachrichten gekommen, dass ihr Relilehrer ihr Handy schon nach einer Viertelstunde einkassiert hatte. Paulina kriegte es erst nach der Stunde wieder und dann rastete sie fast aus. Bekir hatte ihr ungefähr hundert Links zu verschiedenen Läuseshampoos geschickt und wollte zu ihr nach Hause kommen, um die Nissen der Gremlins auszukämmen.

»Da hast du mir ja was eingebrockt«, jammerte sie, als wir in der großen Pause hinter den Ginsterbüschen saßen. »Wenn's so weitergeht, muss ich extra Läuse für Matti und Marek besorgen, damit das Ganze nicht auffliegt.«

Aber selbst wenn Paulina nicht im Stress gewesen wäre, wäre sie wahrscheinlich nicht zum Beschatten mitgekommen. Die Idee fand sie nämlich überhaupt nicht gut. Sie hat mich mindestens hundertmal beschworen, dass ich zur Polizei gehen und Lazlo vermisst melden sollte.

»Du weißt doch gar nicht, wozu der Typ fähig ist, Toni. Das kann übel ausgehen.«

»Ich geh noch zur Polizei, ich versprech's. Ich will nur sicher sein, dass die den Onkel sofort festnehmen, damit er Lazlo nichts mehr tun kann. Aber dazu brauche ich erst mal handfeste Beweise, dass er ihn entführt hat. Und du musst mir dabei helfen!«

»Ich helf dir nicht, dich in Gefahr zu bringen.«

Ich redete ewig auf sie ein, bis sie mir endlich ein paar Tipps gab, wie ich das mit dem Überwachen hinkriegte.

»Du brauchst auf jeden Fall eine Tarnung. Besorg dir am besten einen langen Mantel und eine Mütze. Und eine Sonnenbrille. Dann erkennt der dich garantiert nicht wieder.«

Das mit dem Mantel fand ich gut, aber die Sonnenbrille leuchtete mir nicht ein. Es war doch sowieso schon fast dämmrig, wenn ich um halb vier dort ankam.

»Trotzdem. Denk an die Laternen«, meinte Paulina. »Und schreib auf jeden Fall ein Überwachungsprotokoll über alles, was sich tut.«

»Das kann ich auch aufs Handy sprechen, oder? Das geht schneller.«

»Klar. Hauptsache, du kannst damit ein Bewegungsprofil erstellen. Dann kommen sie ihm hoffentlich auf die Spur!«

»Was ist ein Bewegungsprofil?«

Paulina stöhnte. »Toni, ich kann dir das jetzt nicht erklären, ich muss gleich los. Ich hab Moritz versprochen, dass wir uns vor Bio noch kurz am Getränkeautomat treffen. Du musst wirklich mehr Krimis gucken, da kriegst du das alles mit.«

»Dazu hab ich keine Zeit. Ich komme ja schon mit den Tierfilmen nicht hinterher. Also sag schon, was ist ein Bewegungsprofil?«

Paulina stand auf und klopfte die Erde von ihrer Hose.

»Für ein Bewegungsprofil trägt man alle Informationen zusammen, die man zu einem Verdächtigen gesammelt hat. Also, indem man ihn überwacht und sein Telefon abhört zum Beispiel. Je mehr man über die Zielperson weiß, desto leichter kann man auch vorhersagen, was sie als Nächstes tun wird, wo sie hingehen wird und so. Oder wo sie ihr Entführungsopfer am ehesten versteckt hält.«

Klasse. Das klang gut. Nur das mit dem Telefonabhören würde ich nicht hinkriegen. Es sei denn, ich stellte mich bei Lazlos Onkel direkt unters Fenster.

Ich wollte Paulina noch fragen, was sie davon hielt, aber sie war schon weg.

Nach der Schule raste ich nach Hause, um meine Tarnung in Angriff zu nehmen. Blöderweise schlief Igor im Schlafzimmer von Jonas, wo der Kleiderschrank stand. So leise wie möglich schlich ich mich zu ihm rein, aber er wachte trotzdem auf, weil die Kleiderbügel quietschten, als ich sie auseinanderschob. Und natürlich wollte er sofort wissen, was ich machte.

»Ich brauch einen langen Mantel«, erklärte ich ihm. »Es ist jetzt immer so kalt, wenn ich mit Mr Bond rausgehe.«

»Warum ziehst du nicht deine Winterjacke an?«

»Die ist zu klein.«

Das stimmte wirklich. Die Ärmel gingen nur noch bis zum Handgelenk, aber Mama meinte, für dieses Jahr würde das noch reichen.

»Das kannst du nicht bringen, Toni«, sagte Igor und setzte sich im Bett auf. »Damit ist Jonas bestimmt nicht einverstanden.«

Hallo? Was sollte das denn jetzt? Konnte er sich nicht um seine eigenen Angelegenheiten kümmern?

»Ich pass drauf auf.« Ich zog einen dunkelgrauen Trenchcoat aus dem Schrank und schlüpfte rein. »Und wenn er aus Afrika kommt, kriegt er ihn ja wieder.«

Der Trenchcoat ging mir fast bis zum Knöchel. Damit schätzte mich jeder auf mindestens fünfundzwanzig. Das war die perfekte Tarnung.

»Du siehst aus wie ein Mantelgnom«, meinte Igor. »Dir fehlt nur noch der Bart.«

Manchmal nervte er richtig.

Zur Strafe klaute ich mir seine schwarze Strickmütze, die an der Garderobe im Flur hing. Darunter passten alle meine Haare.

Und Mr Bond nahm ich natürlich auch mit.

Den musste ich nicht mal verkleiden, weil Lazlos Onkel ihn gar nicht kannte.

## Überwachungsprotokoll

**Tag 1, Aufnahme 1, 29. November**
16.40 Uhr: Beginn der Überwachung am Schmiedrankenring.
Überwachungsradius: vom Parkplatz bis zum Ende der Gartenanlage und wieder zurück.
17.18 Uhr: Schwarzer BMW mit breiten Reifen fährt mit lautem Geröhre auf den Parkplatz. Zielperson sitzt drin. Überwacherteam versteckt sich hinter gelbem Auto am anderen Ende vom Parkplatz. Zielperson – ZP – steigt aus. ZP zieht Tasche und Mantel von der Rückbank des Autos. ZP geht schnell mit umgehängter Tasche und Mantel über dem Arm in Richtung Haus.

Kleidung: schick. Grauer Anzug, gestreifte Krawatte, glänzende Schuhe.
17.22 Uhr: ZP verschwindet in Haus Nummer 10. Licht in Küche und Wohnzimmer geht an.
Überwachung wird fortgesetzt.

Es verblüffte mich, dass Lazlos Onkel so fein angezogen war. Papa war auch manchmal im Anzug in seiner alten Firma rumgerannt, aber nur, wenn er ein wichtiges Meeting gehabt hatte. Sonst trug er immer karierte Hemden und irgendwelche einfarbigen Hosen. Vielleicht war der Mistkerl ja irgendwo Chef.

Aber warum stahl jemand, der einen guten Job hatte, am Wochenende anderer Leute Laptops und entführte seinen eigenen Neffen?

Ich schaltete mein Handy aus und ging mit Mr Bond ums Haus herum. Ich wollte wissen, ob jetzt auch Licht in den Zimmern war, in die ich nicht hatte reinschauen können, als ich in der Wohnung gewesen war.

## Überwachungsprotokoll

**Tag 1, Aufnahme 2, 29. November**
17.31 Uhr: Rückseite des Hauses ist dunkel.
17.35 Uhr: Nach wie vor Licht in Küche und Wohnzimmer.

Eine Stunde lang tat sich gar nichts. Ich ging mit Mr Bond auf dem Gehweg hin und her und mir froren fast die Füße ab.

## *Überwachungsprotokoll*

**Tag 1, Aufnahme 3, 29. November**
18.28 Uhr: Überprüfung des Tatfahrzeugs. Keine Blutspuren mehr auf dem Beifahrersitz.
18.30 Uhr: Ende der Überwachung.

Die nächsten drei Tage war es immer das Gleiche:

Kurz nach halb fünf kam Lazlos Onkel mit seinem aufgemotzten BMW auf den Parkplatz geröhrt, stieg aus, schnappte Tasche und Mantel und verschwand im Haus. In den vorderen Zimmern gingen die Lichter an, in den hinteren blieb es dunkel.

Erst am vierten Tag war es anders. Ich entdeckte es gleich, als ich mit Mr Bond zur Siedlung kam.

## *Überwachungsprotokoll*

**Tag 4, Aufnahme 1, 2. Dezember**
16.32 Uhr: Beginn der Überwachung am Schmiedrankenring.
Überwachungsradius: Vom Parkplatz bis zum Ende der Gartenanlage und zurück.
16.34 Uhr: Tatfahrzeug auf dem Parkplatz ist defekt. Alle vier Reifen sind abmontiert. Sonst auch bei genauer Untersuchung keine weiteren verdächtigen Spuren am Fahrzeug.

Ich brach die Aufnahme ab. Das war doch jetzt echt komisch. Wer stellte sein Auto denn bitte auf vier Holzblöcken ab? War Lazlos Onkel am Reifenwechseln? Immerhin war es Ende November, da zogen die meisten Leute ihre Winterreifen auf. Papa und Mama hatten das auch gerade gemacht. Das heißt, eigentlich nur Mama, weil Papa sich gleich am Anfang, als sie das Auto aufbocken wollten, den Wagenheber auf den Fuß gestellt hat, und dann musste er sich hinsetzen, weil ihm schlecht wurde. Jetzt ist sein Zehennagel komplett schwarz. Das sieht ziemlich scheußlich aus. Ich habe ihm einen Tee gekocht und Mama hat die Sommerreifen allein abmontiert und die Winterreifen aufgezogen. So was machte man nämlich in einem Rutsch und ließ sein Auto nicht einfach ohne Reifen auf dem Parkplatz rumstehen.

Eine halbe Stunde später als sonst tauchte Lazlos Onkel auf.

## *Überwachungsprotokoll*

**Tag 4, Aufnahme 2, 2. Dezember**
17.43 Uhr: ZP steigt an der Kreuzung aus Bus Nr. 23.
17.44 Uhr: ZP geht mit schnellem Schritt in Richtung Schmiedrankenring. Kleidung: schicker Mantel, karierter Schal.

Der Rest verlief wie immer. Um 18.30 Uhr ging ich mit Mr Bond nach Hause.

Später am Abend rief mich Paulina an. Ich war schon fast eingeschlafen.

»Toni, das geht nicht, dass du nach der Schule immer gleich davonrennst«, beschwerte sie sich. »Ich muss endlich mal wieder in Ruhe mit dir reden. Die Pausen sind zu kurz dafür.«

»Aber ich muss Lazlos Onkel beschatten, das weißt du doch.«

»Kannst du nicht mal einen Tag aussetzen, wenn ich ein Problem habe? Morgen ist Bekir wieder bei einem Spiel und ich habe den ganzen Nachmittag Zeit für Moritz. Nur weiß ich irgendwie gar nicht mehr, was ich will. Es ist alles so kompliziert. Wie soll ich das denn durchhalten, bis ich erwachsen bin? Ich glaube, ich muss schon vorher eine Entscheidung treffen. Aber dazu brauche ich dich. Kann ich dich morgen wenigstens anrufen, wenn du den Typ überwachst?«

»Nee, das geht doch nicht, Pauli. Ich brauche das Handy fürs Überwachungsprotokoll.«

»Okay«, seufzte Paulina. »Dann komm ich morgen eben mit dir mit und wir reden beim Überwachen. Bei dem Typ tut sich ja sowieso nichts.«

Aber da täuschte sie sich gewaltig.

# 11. Kapitel

## Überwachungsprotokoll

**Tag 5, Aufnahme 1, 3. Dezember**
9.30 Uhr: Beginn der Überwachung am Schmiedrankenring.
Überwachungsteam hat Wochenendverstärkung und besteht jetzt aus drei Mitgliedern.

»Toni!« Paulina riss mir das Handy aus der Hand. »Ich erzähl dir doch nicht meine intimsten Geheimnisse, solange das blöde Ding läuft. Und außerdem ist Mr Bond ein Hund und kein Teammitglied.«

»Du hast selber gesagt, dass ich ein Überwachungsprotokoll brauche!«

»Aber jetzt nicht«, erklärte sie und gab mir mein Handy zurück. »Erst, wenn sich was tut.«

Zwei Stunden lang gingen Paulina, Mr Bond und ich den

Schmiedrankenring auf und ab. Auf den Mantel von Jonas und die Sonnenbrille hatte ich dieses Mal verzichtet. Nur Igors Strickmütze hatte ich wieder auf und mir einen dicken Schal umgebunden. Wenn Paulina dabei war, reichte das als Tarnung. Außerdem war meine alte Winterjacke wärmer als der Trenchcoat und ich hatte die letzten Male beim Überwachen ziemlich gefroren. Paulina war auch dick angezogen, mit weißer Steppjacke und rosa Ohrschützern. Sie sah aus wie eine Mischung aus Iglu und Zwergkaninchen. In ihren dicken Fellstiefeln stapfte sie neben mir her und redete ununterbrochen. Es war ziemlich kompliziert, was sie mir erzählte, und ich hatte Schwierigkeiten mitzukommen, weil ich immer noch das Haus von Lazlos Onkel im Auge behalten musste. Irgendwie hing alles damit zusammen, dass sie Moritz am Dienstag zum ersten Mal geküsst hatte und dass sie bei ihm zu Hause gewesen war. Sein Zimmer hatte ihr nämlich nicht gefallen, weil lauter Legosachen rumgestanden hatten.

»Was hast du denn gegen Legos?«, fragte ich. »Du spielst doch selber noch mit denen.«

Paulina schnaubte vor Empörung. »Hallo! Ich spiel doch nicht mehr mit Legos. Ich spiel mit Matti und Marek und die bauen damit.«

»Okay«, sagte ich vorsichtig, weil mir der Unterschied nicht ganz klar war. Aber ich wollte keinen Streit, weil mich das zu doll von meiner Überwachung abgelenkt hätte. Es ist nämlich superanstrengend, mit Paulina zu streiten, weil sie einem dauernd widerspricht. Da kann man sich auf nichts anderes mehr konzentrieren.

»Außerdem wollte ich gar nicht über Legos reden, sondern

übers Küssen«, erklärte Paulina energisch. »Weil das nämlich komisch war.«

»Wie denn ›komisch‹?«

Ich hielt an, weil Mr Bond einen Laternenpfahl untersuchen wollte. Paulina blieb auch stehen.

»Der schmeckt nicht so gut. Und er küsst seltsam. So schmatzig irgendwie.«

»Iih«, machte ich, weil ich mir das ziemlich eklig vorstellte.

»So schlimm war's jetzt auch wieder nicht«, sagte Paulina säuerlich. »Nur ein bisschen schlabbrig.«

»Dann sag ihm doch, dass er weniger Spucke nehmen soll.«

»Toni! Über so was kann man doch nicht reden! Was soll man denn da sagen? ›He, Typ, sabber nicht so beim Küssen‹? Also echt, dann kann ich mich ja gleich von ihm trennen.« Paulina nickte düster. »Vielleicht wär das sowieso das Beste. Einfach Schluss machen.«

»Wie? Seid ihr denn jetzt schon richtig zusammen?«

Das hatte ich gar nicht mitgekriegt. Das war ja schnell gegangen.

»Irgendwie schon«, druckste Paulina rum. »Aber eigentlich weiß ich überhaupt nicht mehr, ob ich wirklich in ihn verliebt bin. Weil wenn man superirre verliebt ist, dann stört es einen doch nicht, wenn man mit zu viel Spucke geküsst wird. Oder?«

Sie sah mich fragend an.

»Na ja. Kommt drauf an, wie viel Spucke es genau ist«, meinte ich lahm.

Küssen war nicht so mein Spezialgebiet. Das eine Mal, als ich wen geküsst habe, war bei Wahrheit oder Pflicht gewesen. Da hatte ich nicht sagen wollen, ob ich schon mal in ein Schwimmbecken gepinkelt hatte. Deshalb musste ich Yannick küssen. Es war ganz okay, aber bestimmt nicht das Tollste, was ich je erlebt habe. Und ich wollte mir auch nicht vorstellen, wie Moritz einen mit zu viel Spucke küsste. Nee, ehrlich nicht.

Aber Paulina war sowieso schon einen Gedanken weiter.

»Könnte auch sein, dass man sich erst mal an jemand Neuen gewöhnen muss. Das geht einem ja mit vielen Sachen so, die man zum ersten Mal macht, dass man die erst gar nicht so toll findet. Oder beim Essen, da ist es auch so. Wenn ich was esse, das ich nicht kenne, schmeckt das meistens erst mal komisch. Doch dann gewöhne ich mich dran und finde es super. So ist es beim Küssen bestimmt auch. Nach einer Woche gefällt mir das supergut, und dann ärgere ich mich, wenn ich vorher Schluss gemacht hab.«

»Aber wenn du vorher Schluss gemacht hast, weißt du ja gar nicht, dass das Küssen besser geworden wäre. Dann kannst du dich auch nicht drüber ärgern.«

Paulina runzelte die Stirn.

»Meinst du?«, fragte sie und ging weiter. »Ach, ich glaube, ich gebe ihm noch eine Chance.«

Ich zog Mr Bond von seinem Laternenpfahl weg und ging hinter ihr her. Das Handy in meiner Manteltasche fing an zu brummen. Ich versuchte, mit viel zu dicken Handschuhen den Sperrcode einzugeben, um nachzuschauen, wer was von mir wollte, als ich plötzlich gegen irgendwas krachte.

Das war Paulina. Sie war einfach mitten auf dem Weg stehen geblieben.

»Ey, Pauli!«, schimpfte ich.

Sie packte mich am Arm.

»Psst!«, flüsterte sie und zeigte auf das Haus, in dem Lazlos Onkel wohnte. Ein Mann war aus der Tür gekommen und ging mit schnellen Schritten in Richtung Parkplatz. Er trug einen dunklen Kapuzenpullover mit einer Weste darüber und schlabbrige schwarze Jeans. Auch wenn ich ihn nur von hinten sehen konnte, erkannte ich an den schmierigen Haaren sofort, dass es Lazlos Onkel war.

»Und den Typ findest du schick?«, fragte Paulina entgeistert.

Als er über den Parkplatz ging, setzten wir uns in Bewegung und schlichen hinter ihm her. Mein Handy summte wieder. Zum Glück drehte Lazlos Onkel sich nicht um. Ich fischte es aus der Tasche und stellte es auf lautlos. Danach drückte ich auf Aufnahme und flüsterte, so leise es ging.

## Überwachungsprotokoll

**Tag 5, Aufnahme 2, 3. Dezember**
11.42 Uhr: ZP verlässt das Haus und geht über den Parkplatz in Richtung Bushaltestelle. Überwachungsteam nimmt mit ca. 30 Metern Abstand die Verfolgung auf.
11.48 Uhr: ZP bleibt an der Bushaltestelle in Fahrtrichtung Stadion stehen.

»Und was jetzt?«, flüsterte Paulina.

»Mal sehen, in welchen Bus er einsteigt.«

Wir versteckten uns in sicherer Entfernung hinter einem grauen Kasten, der irgendwas mit Strom zu tun hatte. An der Bushaltestelle warteten ziemlich viele Leute, und es war gar nicht leicht, Lazlos Onkel im Auge zu behalten. Vor allem, als der 212er-Bus kam und es ein irres Gedränge gab, weil so viele Fahrgäste ausstiegen, während die, die an der Haltestelle gestanden hatten, sich schon reindrückten. Lazlos Onkel war irgendwo in der Menge. Wenn wir uns hinten anstellten und als Letzte in den Bus stiegen, bemerkte er uns hoffentlich nicht.

»Komm, Pauli!« Ich nahm Mr Bond auf den Arm und rannte los.

»Du kannst doch nicht einfach mitfahren!«, schrie Paulina und blieb stehen, wo sie war.

»Jetzt mach schon!«

»Ich will aber nicht!«

Es waren nur noch drei Leute vor mir. Wenn Paulina jetzt nicht kam, war die ganze Überwachung umsonst gewesen. Dann war Lazlos Onkel fort, und ich hatte keine Ahnung, wohin er unterwegs war. Der 212er fuhr zum Bahnhof und von dort in die Innenstadt und weiter bis zum Stadion. Er könnte überall aussteigen. Und Lazlo könnte überall versteckt sein.

Ich durfte ihn nicht verlieren. Notfalls musste ich eben ohne Paulina mitfahren.

Mit Mr Bond quetschte ich mich als Letzte in den Bus.

Nein, als Vorletzte. Paulina hatte es sich doch noch anders überlegt und war mir hinterhergerannt. Der Fahrer wollte gerade die Türen schließen, als sie in den Bus sprang.

Da war ich froh.

Ich setzte Mr Bond zwischen meinen Füßen ab, damit ihn keiner zerdrückte, und fing an, das nächste Überwachungsprotokoll in mein Handy zu flüstern.

## Überwachungsprotokoll

**Tag 5, Aufnahme 3, 3. De…«**

Weiter kam ich nicht, weil Paulina tobte.

»Mensch, Toni. Ich hab Moritz versprochen, dass wir uns um drei treffen, und jetzt fahr ich mit dir durch die Stadt, ohne zu wissen, wohin. Spätestens um zwei hau ich ab, das schwör ich dir.«

Ich schaltete das Handy aus. Das gehörte ja nicht unbedingt ins Überwachungsprotokoll.

»Der steigt sicher gleich aus, Pauli«, versuchte ich, sie zu beruhigen. »Dann laufen wir ihm nur noch kurz hinterher, bis er uns zu Lazlo führt. Und jetzt können wir uns wenigstens mal aufwärmen.«

»Wer sagt denn, dass der zu Lazlo will?«, fragte Paulina und klang immer noch sauer. »Es kann genauso gut sein, dass der nur irgendwas einkaufen geht. Es ist ja noch überhaupt nicht sicher, dass er was mit seinem Verschwinden zu tun hat.«

»Warum stand dann sein Auto vor Philipps Haus? Und was ist mit dem blauen Auge, das er von Lazlo hat?«

»Dafür kann es auch eine andere Erklärung geben. Und das mit dem Auto ist vielleicht reiner Zufall.«

Ich wollte was antworten, aber ich kam nicht dazu, weil direkt neben uns plötzlich ein irres Gekreische losging. Der halbe Bus zuckte zusammen und drehte sich nach uns um. Lazlos Onkel natürlich auch. Ich duckte mich hinter der nächstbesten Oma, während Paulina hektisch in ihrer Tasche wühlte und schließlich ihr Handy rauszog. Das Gekreische verstummte.

»Lauter ging's wohl nicht«, zischte ich.

Was Handytöne angeht, hat Paulina zurzeit eine echte Macke. Mindestens einmal am Tag probiert sie einen neuen Klingelton aus, und immer sind es komische Sachen, die sie sich aus dem Internet runterlädt, Zähneklappern oder schauriges Geheule oder eben kreischende Kettensägen und so Zeug. Sie denkt, das würde die Gremlins davon abhalten, ihr Handy zu klauen. Aber das funktioniert überhaupt nicht, die nehmen es sich trotzdem. Nur ich krieg jedes Mal fast einen Infarkt, wenn einer von ihren Horrortönen losgeht.

Dabei gibt es auch tolle Klingeltöne. Kuhmuhen zum Beispiel oder Entenquaken. Die Enten wollte ich mir gleich auf mein Smartphone laden, als ich es gekriegt habe. Aber Igor hat gesagt, wenn er so was jeden Tag hören muss, schmeißt er es ins Klo. Deshalb habe ich es lieber gelassen.

Paulina war ein paar Schritte weggegangen und flüsterte in ihr Handy. Garantiert redete sie mit Moritz. Sie säuselte nämlich noch viel mehr als bei Bekir.

Die Leute im Bus hatten sich von der Kettensäge erholt und schauten nicht mehr zu uns hin. Auch Lazlos Onkel nicht. Der hatte inzwischen einen Sitzplatz ergattert und glotzte stur nach vorne.

Dann konnte ich ja endlich mal nachsehen, welche Nachricht ich gekriegt hatte.

**Liebe Toni, die dunkle Panzerfarbe ist okay. Du musst dir keine Sorgen machen. Küsse, Valli.**

Mann, war ich froh. Das hieß, dass Krötz gesund war. Endlich mal eine gute Nachricht. Ich konnte ihn beruhigt im Kühlschrank schlafen lassen, bis Lazlo ihn wieder mitnahm.

Leider schickte Valli gleich noch eine Nachricht hinterher:

**Wissen Mama und Papa jetzt, dass Lazlo verschwunden ist? Und bleibst du von dem Onkel weg?**

**Klar. Die wissen Bescheid**, schrieb ich zurück.

Das stimmte auch wirklich, also zumindest zum Teil. Immerhin wussten sie, dass ich Krötz hatte. Dann konnten sie sich denken, dass Lazlo weg war. Sonst würde er sich ja selber um seine Schildkröte kümmern. Das war doch logisch.

**Und den Onkel lass ich in Ruhe, versprochen**, fügte ich zur Sicherheit noch hinzu.

Das war auch nur zu höchstens fünf Prozent gelogen. Schließlich lief ich ihm nur hinterher und quatschte ihn nicht an. Damit hatte er ja wohl genug Ruhe.

Paulina hatte aufgehört zu telefonieren, aber ansprechbar war sie immer noch nicht, weil sie jetzt hektisch auf ihrem Handy rumtippte. Mr Bond war zwischen meinen Füßen eingeschlafen, und Lazlos Onkel saß auf seinem Sitz, so steif wie eine Schaufensterpuppe, und rührte sich nicht. Ich behielt ihn trotzdem im Auge. Und das war auch gut so. Denn mit einem Mal brach eine irre Hektik im Bus aus, weil wir vor dem Bahnhof angekommen waren. Fast alle Leute suchten ihre Taschen zusammen und drängelten zum Ausgang. Lazlos Onkel auch. Er schubste jeden zur Seite und war als Erster draußen.

Ich klemmte mir Mr Bond unter den Arm, packte Paulina, die immer noch auf ihrem Handy tippte, am Ellbogen und quetschte mich mit ihnen aus dem Bus. Lazlos Onkel lief über den Bahnhofsvorplatz und rannte die Treppe runter, die zu den hinteren Gleisen führte. Mit Mr Bond und Paulina im Schlepptau sprintete ich hinter ihm her.

Paulina schaute kurz von ihrem Handy hoch.

»Hetz mich nicht so. Ich hab grade ein Problem«, beschwerte sie sich.

Und damit tippte sie auch schon weiter und ließ sich von mir die Treppe runterziehen.

Lazlos Onkel lief vor uns durch die Unterführung. Am Aufgang zu Gleis 4 und 5 bog er ab und spurtete die Treppe wieder hoch. Ich mit Mr Bond und Paulina natürlich hinterher, doch so langsam ging mir die Luft aus. Mr Bond wurde auf meinem Arm immer schwerer und Paulina benahm sich wie ein Sack auf zwei Beinen. Sie lief keinen Meter, ohne dass ich sie zog. Vor Anstrengung war ich schon klatschnass unter meiner Winterjacke. Das war alles ein Mist.

Am Bahnsteig von Gleis 4 wartete ein Zug. Der Onkel rannte an ihm entlang bis fast zu seinem Ende und verschwand schließlich in einem Waggon.

Der Schaffner pfiff. Gleich war der Zug weg, mitsamt dem Onkel. Und die Chance, Lazlo zu finden, auch.

Nein. Das durfte nicht sein.

»Jetzt komm schon!«, flehte ich Paulina an und zerrte sie über den Bahnsteig.

Der Schaffner schrie und winkte ungeduldig in unsere Richtung. Dann stieg auch er ein. Ich schob Paulina in den erstbesten Wagen und kletterte mit Mr Bond hinterher.

Als sich der Zug in Bewegung setzte, sah Paulina von ihrem Handy auf.

»Was machen wir hier?«, fragte sie erstaunt.

»Wir fahren«, keuchte ich und setzte Mr Bond endlich ab. »Und ich habe keine Ahnung, wohin.«

# 12. Kapitel

Paulina konnte es nicht fassen.

»Du hast mich entführt«, behauptete sie andauernd. »Du hast mich knallhart gekidnappt.«

Ich wollte zu dem hinteren Wagen, in dem Lazlos Onkel verschwunden war. Leider hatten wir es nur noch in einen der vorderen Waggons geschafft. Das hieß, wir mussten fast durch den ganzen Zug laufen, um ihn wiederzufinden, und der war lang. Und ich musste Mr Bond schon wieder tragen, sonst wären wir gar nicht vorangekommen. Paulina lief hinter uns her und zeterte ununterbrochen.

Irgendwann hatte ich genug.

Ich blieb stehen und drehte mich zu ihr um.

»Ich hab dich nicht entführt. Du hättest nur einmal von deinem blöden Handy hochschauen müssen, dann hättest du mitgekriegt, dass wir zum Zug rennen.«

»Das ging aber nicht«, jammerte sie und setzte sich mitten in den Gang, direkt vor ein Abteil. »Ich hab doch gesagt, dass ich ein Problem habe. Und jetzt hast du's noch schlimmer gemacht.«

Ich trippelte vor Ungeduld auf der Stelle. »Jetzt komm schon, Pauli. Wir müssen den Mistkerl wiederfinden.«

»Nein. Ich geh keinen Schritt weiter. Bringt doch alles nichts.« Sie vergrub den Kopf in den Händen. »Du bist nicht die Einzige, die ein Problem hat, kapier das doch mal«, nuschelte sie unglücklich.

Okay. Solange der Zug fuhr, lief mir Lazlos Onkel nicht davon, überlegte ich. Dann konnte ich es doch eigentlich riskieren, mal eine kurze Pause einzulegen und mich um Paulina zu kümmern. Sie klang nämlich nicht gut.

Ich setzte Mr Bond auf dem Boden ab und hockte mich neben sie.

»Was ist denn los?«

»Bei Bekir fällt heute das Spiel aus, deshalb hat er mir geschrieben, dass wir uns am Nachmittag treffen können«, jammerte sie. »Aber ich bin doch schon mit Moritz verabredet. Der hat vorhin extra angerufen und gesagt, dass er Waffeln für uns backt. Voll süß. Aber das konnte ich Bekir ja nicht sagen. Also habe ich ihm geschrieben, dass ich erst um fünf kommen kann, und Moritz habe ich geschrieben, dass ich kurz vor fünf wieder gehen muss, und jetzt sind beide sauer, weil ich nur so kurz Zeit für sie habe. Und wenn ich womöglich gar nicht auftauche, weil ich in diesem blöden Zug festhänge, ist gleich doppelt die Hölle los. Jungs sind manchmal wegen den letzten Kleinigkeiten beleidigt.«

»Aber Bekir weiß, dass ich Lazlo suche. Dem kannst du doch sagen, dass du mir geholfen hast.« Ich rappelte mich auf. »Und wir müssten jetzt auch mal weiter.«

»Gute Idee«, sagte ein Mann, der sich mit seinem Rollkoffer an uns vorbeiquetschte. »Ihr sitzt ziemlich blöd im Weg, Mädels.«

Ich schob Mr Bond zur Seite, damit ihn der Rollkoffer nicht

plattmachte, und zog an Paulinas Arm. »Komm schon, Pauli«, bettelte ich. »Mir zuliebe.«

Es dauerte ziemlich lange, bis ich sie endlich so weit hatte, dass sie aufstand und weiterging, und es klappte nur, weil ich ihr versprach, dass wir ausstiegen, sobald der Zug anhielt, und sofort wieder zurückfuhren.

Ganz wohl war mir ja auch nicht bei der Aktion. Der Zug raste mit einer irren Geschwindigkeit durch die Landschaft und stoppte an keinem einzigen Bahnhof. Wir rauschten überall nur durch. Was machten wir denn, wenn er erst in drei Stunden wieder irgendwo hielt? Dann waren wir schon mindestens dreihundert Kilometer von zu Hause entfernt. Und ich hatte keine fünf Euro im Geldbeutel. Wie sollten wir überhaupt wieder zurückkommen?

Im Großraumabteil vor uns hörte ich den Schaffner. Er ging den Gang entlang und fragte nach den Fahrkarten.

Was für ein Mist. Wenn unser Geld nicht für die Rückfahrt reichte, dann reichte es natürlich genauso wenig für die Hinfahrt. Falls der Schaffner uns bemerkte, waren wir geliefert. Der übergab uns beim nächsten Halt der Bahnhofspolizei und Paulina und ich kriegten einen Riesenärger.

»Pauli, wie viel Geld hast du dabei?«

»Ich? Vier Euro, glaube ich. Oder drei.«

Oje.

Der Schaffner kam immer näher.

»Wir drehen um«, flüsterte ich Paulina zu und schob sie in die andere Richtung. »Schnell! Wir müssen uns im Klo verstecken.«

Wir rannten den Gang zurück. Das erste Klo, an dem wir vorbeikamen, war besetzt, aber beim nächsten hatten wir Glück. Wir quetschten uns zu dritt in die enge Kabine. Dort standen wir bestimmt eine halbe Stunde eng aneinandergepresst, bis der Zug endlich langsamer wurde und in einem Bahnhof hielt.

»Jetzt aber los!«, rief Paulina.

Sie drängelte sich aus dem Klo und reihte sich in die Schlange der Passagiere ein, die rauswollten. Mr Bond und ich drückten uns hinter sie und stiegen mit ihr aus.

Und da traf mich fast der Schlag. Wir waren tatsächlich in der Stadt gelandet, in der Lazlo gelebt hatte, bevor er zu seinem Onkel gezogen war. Hier hatte er mit seinem Vater gewohnt.

Ich sah mich auf dem Bahnsteig um. Der Onkel war nirgends zu sehen.

»Toni, du hast es mir versprochen!«, sagte Paulina warnend und hielt mich fest. »Wir drehen hier um, egal, ob der Typ aussteigt oder nicht.«

Ich nickte.

Der Zug setzte sich wieder in Bewegung. Es war vorbei. Ich hatte den Mistkerl verloren. Sobald ich wieder zu Hause war, würde ich zur Polizei gehen und Lazlo vermisst melden. Und hoffen, dass es kein Fehler war.

Paulina lief zu dem gelben Plan, der in einem Glaskasten auf dem Bahnsteig hing, und schaute nach den Abfahrtszeiten der Züge.

»Der nächste geht schon in zwölf Minuten zurück«, rief sie.

In diesem Moment entdeckte ich den Onkel wieder. Er hatte seine Kapuze aufgezogen und ging mit schnellen Schritten durch die Bahnhofshalle. Ich konnte ihn durch die großen Glasfenster sehen.

Aufgeregt rannte ich mit Mr Bond zu Paulina.

»Pauli, der ist doch hier ausgestiegen! Wir müssen ihm hinterher. Wir fahren einfach einen Zug später, okay?«

Paulina schüttelte den Kopf. »Nein«, sagte sie.

»Nur einen. Dann wissen wir wenigstens, in welche Richtung er geht!«

Ich schaute zu Lazlos Onkel. Er war an einem Kiosk in der Bahnhofshalle stehen geblieben und wartete, dass er an die Reihe kam.

»In einer Stunde fahren wir zurück, Pauli, versprochen!«

»Ich will nicht mehr«, sagte Paulina. »Du steigerst dich immer in was rein, und dann ist dir egal, wie es den anderen dabei geht und was passiert. Wir stehen hier in einer vollkommen fremden Stadt und haben kein Geld und es ist kalt und wir sind erst vierzehn und wenn meine Eltern das mitkriegen, rasten die aus. Und ich will jetzt einfach heim.«

Sie klang richtig verzweifelt, und sie tat mir auch leid, aber Lazlo war doch noch viel schlimmer dran als wir. Ich konnte ihn nicht einfach im Stich lassen. Sein Vater saß im Gefängnis und sein Onkel war ein Fiesling. Er hatte nur mich.

Und jetzt war der Onkel dran und kaufte sich Zigaretten am Kiosk und gleich tauchte er in der Menschenmenge unter.

»Fahr zurück«, sagte ich zu Paulina. Ich holte meinen Geldbeutel aus der Manteltasche, nahm alles Geld raus und gab es ihr. »Hier. Vielleicht reicht das mit deinen vier Euro zusammen für eine Fahrkarte. Ich versteck mich nachher wieder auf dem Klo.«

»Du kannst nicht allein hinter ihm her, Toni! Das ist viel zu gefährlich.«

»Ich hab doch Mr Bond«, rief ich und rannte los, denn der Onkel war inzwischen mit Bezahlen fertig und ging mit seinen großen Schritten zum Ausgang der Bahnhofshalle.

Ohne sich um den Verkehr zu kümmern, latschte er einfach auf die Straße vor dem Bahnhof und schlängelte sich zwischen den Autos durch. Ich wartete mit Mr Bond, bis die Fußgängerampel grün war, und lief ihm hinterher. Da war er schon in einem Haus verschwunden, das direkt gegenüber vom Bahnhof lag und ziemlich heruntergekommen aussah. Die Fassade war schmutzig grau und blätterte überall ab. Nur das Logo auf der Schaufensterscheibe wirkte noch einigermaßen neu. In riesigen orangenen Buchstaben mit rotem Rand stand dort »SPIELHALLE MANIC BINGO«, und auf dem »BINGO« turnte ein Affe mit Lendenschurz rum, der Dollarzeichen in den Augen hatte und bescheuert grinste. Es war der gleiche wie an dem Schlüsselbund, den ich in der Wohnung von Lazlos Onkel entdeckt hatte.

Was wollte der Mistkerl dadrin? Der war doch hoffentlich nicht zum Zocken bis hierhergefahren.

Ich versuchte, irgendwas durch die Schaufensterscheibe zu erkennen, doch der graue Lamellenvorhang dahinter machte alles dicht. Und rein konnte ich leider nicht. Nicht nur, dass auf der Ladentür fett »Eintritt erst ab achtzehn« stand und ein »Hunde verboten«-Aufkleber pappte, ich war ja auch nicht mehr getarnt. Der Mistkerl hätte mich sofort erkannt.

## Überwachungsprotokoll

**Tag 5, Aufnahme 4, 3. Dezember**
13:45 Uhr: Überwachungsteam auf 2 Mitglieder reduziert.
ZP betritt Spielhalle.
Ü-Team bezieht Stellung zwischen zwei parkenden Autos zur Eingangskontrolle.
14:17 Uhr: ZP verlässt Spielhalle mit knallrotem Kopf und biegt in Fußgängerzone ab.

Entweder hatten die da drin extrem geheizt oder er hatte sich tierisch aufgeregt.

Fragte sich nur, worüber.

Mr Bond und ich verfolgten ihn quer durch die Stadt. Ich hatte Angst, dass er allmählich doch mitkriegte, dass ihm ständig jemand mit Hund hinterherlief, deshalb hielt ich ziemlich viel Abstand, aber dadurch war es superschwer, ihn nicht aus den Augen zu verlieren. Die Stadt war nämlich ganz schön voll, weil Samstag war und alle Leute einkauften, und Lazlos Onkel rannte rum, als ob er gar keinen Plan hätte. Ich hatte schwer gehofft, dass er mich direkt zu Lazlos Versteck führen würde, aber von wegen. Er lief jede Straße in der Fußgängerzone ab, ohne irgendwas einzukaufen. Er raste einfach nur durch, an allen Läden und Kneipen vorbei, über einen großen Platz mit Springbrunnen, an dem ein Schloss stand, und in den Park, der dahinter lag. Er ging immer noch so schnell, dass ich gar keine Zeit hatte, ein neues Überwachungsprotokoll aufzunehmen.

Erst als er an einem Skaterpark stehen blieb und ich mich mit Mr Bond im Gebüsch verstecken konnte, kam ich dazu.

## Überwachungsprotokoll

**Tag 5, Aufnahme 5, 3. Dezember**
14.25 Uhr: ZP hält am Rand eines Skaterparks.
14.28 Uhr: ZP redet mit Skater in schwarzem Pulli. Ü-Team versteht kein Wort.
14.29 Uhr: Skater mit dunkelgrüner Jacke kommt dazu. ZP redet mit beiden. Ü-Team versteht immer noch nichts.
14.32 Uhr: ZP zieht etwas aus der Jackentasche. Vermutlich Geldbeutel. Holt Geldschein raus. Nein, Foto. Oder doch Geld? Nicht klar ersichtlich. Zeigt Geld oder Foto den Skatern. Skater reagieren mit Kopfschütteln.
14.34 Uhr: ZP geht schnell weiter.

Was hatte der Mistkerl von den Skatern gewollt? Und was hatte er ihnen gezeigt? Oder hatte er ihnen Geld geboten? Wofür? Ich hätte die Jungs so gern gefragt, aber ich musste weiter. Denn Lazlos Onkel lief mit Riesenschritten auf den Ausgang des Parks zu und zurück in die Fußgängerzone.

In der nächsten Stunde quatschte er noch ein paar Jungs an, die alle ungefähr so alt wie Lazlo und ich waren, und zeigte ihnen das, was er aus seinem Geldbeutel gekramt hatte. Die Gespräche waren alle so kurz, dass ich keine Zeit hatte, ein Überwachungsprotokoll aufzunehmen, und alle endeten immer gleich: Die Jungs schüttelten die Köpfe und der Mistkerl lief weiter. Falls er ihnen Geld bot, wollten sie es auf jeden Fall nicht haben.

Als die Fußgängerzone zu Ende war, bog Lazlos Onkel in eine große, schnurgerade Straße ein. Dort gab es nur noch öde Häuserblocks mit Arztpraxen oder Anwaltskanzleien und Kneipen mit Namen wie »Schluckspecht« und »Moni's Eck«, die schäbig und düster aussahen. Fußgänger waren hier fast keine mehr unterwegs, nur Autos, und alles war grau und hässlich. Mit jedem Schritt wurde ich deprimierter. Bald war es dunkel, und ich hing allein in einer wildfremden Stadt rum, ohne Geld und viel zu weit weg von zu Hause, und ich war so müde, und Mr Bond kam kaum noch voran, und hungrig war ich auch, enorm hungrig, das merkte ich erst jetzt, und Mr Bond hatte bestimmt auch Hunger, und Paulina war sauer, und alles war richtig, richtig blöd.

Nur dass ich eben immer noch Hoffnung hatte, Lazlo zu finden.

Irgendwann überquerte sein Onkel die Straße und lief auf ein uraltes Haus zu. Es hatte nur zwei Stockwerke und wirkte winzig zwischen den großen Häuserblocks. »Punk's not dead-Tattoo & Piercing« stand in Goldbuchstaben auf der schwarzen Schaufensterscheibe im Erdgeschoss. Zwei Männer saßen auf der Treppe vor der Ladentür und tranken aus Bierdosen. Sie trugen schwarze Lederjacken, die mit Nieten übersät waren, und sahen ziemlich gruselig aus. Der eine war kahl geschoren, und seine Glatze war überall blau und schwarz tätowiert, und der andere hatte grüne Haare, die wie Stacheln vom Kopf abstanden.

Lazlos Onkel blieb bei ihnen stehen und sagte irgendwas. Ich versteckte mich mit Mr Bond hinter einem geparkten Auto und beobachtete, was passierte.

Zuerst reagierten die Männer überhaupt nicht, sondern taten, als ob er gar nicht da wäre. Aber als er noch näher kam, schnauzten sie ihn voll an. Der Mistkerl pampte irgendwas zurück, und eine Weile ging das so hin und her, bis der mit der Glatze plötzlich aufstand und Lazlos Onkel am Kragen packte. Er war ziemlich groß und viel stärker als der Mistkerl. Er schleppte ihn einfach den Gehweg entlang bis zu einem Taxistand, der ein Stück weiter vorne an der Straße lag. Dort stopfte er ihn in ein Taxi und schlug die Tür zu.

Nach einer Weile reihte sich das Taxi in den Verkehr ein und fuhr davon.

»Hau ab, du Null!«, brüllte der mit der Glatze dem Auto hinterher.

Da kapierte ich erst, was passiert war.

Lazlos Onkel war weg.

Ich konnte es nicht fassen.

Der Glatzkopf kehrte zu seinem Platz auf der Treppe zurück und ich stand da und wusste nicht weiter.

Oder doch. Ein letztes Überwachungsprotokoll. Ich musste das hier wenigstens zu Ende bringen.

## Überwachungsprotokoll

**Tag 5, Aufnahme 6, 3. Dezember**
16.24 Uhr: ZP wird von unbekanntem Mann mit Gewalt in ein Taxi gesetzt und fährt davon.

Ich wollte mein Handy grade wieder wegpacken, als ich entdeckte, dass ich fünf neue Anrufe gekriegt hatte. Alle waren von Paulina, und ich hatte es nicht bemerkt, weil der Ton ausgestellt war. Ich rief sofort zurück.

»Toni, wo bist du?«, schrie Paulina, noch bevor ich was sagen konnte. »Ich such dich überall. Ich bin nicht heimgefahren, ich wollte dich nicht allein lassen. Aber jetzt weiß ich nicht, wo du bist.«

Sie fing an zu schluchzen.

»Ich komm gleich zum Bahnhof«, sagte ich und hätte am liebsten mitgeheult. »Lazlos Onkel ist in einem Taxi weggefahren. Jetzt habe ich seine Spur verloren und alles war umsonst.«

»Ich bin aber gar nicht mehr am Bahnhof. Ich bin irgendwo mitten in der Stadt, auf einem großen Platz mit Springbrunnen. Vor einem Schloss.«

»Dann komm ich dorthin. Das ist gar nicht weit weg von mir. Ich muss nur vorher noch zwei Männer was fragen. Die haben grade mit Lazlos Onkel gestritten.«

»Worüber denn?«

»Das will ich ja rauskriegen. Die passen gar nicht zu dem. Die sehen wie Punks aus und hängen vor einem komischen Tätowierstudio rum. Das heißt ›Punk's not dead‹. Aber die sind schon alt.«

»Wie heißt das? Ich hab's nicht verstanden.«

»›Punk's not dead‹ – ›Punk ist nicht tot‹. Aber die sind schon fast so alt wie unsere Eltern. Ich dachte, dann ist man gar kein Punk mehr.«

Paulina sagte noch irgendwas, aber ich konnte nicht mehr zuhören, weil die beiden Männer jetzt aufstanden und im Laden verschwanden. Ich steckte mein Handy weg und rannte mit Mr Bond zwischen den Autos durch über die Straße.

Mit klopfendem Herzen stieg ich die Treppenstufen bis zum Eingang hoch. Hoffentlich war der Laden nicht so gruselig wie die Typen, die davorgestanden hatten. Leise drückte ich die Tür auf und spickte rein. Okay. Der Laden war gruselig. Definitiv. Es war fast dunkel innen, nur eine Schreibtischlampe auf der Theke leuchtete schwach. Und beinahe alles hier drin war schwarz. Nicht nur die Theke, sondern auch der Fußboden, die Wände, sogar die Zimmerdecke und der niedrige Tisch mit den zwei Ledersesseln, der in einer Ecke stand. Nur die gerahmten Fotos an den Wänden waren bunt und auf allen waren tätowierte Körperteile abgebildet. Vorsichtig wagte ich mich weiter rein, um sie mir genauer anzuschauen: Oberarme mit Totenschädeln und riesigen Kreuzen, Unterarme mit Ankern oder Blumengirlanden, Nacken, auf denen ganze Sätze standen, Waden mit großen schwarzen Mustern und komplett tätowierte Rücken, auf die Dschungellandschaften oder riesige Blumenmuster gemalt waren. Sie sahen aus wie Kunstwerke. Und es gab sogar ein Foto, auf dem zwei Hundewelpen auf einen Oberschenkel tätowiert waren.

»Und?«, fragte plötzlich jemand. »Was willst du?«

Erschrocken drehte ich mich um. In der Tür hinter der Theke stand eine Frau. Ihre langen Haare waren genauso schwarz wie ihre Klamotten, nur ihr Tattoo am Dekolleté war knallbunt. Ein rosaroter Totenschädel, der aus einem Blumendschungel rausgrinste. Die Pflanzenranken zogen sich über ihren ganzen Hals.

»Tattoos gibt's erst ab achtzehn ohne Erlaubnis der Eltern und der Hund muss leider raus. Hygienevorschrift«, sagte sie, bevor ich überhaupt was antworten konnte.

»Ich will gar kein Tattoo«, erklärte ich, obwohl ich die Hundewelpen schon toll fand. »Und ich gehe auch gleich wieder. Ich müsste nur schnell die beiden Männer was fragen, die grade hier reingegangen sind.«

»Wen? Zolti und Leo? Was willst du denn von denen?«, fragte sie misstrauisch und machte eine Stehlampe neben der Theke an, aber viel heller wurde es dadurch auch nicht.

»Die haben sich draußen mit einem Mann unterhalten. Ich wüsste gern, um was es ging.«

»Aha«, machte die Frau. »Und warum?«

»Könnte ich nicht einfach mit ihnen sprechen? Nur kurz?«

Die Frau verdrehte die Augen, aber dann sagte sie »Okay« und verschwand durch die Tür hinter der Theke. »Aber bind den Hund draußen an!«

Ich ging mit Mr Bond vor die Tür und schlang seine Leine um das Geländer an der kleinen Treppe.

»Bin gleich zurück«, erklärte ich ihm. »Und dann gehen wir heim.«

Als ich wieder in den Laden kam, war die Frau mit den beiden Männern schon da. Sie lehnten vorne an der Theke und warteten auf mich.

»Hier, bitte.« Die Frau deutete auf den mit den grünen Haaren. »Leo. Und der andere ist Zolti.« Sie zeigte auf den mit der Glatze.

»Tach«, sagte er. »Anita meint, du willst was von uns wissen.«

»Ja. Nämlich, was Sie der Mann gefragt hat, der grade da war. Den Sie zum Taxi gezerrt haben. Das wäre wichtig.«

»Was hast du?«, fragte Anita und starrte den Glatzkopf wütend an. »Willst du schon wieder Ärger mit den Bullen?«

»Das war anders«, mischte sich Leo ein. »Sven, der Arsch, ist hier plötzlich aufgetaucht.«

»Was?«, schrie Anita. »Warum habt ihr mir das nicht gesagt?«

»Alles cool«, meinte Zolti und drehte sich zu Anita um, die hinter der Theke stand.

Jetzt erkannte ich auch, was er auf seine Glatze tätowiert hatte: ein hellblaues Aliengesicht mit riesigen schwarzen Augen. Es ging über den ganzen Hinterkopf, sodass es aussah, als ob er vorne und hinten ein Gesicht hätte. Irre.

»Der ist ja wieder weg«, sagte er. »Und der weiß, dass er eine aufs Maul kriegt, wenn er noch mal in unsere Nähe kommt.«

Anita seufzte genervt. »Mensch, Zolti. Das bringt doch nichts bei dem. Hat er nach dem Kleinen gefragt?«

»Klar«, sagte der mit den grünen Haaren. Leo. »Aber den kriegt er nicht.«

»Welcher Kleine?«, fragte ich alarmiert.

»Geht dich nichts an«, sagte er finster zu mir.

In dem Moment fing Mr Bond an, wie verrückt zu bellen. Und dann winselte er plötzlich. Ich rannte nach draußen. Paulina kniete vor ihm und küsste ihn ab. Als sie mich sah, strahlte sie vor Erleichterung.

»Ich hab gedacht, ich laufe lieber zu dir, bevor du wieder Mist machst und zu irgendwelchen fremden Typen in die Wohnung gehst. Aber wie ich sehe, bist du schon drin.«

»Das ist ein Laden. Das ist nicht gefährlich. Und außerdem gibt's auch eine Frau.« Ich zog die Tür zu, damit man mich drinnen nicht hörte. »Aber irgendwas ist mit denen. Die haben Streit mit Lazlos Onkel. Der hat nach irgendeinem Kleinen gefragt, und die sagen, dass er ihn nicht kriegt.« Ich beugte mich zu Paulina runter und flüsterte. »Ich glaube, die haben von Lazlo gesprochen.«

»Echt? Das wäre ja krass.« Sie stand auf und versuchte, durch den schwarzen Vorhang in den Laden zu linsen.

»Vielleicht haben sie ihn hier im Laden versteckt«, überlegte ich. »Die haben gemeinsame Sache mit dem Mistkerl gemacht und sich dann verstritten. Und jetzt rücken sie Lazlo nicht mehr raus.«

»Ich könnte mir doch was Kleines stechen lassen«, sagte Paulina hoffnungsvoll. »Ein Gänseblümchen. Irgendwohin, wo meine Eltern es nicht sehen. Und du könntest solange den Laden observieren.«

»Vergiss es. Die tätowieren nur Erwachsene. Bis du achtzehn bist, dauert es zu lange. Ich geh jetzt einfach wieder rein und rede mit denen. Und du versteckst dich mit Mr Bond hier draußen und wählst sofort die 110, wenn ich nicht in fünf Minuten wieder raus bin.«

»Das ist gefährlich, Toni, das ist viel zu gefährlich«, jammerte Paulina, aber dann machte sie doch, was ich sagte, weil sie auch keine bessere Idee hatte.

Ich ging in den Laden zurück.

»Was willst du denn schon wieder?«, fragte Anita.

Sie stand immer noch an der Theke. Leo und Zolti fläzten sich in den Ledersesseln und tranken wieder Bier.

»Ich suche Lazlo. Und ich glaube, dass ihr über ihn geredet

habt«, sagte ich und versuchte, mutig zu klingen. Aber so richtig klappte es nicht. Meine Stimme quietschte wie Igors altes Fahrrad. »Lazlo ist ein Freund von mir, und ich will, dass ihr ihn freilasst. Von mir aus könnt ihr die Tablets und die Laptops behalten, aber Lazlo müsst ihr laufen lassen. Sonst ruft meine Freundin jetzt sofort die Polizei.«

Zolti und Leo standen wie auf Kommando auf und kamen ein Stück näher.

Die Frau schaute mich scharf an.

»Du bist Toni«, sagte sie plötzlich.

Ich zuckte zusammen. Woher wusste sie meinen Namen?

»Du bist die, bei der Lazlo seinen Krötz gelassen hat, stimmt's?«, fragte sie weiter.

Und wieso kannte sie Krötz?

»Ja«, antwortete ich vorsichtig und wich zur Ladentür zurück.

»Hol deine Freundin her«, sagte Anita. »Wir wissen, wo Lazlo ist.«

# 13. Kapitel

Lazlo war nicht entführt worden. Das war das Erste, was Anita uns erzählte. Ich war so erleichtert, dass ich gar nicht überlegte, was das eigentlich bedeutete. Das fiel mir erst später ein.

Wir standen draußen vor dem Laden, weil wir Anita nicht genug trauten. So konnten wir wenigstens wegrennen, wenn es gefährlich wurde, oder einen der Passanten um Hilfe bitten, die hier ab und zu noch vorbeiliefen.

Leider traute sie uns auch nicht. Denn sie wollte uns nicht verraten, wo Lazlo war.

»Das ist sein Geheimnis«, meinte sie. »Und wenn er gewollt hätte, dass ihr es wisst, hätte er es euch selber gesagt.«

»Es ist aber total wichtig!«, erklärte ich. »Der weiß ja gar nicht, wie wichtig es ist.«

Anita blieb stur. »Lasst den mal in Ruhe, der hat schon genug Sorgen«, behauptete sie.

Das sah ich aber nicht ein. Wieso entschied sie denn bitte darüber, mit wem Lazlo redete?

»Was haben Sie überhaupt mit ihm zu tun?«, fragte ich. »Lazlo hat mir nie von Ihnen erzählt, dabei kenne ich ihn jetzt auch schon eine ganze Weile.«

»Ich glaube, die haben ihn doch entführt«, flüsterte Paulina mir zu. »Deshalb verraten die auch nicht sein Versteck.«

»Oh Mäuschen, ihr habt zu viele Krimis gesehen«, stöhnte Anita. »Es gibt keine Entführung, das könnt ihr komplett vergessen. Der Kleine hat letzten Sonntag plötzlich hier im Laden gestanden. Aber lange war der nicht da. Der hat nur seine Tasche abgestellt und ist dann weiter, um was zum Pennen zu finden. Am nächsten Tag hat er sie wieder abgeholt und ist zurück in sein Versteck. Da ist er immer noch und mehr sag ich nicht. Auf den Lazlo pass ich nämlich auf. Das bin ich dem Futsche schuldig.«

Leo und Zolti kamen aus dem Laden.

»Was ist mit Futsche?«, fragte Leo, der nur den letzten Satz mitgekriegt hatte.

»Nichts ist mit ihm. Hab nur erzählt, dass der Kleine hier war. Und dass ich auf ihn achtgebe, damit der Futsche nicht durchdreht.«

Leo fing an zu lachen. »Oh ja, bei dem Kleinen rastet er schnell aus. Ich werd nie vergessen, wie wir dem mal einen blauen Iro gemacht haben, als er noch ein Baby war, und der Futsche ist ausgetickt deshalb. Hätte nie gedacht, dass der sich so drüber aufregt.«

Anita schaute ihn säuerlich an. »War ja auch eine blöde Aktion.«

»Hast du den beiden auch gesagt, dass wir vier die coolsten Punks der ganzen Stadt waren?«, fragte Zolti.

»Interessiert doch keinen mehr«, sagte Anita und zündete sich eine Zigarette an.

»Wir fünf«, erklärte Leo. »Schnecke war auch dabei. Zumindest in den ersten Jahren.«

»Futsche und Schnecke?«, fragte ich. »Sind das der Vater und der Onkel von Lazlo?«

Leo lachte so laut, dass er anfing zu husten. »Schnecke? Nee, Schnecke ist die Mutter von dem Kleinen. Der Bruder von Futsche heißt Sven. Aber der hat nie zu uns gehört.«

»Der Sven ist schon als Spießer geboren. Der passt genau in das schleimige Immobilienunternehmen, in dem er sich hochgebuckelt hat«, erklärte Anita. »Der hat uns schon in der Achten ausspioniert und erpresst, weil er uns beim Kiffen erwischt hat. Und als wir ihm nichts gezahlt haben, hat er uns beim Direktor angeschwärzt. Wegen dem ist der Zolti von der Schule geflogen. Und später hat er den Futsche in die beschissene Spielhalle vom Mike geschleppt, nur weil er selber ein geldgeiler Zocker war.«

»Spielhalle?«, unterbrach ich sie. »Ist das die mit dem Affen drauf? Das MANIC BINGO?«

Anita musterte mich scharf. »Woher kennst du das denn?«

»Nur vom Sehen. Lazlos Onkel ist vorhin rein. Aber ich weiß nicht, ob er gespielt hat. Der war nicht besonders lang drin.«

»Der ist garantiert immer noch ein Zocker. Und man braucht nicht lange, um eine Menge Geld zu verspielen, das kann ich dir sagen. Beim Futsche ging es rasend schnell. Der hat Kohle verzockt, das glaubst du nicht. Und alles nur wegen seinem beknackten Bruder.« Sie schüttelte den Kopf. »Dass ausgerechnet der Futsche um Geld gespielt hat. Was der anfasst, geht immer in die Hose. Das ist beim Zocken nicht anders gewesen.«

»Und deshalb ist er jetzt im Gefängnis?«, fragte ich.

»Unter anderem«, sagte Leo. »Da ist ein bisschen was zusammengekommen. Wenn einer so viel Schulden hat und dann noch Drogen braucht, baut er eben irgendwann Mist.«

»Der heißt aber nicht in echt Futsche, oder?«, mischte sich Paulina ein, die die ganze Zeit fasziniert auf Zoltis Alienglatze gestarrt hatte.

»Nee, der heißt so, weil alles futsch geht, was er anfasst«, antwortete Anita und drückte ihre Zigarette an der Hauswand aus. »Nur den Lazlo hat er gut hingekriegt. Wegen ihm hat er sogar mit dem Zocken aufgehört.«

»Hat er nicht«, widersprach Zolti und ging in den Laden zurück.

»Doch! Als Schnecke abgehauen ist und er mit seinem Baby allein war«, rief ihm Anita hinterher.

»Ja, für ein paar Monate, und dann ging's erst recht los«, kam es von drinnen.

»Was meinst du, was so ein Alientattoo kostet?«, flüsterte Paulina mir zu. »Am Oberschenkel fände ich das super.«

»Ist bestimmt irre teuer«, flüsterte ich zurück und war froh, dass sie noch vier Jahre damit warten musste.

Anita rubbelte sich an den Armen und hüpfte auf der Stelle.

»Wird allmählich kalt hier draußen. Ich geh wieder rein. Und ihr zwei fahrt am besten nach Hause zu euren Eltern.«

Doch so leicht gab ich nicht auf.

»Wo ist Lazlos Mutter denn jetzt?«, fragte ich schnell, weil Anita schon Richtung Treppe ging.

»Keine Ahnung.« Sie blieb noch mal stehen. »Aber bei der ist er auf jeden Fall nicht, falls du das wissen wolltest.«

»Irgendwann hat es mal geheißen, dass sie in Spanien lebt«, meinte Leo. »Aber Lazlo hat mit der nichts zu tun. Die ist abgehauen, als er noch ein Baby war. Das war der alles zu viel. Die war ja auch erst sechzehn, als sie ihn gekriegt hat.«

»Nur der Futsche hat sich immer super um ihn gekümmert. Der und am Anfang auch seine Eltern, als die noch gelebt haben«, erklärte Anita. »Dass sein Vater im Knast gelandet ist und das Amt ihn zu seinem Onkel geschickt hat, ist echt bitter für den Kleinen. Ausgerechnet dieser arschige Sven ist jetzt für ihn verantwortlich.«

»Wo ist dieser Sven denn mit dem Taxi hin?«, fragte ich. »Ist der zu Lazlo?«

Anita lachte kurz auf. »So weit kommt's noch. Glaubst du, wir haben ausgerechnet dem verraten, wo er ist?«

»Ich habe gedacht, der weiß das«, sagte ich verblüfft.

»Der weiß gar nichts«, brummte Leo. »Deshalb war er hier. Der ist auch auf der Suche nach dem Kleinen.«

»Langsam glaube ich doch wieder, dass Lazlo die Laptops selber geklaut hat und hier untergetaucht ist«, flüsterte mir Paulina ins Ohr.

»Hör auf!«, zischte ich. »Lazlo ist kein Verbrecher.«

Wenn, dann war er höchstens vor dem Dieb geflohen und traute sich nicht mehr zurück. Ja, so war es gewesen! Lazlo hatte seinen Onkel erkannt, als der bei Philipp eingebrochen hatte, und war in Panik davongerannt. Und jetzt wusste er nicht, was er tun sollte. Wenn er seinen Onkel verriet, würde der sich bestimmt an ihm rächen. Und zu Philipp konnte er auch nicht mehr gehen, weil ihn dort jeder für den Dieb hielt. Er war ganz allein.

Also fast. Ich war ja da. Ich konnte seine Unschuld beweisen. Immerhin kannte ich einen Nachbarn, der bezeugen konnte, dass das Auto von seinem Onkel in der Tatnacht vor Philipps Haus gestanden hatte. Und ich konnte der Polizei erzählen, dass er sich geweigert hatte, seinen Neffen als vermisst zu melden, ihn aber gleichzeitig überall gesucht hatte. Warum wollte er ihn denn unbedingt allein finden? Doch wohl nur, um ihn unter Druck zu setzen, damit er den Mund hielt. Der wollte ihm drohen, klar. Lazlo war erst sicher, wenn der Mistkerl als Dieb überführt war. Aber gemeinsam würden wir das hinkriegen.

Anita stand immer noch auf der Treppe. Ich ging zu ihr hin.

»Ich muss Lazlo wirklich sehen«, versuchte ich es noch mal. »Der steckt in riesigen Schwierigkeiten. Die Eltern von seinem Freund denken nämlich, dass er sie beklaut hat, und wollen ihn anzeigen. Lazlo muss unbedingt mit uns zurückfahren und klarstellen, dass er nichts mit dem Diebstahl zu tun hat.«

»So ein Schwachsinn«, schimpfte Anita. »Der Kleine klaut doch nicht.«

»Ich glaube, dem geht's wie Futsche. An dem klebt auch das Pech«, seufzte Leo.

»Anita, jetzt sag den beiden doch, wo er ist«, mischte sich Zolti ein, der mit einem neuen Bier aus dem Laden kam. »Sonst mach ich's.«

Anita seufzte. »Okay. Aber ihr beide geht da allein hin, klar? Ihr sagt niemandem was. Sonst mach ich euch die Hölle heiß. Ich hab ihm nämlich versprochen, dass wir's für uns behalten.«

# 14. Kapitel

Die Schrebergärten lagen am Rand der Stadt. Paulina, Mr Bond und ich liefen durch ein riesiges Wohngebiet mit lauter neuen Reihenhäusern, die alle gleich aussahen. Am Ende der Siedlung war die Kleingartenanlage, hatte Anita uns erklärt.

»Die könnt ihr gar nicht verfehlen«, hatte sie gemeint. »Ihr bleibt immer auf derselben Straße, die führt euch schnurgerade dorthin. Dauert nur eine kleine Weile.«

Das war aber voll untertrieben. Der Weg war endlos weit und einen Bus gab es nicht. Aber wir hätten sowieso kein Geld dafür gehabt, weil alles, was wir besaßen, schon fürs Essen draufgegangen war. Es hatte grade mal für zwei Chipstüten und zwei Cola an der Tankstelle gereicht. Und für einen Kauknochen für Mr Bond. Hungrig waren wir jetzt immer noch. Und todmüde.

»Dieser Tag ist irre«, sagte Paulina und schleppte sich neben mir den Gehweg entlang. »Vorhin dachte ich noch, die Welt geht unter, weil Bekir und Moritz mit mir sauer sind. Und jetzt ist mir das schnurzegal. Die können sauer sein, wie sie wollen. Jetzt denke ich nur noch, hoffentlich sterbe ich nicht vor Hunger.«

»Und hoffentlich lässt uns Lazlo bei sich schlafen«, ergänzte ich. »Denn nach Hause kommen wir heute garantiert nicht mehr.«

»Echt jetzt? Glaubst du nicht, dass wir nachher noch einen Zug kriegen?«

»Willst du heute Nacht den ganzen Weg zum Bahnhof wieder zurücklatschen?«

»Nein. Ich will was essen und schlafen und morgen soll die Welt wieder schön sein. Heute ist sie scheiße. Aber weißt du, wie meine Eltern ausrasten, wenn ich nicht heimkomme?«

Ja, das konnte ich mir ziemlich gut denken. Paulinas Eltern waren viel strenger als meine. Doch meine wären auch nicht begeistert, wenn sie mitkriegten, dass ich heute Nacht nicht heimkam. Wir mussten uns auf jeden Fall zu Hause abmelden.

»Und was willst du deinen Eltern sagen?«, fragte Paulina. »Dass du in einer wildfremden Stadt in einem Schrebergarten übernachtest, wenn du Glück hast? Und wenn's schlecht läuft, schläfst du irgendwo hier im Vorgarten? Also meinen Eltern muss ich was anderes erzählen, sonst holen die sofort die Polizei.«

Und meine? Papa würde wahrscheinlich eine Drohne losschicken, die nicht viel weiter als bis zu Frau Meisters Tür kam, und Mama würde sich ins Auto setzen und direkt hierherfahren.

»Das wäre schön«, seufzte Paulina. »Stell dir vor, gleich hält hier ein Auto, und deine Mutter sitzt drin und freut sich tierisch, uns zu sehen, und sagt, ›Hey Mädels, ihr seht ja halb verhungert aus, wir gehen jetzt erst mal Pizza essen!‹ Oh, und das Auto hat Sitzheizung, und ich kann meine Beine ausstrecken und die Schuhe ausziehen, und bis zur Pizzeria schlaf ich schon mal eine Runde, und nach der Pizza penn ich weiter, bis wir bei dir daheim sind … Toni, das wäre so super.«

»Geht aber nicht«, sagte ich und nahm sie an die Hand, weil sie vor lauter Begeisterung anfing zu torkeln. »Meine Eltern dürfen nicht wissen, dass ich hier bin. Die mischen sich nur ein und machen alles komplizierter.«

»Schade«, brummte Paulina und blieb stehen. »Was erzählst du denen denn?«

»Ich sag, ich bin bei dir. Und du sagst, du bist bei mir. Dann sind sie zufrieden und niemand holt die Polizei oder kreuzt hier einfach auf.«

»Ich dachte, du findest lügen blöd«, meinte Paulina und ließ sich von mir weiterziehen.

»Das ist nicht gelogen. Ich sag ja nicht, dass ich bei dir übernachte, sondern nur, dass ich bei dir bin. Und das stimmt zu hundert Prozent.«

»Na ja. Deine Eltern würden das vermutlich anders sehen. Aber die Idee ist nicht schlecht. So mache ich das auch. Wenn ich es ein bisschen umformuliere, kann ich es sogar bei Bekir und Moritz anwenden. Ich schreibe denen, dass ich bis morgen Nachmittag bei dir bin, weil du vor Liebeskummer eingehst.«

»Ich hab keinen Liebeskummer!«

»Ich hoffe nur, dass das Liebeskummerargument überhaupt bei Jungs zieht«, meinte Paulina ungerührt. »Nachher kapieren die gar nicht, dass man bei so was die Unterstützung von seiner besten Freundin braucht, und sind so stinkbeleidigt, dass sie Schluss mit mir machen.«

»Quatsch. Die machen niemals Schluss, nur weil du sie mal versetzt hast. Und falls doch, sind sie so bescheuert, dass du froh sein kannst, wenn du sie los bist.«

»Jaja. Du hast gut reden«, quengelte Paulina. »Immerhin laufen wir hier gerade deinem Happy End entgegen. Heute Abend kannst du deinen Lazlo endlich wieder in die Arme schließen und ich hab nur Mr Bond zum Kuscheln. Und der riecht nach altem Hund.«

»Mann, Pauli!«, sagte ich und schubste sie in die Hecke, an der wir grade vorbeiliefen. »Das ist nicht mein Lazlo, ich helf dem nur!«

»Weißt du, was das Beste an mir ist?« Paulina arbeitete sich aus der Hecke raus und grinste mich an. »Mich kannst du gar nicht so leicht reinlegen wie dich selber.«

Meine Eltern waren nicht da, als ich zu Hause anrief, deshalb meldete ich mich bei Igor. Der hatte nichts dagegen, dass ich über Nacht bei Paulina blieb. Mit Paulinas Mutter war es schwieriger. Die wollte, dass Paulina am nächsten Vormittag auf die Gremlins aufpasste.

»Mist. Ich muss schon um acht zu Hause sein, wie soll ich das denn schaffen«, schimpfte Paulina, als sie fertig mit Telefonieren war. »Bei meiner Mutter werden noch die einfachsten Ausreden kompliziert. Was mache ich denn jetzt?«

»Wir fahren so früh wie möglich zurück«, schlug ich vor. »Um halb sieben fährt der erste Zug.«

»Igitt. Das ist mitten in der Nacht. Eigentlich können wir gleich wieder umdrehen, sonst verpassen wir den noch. So ewig, wie wir schon durch diese bescheuerte Siedlung latschen. Nicht zu fassen, was manche Leute für eine kleine Weile halten.«

Irgendwann waren die Häuser dann aber tatsächlich vorbei und die Straße mündete in einen Feldweg. Es war jetzt schon ganz dunkel. Am Himmel konnte man weder Mond noch Sterne sehen, weil es bewölkt war, und Straßenlaternen gab's ab hier auch keine mehr. Paulina und ich machten unsere Handytaschenlampen an, um überhaupt was zu erkennen.

Wir liefen an einem großen Acker entlang, auf dem vertrockneter Mais stand. Dahinter kamen endlich die Schrebergärten. An einem Baum neben dem Eingangstor hing ein großes Holzschild. »Kleingartenkolonie Grüner Grund« stand darauf. Darunter war ein Plan aufgemalt, auf dem alle Gärten eingezeichnet waren. Es waren ziemlich viele und die Wege verliefen kreuz und quer dazwischen. Das war total unübersichtlich. Doch da wir sowieso nicht wussten, wo das Grundstück von Lazlo war, war es auch egal.

Das Eingangstor war abgeschlossen, aber es war gar nicht so hoch. Ich konnte gut rüberklettern, und danach half ich Paulina und Mr Bond, weil die ja kürzere Beine hatten.

»Ganz schön unheimlich hier«, flüsterte Paulina, als wir alle drei hinter dem Zaun standen.

Das fand ich auch. Die Schrebergärten lagen in völligem Dunkel. Das Einzige, was man erkennen konnte, waren die Umrisse der Hütten, weil die noch schwärzer waren als schwarz, und dann noch irgendwelche unförmigen Brocken, die in der Gegend rumstanden und monstermäßig aussahen. Als ich sie mit der Taschenlampe anleuchtete, kapierte ich, dass es Büsche waren, die jemand in Jutesäcke eingepackt hatte. Darauf musste man auch erst mal kommen. Am Gruseligsten waren aber die seltsamen Geräusche, die so anders klangen als tagsüber. Hohle Rufe und spitze Schreie vom Waldrand gegenüber. Es war erst sieben Uhr abends, aber es fühlte sich an, als wäre es mindestens Mitternacht.

»Was machen wir jetzt?«, hauchte Paulina. »Wenn Lazlo kein Licht anhat, finden wir ihn nie.«

»Wir lassen Mr Bond suchen. Der riecht ihn hoffentlich.«

Direkt hinter dem Eingangstor gingen drei Wege ab. Ich ließ Mr Bond von der Leine und wartete, was passierte. Eine Weile schnüffelte er nur aufgeregt am Boden rum und pinkelte gegen jeden Strauch in der Nähe, aber schließlich entschied er sich für den linken Weg und marschierte los.

»Guck, der hat die Fährte aufgenommen«, flüsterte ich Paulina zu. »Der macht das super.«

Aber von wegen.

Schon nach drei Metern blieb er wieder stehen und schnupperte andächtig an einem Grasbüschel.

»Glaubst du, Lazlo liegt dadrunter?«, fragte Paulina und fing an zu kichern.

»Das ist nicht lustig!«

»Nein«, gluckste Paulina. »Ich lache auch nur, weil ich mir sonst in die Hose mache vor Angst. Ich stell mir die ganze Zeit vor, dass gleich ein Clown aus den Büschen springt. Weißt du, so einer wie in diesem schrecklichen Horrorfilm, ›Es‹. Oder er taucht aus dem Gulli auf und zieht dich in die Kanalisation.«

Sie machte ein schlürfendes Geräusch.

»Den Film kenn ich nicht.«

»Doch! Von dem hab ich dir erzählt. Das ist der gruseligste Film, den ich je gesehen habe. Dieses ›Es‹ sieht aus wie ein Clown und kann überall auftauchen. Zum Beispiel aus der Regentonne da.«

Sie leuchtete mit ihrer Handylampe auf eine große grüne Regentonne, die neben einer Hütte stand.

»Pauli, hör auf, ich will mir das nicht vorstellen.«

Ich lief Mr Bond hinterher, der sich wieder in Bewegung gesetzt hatte.

»›Es‹ streckt seine Hand aus der Tonne, packt dich am Arm und zerrt dich zu sich hinunter, wo du langsam im Wasser versinkst«, flüsterte Paulina direkt hinter mir.

Ich tat, als ob ich sie nicht hörte, und leinte Mr Bond an, weil der schon wieder stehen geblieben war.

»Oder ›Es‹ springt aus einem Busch und schwingt eine Gartenhacke«, machte Paulina weiter. »Das kommt zwar nicht im Film vor, aber –«

Irgendwo raschelte es. Paulina quiekte wie ein Ferkel und klammerte sich so fest an mich, dass ich fast umfiel.

»Mit dem Schwachsinn, den du erzählst, machst du dir nur selber Angst«, schimpfte ich. »Das war eine Maus oder so was.«

»Ich mach mir nicht selber Angst, ich hab Angst! Ich seh hier überall Horrorclowns.«

»Das sind nur Schatten.«

»Und warum bewegen die sich dann?«

»Die bewegen sich doch gar nicht.«

»Toni, glaubst du, man kann vor Schreck sterben, auch wenn man ein junges Herz hat?«

»Du stirbst nicht. Und Horrorclowns gibt's nicht. Das weißt du selber.«

»Haha«, machte Paulina. »Das Internet ist voll davon. DAS solltest du mal recherchieren.«

Wir schlichen leise weiter.

Immer wieder raschelte es. Und dann war da plötzlich ein Schnurren. Oder war es ein Schnattern?

Wir blieben stehen und lauschten in die Dunkelheit.

»Kommt das von einer Katze?«, wisperte Paulina. »Oder klappert ein Clown mit seinen spitz gefeilten Zähnen?«

Das Schnattern verstummte. Dafür raschelte es wieder. Und dann fauchte etwas.

»Könnte auch ein Igel sein«, flüsterte ich.

Paulina stöhnte.

»Wenn jetzt noch ein Käuzchen schreit, fall ich tot um«, prophezeite sie. »Käuzchen sind das Unheimlichste, was es gibt. Also abgesehen von Clowns natürlich.«

»Du spinnst. Käuzchen sind einfach nur Eulen. Und die Schreie sind ihre Balzrufe. Die suchen nach einem Weibchen.«

»Mitten in der Nacht. Die haben vielleicht Ideen.«

Wir bogen in einen Seitenweg ein. Ich hatte überhaupt keine Orientierung mehr. Wenn uns jetzt jemand verfolgte, würde ich den Ausgang garantiert nicht finden.

»Glaubst du echt, dass Lazlo hier irgendwo ist?«, flüsterte Paulina und blieb stehen. »Wollen wir nicht lieber zurückgehen?«

Genau in dem Moment entdeckte ich das Licht. Schwach schimmerte es zwischen den dunklen Büschen durch und war ganz warm, nicht wie der kalte Schein von unseren Taschenlampen.

Wir liefen darauf zu.

Das Licht kam aus dem Fenster einer alten Hütte, die aus dicken Latten zusammengezimmert war. Wir schlichen näher ran und spähten durch die Scheibe.

In einem Chaos aus alten Liegestühlen, Blumentöpfen, Gartengeräten und Stahlregalen saß Lazlo an einem kleinen Holztisch und schaute in den Schein einer Kerze.

# 15. Kapitel

Er hatte sich verändert. Seine Haare waren gewachsen und hingen ihm jetzt bis in die Stirn und er war noch größer und dünner als vor zehn Wochen. Und seine Stimme war tiefer geworden, das merkte ich gleich, als er uns Hallo sagte.

Zuerst sagte er allerdings gar nichts, sondern ließ nur einen gellenden Schrei los, als er uns am Fenster entdeckte. Hinterher war ihm das, glaube ich, peinlich, aber ich hätte mich auch so fies erschreckt, wenn nachts vor meinem Fenster in einer einsamen Schrebergartenanlage plötzlich ein Kopf mit schwarzer Mütze und einer mit rosa Puschelohren aufgetaucht wäre.

Es dauerte ganz schön lange, bis Lazlo begriff, dass das da draußen Paulina und ich waren, und uns reinließ, aber so hundertprozentig kapierte er es auch dann noch nicht. Er stand einfach nur zwischen dem Gerümpel rum und stammelte »Wo kommt ihr denn jetzt her?«.

»Anita hat uns gesagt, wo du bist«, fing ich an und wollte ihm gleich erzählen, was zu Hause los war und dass Philipp und seine Eltern dachten, er wäre ein Dieb, und natürlich wollte ich auch wissen, warum er abgehauen war und wieso ich ihn nicht hätte suchen sollen und das alles. Das kapierte ich nämlich überhaupt nicht mehr, weil er ja gar nicht entführt worden war. Aber Paulina wurde sofort sauer, als ich loslegte, weil sie sich erst mal hinsetzen und was essen wollte. Und eigentlich war mir das auch recht, denn mir war selber schon schlecht vor Hunger, und wir hatten ja noch die ganze Nacht Zeit, um alles zu klären.

Es war ein Riesenglück, dass Lazlo gedacht hatte, er müsste länger hier bleiben. Er hatte nämlich ewig viele Lebensmittel gehortet und lauter Sachen, die satt machten. Brot und Käse und Schokolade. Und Haferflockenkekse. Mr Bond fraß eine komplette Schachtel davon. Die waren ohne Zucker, und ausnahmsweise war das schon mal okay, dachte ich, und besser, als wenn er verhungerte. Er fand das auch. Nur Paulina war ein bisschen deprimiert, weil wir uns die andere Schachtel dann teilen mussten.

Lazlo schaute uns zu und sagte so gut wie gar nichts, während wir in den klapprigen Liegestühlen hingen und seine Vorräte aufaßen. In der Ecke bollerte ein kleiner Gasofen und wärmte unsere Füße.

Ich freute mich so, ihn zu sehen, aber ich merkte natürlich schon, dass er nicht ganz so glücklich darüber war wie ich. Ich dachte, er hätte Angst, dass wir seinen Onkel auf seine Spur geführt hätten. Deshalb erzählte ich ihm, dass Zolti den verjagt hatte, als er bei Anita gewesen war, und da wurde er bleich vor Schreck.

»Wie, mein Onkel ist hier? Und der war bei Anita? Woher wisst ihr das? Und was wollte der?«, fragte er aufgeregt.

»Der hat dich gesucht. Und wir sind ihm hinterher«, sagte Paulina und stopfte sich zwei Kekse gleichzeitig in den Mund.

Mr Bond beobachtete sie entsetzt.

»So ein Mist«, jammerte Lazlo.

»Der ist doch schon wieder weg, und er hat keine Ahnung, wo du bist«, versuchte ich, ihn zu beruhigen.

Aber er schüttelte nur den Kopf und seufzte.

Paulina stupste mich an.

»Toni, dein Hund hypnotisiert mich«, beschwerte sie sich. »Der versucht, mich zu zwingen, ihm die restlichen Kekse zu geben.«

»Du darfst nicht zu ihm hinschauen, das weißt du doch. Wenn du ihn anschaust, hast du verloren«, sagte ich und drehte mich wieder Lazlo zu.

Der sah immer noch deprimiert aus.

»Warum sucht der mich denn?«, fragte er dumpf. »Kann der mich nicht endlich in Ruhe lassen?«

»Den bist du bald schon los. Morgen zeigen wir ihn wegen dem Diebstahl an und du hast ihn von der Backe.«

»Wieso Diebstahl? Welcher Diebstahl denn?«

»Na der bei Philipp. Jetzt sag nicht, dass du nichts davon weißt. Bei Philipp ist doch eingebrochen worden. Sieben Laptops und Tablets sind weg. Und noch Bargeld. Und seltsamerweise stand das Auto von deinem Onkel genau in der Tatnacht vor dem Haus. Der Nachbar hat es gesehen.«

»Woher weiß der, wie das Auto von meinem Onkel aussieht?«, fragte Lazlo verblüfft.

»Toni weiß das«, erklärte Paulina. »Schwarzer BMW mit dicken Reifen und Angeberauspuff. Stimmt's? Das hat sie recherchiert.«

»Wieso?«

»Um dich zu finden, ist doch klar«, sagte Paulina ungeduldig und würgte den letzten Keks runter. »Immerhin warst du seit dem Diebstahl verschwunden.«

Lazlo schaute stirnrunzelnd zu mir rüber.

»Ich wollte gar nicht, dass du mich suchst«, sagte er.

»Das war aber wichtig«, verteidigte ich mich. »Philipps Familie denkt nämlich, dass du die Laptops geklaut hast. Du musst unbedingt mit uns zurückkommen und erzählen, was du über den Diebstahl weißt.«

»Was soll das denn? Wieso sollte ich meinen Freund beklauen?«, empörte sich Lazlo. »Das ist Schwachsinn. Und über den Diebstahl weiß ich gar nichts.«

»Warum bist du dann geflohen?«, fragte ich verblüfft.

Er zuckte mit den Schultern.

»Also Toni hat dazu nämlich eine sehr interessante Theorie«, erklärte Paulina. »Sie glaubt, dass du deinen Onkel beim Klauen erwischt hast und in Panik vor ihm davongelaufen bist.«

»Du kannst es ruhig zugeben«, sagte ich. »Ich geh morgen mit dir zur Polizei und gebe zu Protokoll, dass das Auto von deinem Onkel vor Philipps Haus gestanden hat. Damit untermauere ich deine Aussage. Und dann sichern die die Spuren in seinem Auto und weisen ihm den Diebstahl nach und er kann dir gar nichts mehr tun.«

Komischerweise reagierte Lazlo anders, als ich erwartet hatte. Ich dachte, er wäre erleichtert, aber er regte sich auf.

»Seid ihr irre? Mein Onkel ist doch kein Dieb und der tut mir auch nichts. Ich hab keine Angst vor dem! Da habt ihr euch ja was zusammengesponnen.«

Paulina stöhnte genervt: »Also weißt du, du verkriechst dich hier seit Tagen, und jetzt behauptest du, du hättest keine Angst vor deinem Onkel. Das musst du uns mal erklären.«

»Das ist eine Familienangelegenheit. Das geht nur mich und ihn was an«, wehrte sich Lazlo.

»Okay, wenn du ihn nicht anzeigen willst, dann eben nicht«, sagte Paulina ein bisschen netter. »Dann macht Toni das. Du kannst von deinem Zeugnisverweigerungsrecht Gebrauch machen, weil ihr verwandt seid. Wobei ich persönlich das schade fände.«

»Jetzt lasst doch mal diesen Schwachsinn!«, schrie Lazlo und sprang auf. »Wie oft noch: Mein Onkel ist kein Dieb und niemand zeigt ihn an. Dass der mich sucht, hat rein gar nichts mit den blöden Laptops zu tun. Der …« – er wurde leiser – »… der braucht eine Unterschrift von mir, wegen dem Sorgerecht, das ist alles.«

»Und deshalb versteckst du dich vor ihm?«, fragte ich ungläubig.

»Vor dem versteck ich mich gar nicht. Ach verdammt, das ist alles so kompliziert, aber bitte, dann erzähle ich es euch eben«, sagte Lazlo erschöpft. »Also: Mein Onkel hat mich an dem Abend, an dem die Laptops gestohlen wurden, bei Philipp abgeholt, damit ich nicht allein bin. Deshalb parkte sein Auto kurz dort. Und als ich spätabends zurückgekommen bin, war im ganzen Haus Chaos. Die Schränke standen offen und alle Klamotten waren rausgerissen und über die Zimmer verstreut. Ich habe ewig gebraucht, alles aufzuräumen. Und erst als ich schon fast damit fertig war, habe ich gemerkt, dass die Laptops und die Tablets fehlten. Da habe ich Panik gekriegt und bin abgehauen.«

»Na ja, besonders schlau war das ja nicht«, sagte Paulina und bohrte nach den letzten Kekskrümeln in der Schachtel. Mr Bond machte Stielaugen. »Warum hast du den Tatort nicht so gelassen, wie du ihn vorgefunden hast? Dann hätte die Polizei noch Fingerabdrücke nehmen können, und sie hätten gleich gemerkt, dass du nichts mit dem Diebstahl zu tun hast.«

»Wieso?«, fragte Lazlo bitter und setzte sich wieder hin. »Meine

Fingerabdrücke waren doch überall drauf. Und außerdem hätten die mich garantiert verdächtigt. Ich meine, Philipp und seine Familie fahren ein Wochenende fort, und ich bin allein bei denen zu Hause, und danach sind die Laptops gestohlen. Entweder glauben alle, dass ich zu blöd war, die Haustür abzuschließen, oder sie denken gleich, dass ich die Sachen geklaut habe. Immerhin bin ich der Sohn von einem Knacki. Ich führe sozusagen die Familientradition fort.«

»Einfach abzuhauen, war auf jeden Fall das Blödeste, was du machen konntest«, sagte Paulina ungerührt. »Vor allem, wenn du vorher alle Spuren verwischst. Da würde man sich bei jedem überlegen, ob er nicht der Dieb ist. Dabei hätte dein Onkel alles klarstellen können. Der hätte nur sagen müssen, dass er dich abgeholt hat und du den Abend über bei ihm warst. Damit wärt ihr beide nicht mehr verdächtig gewesen. So wirkt das schon komisch.«

»Ich hatte Angst«, sagte Lazlo leise und schaute an uns vorbei Richtung Fenster. »Ich habe die Diebe nämlich noch gesehen.«

»Was?«, schrien Paulina und ich gleichzeitig. »Warum sagst du das jetzt erst?«

»Ich habe immer noch Angst, dass die mich verfolgen. Deshalb bin ich hier. Als ich mit Aufräumen fertig war, habe ich was in der Garage gehört. Das waren die Stimmen von mindestens drei Typen. Ich habe mich angeschlichen und dann sind die plötzlich rausgekommen und ich bin abgehauen. Ich weiß nicht, ob die mich noch gesehen haben.«

»Kannst du die beschreiben?«, fragte ich.

»Die hatten Strumpfmasken auf und waren komplett schwarz angezogen, also keine Chance«, erklärte Lazlo und starrte immer noch durchs Fenster, so als ob die da draußen irgendwo wären.

»Und wann hast du dann Krötz ausgegraben? Dazu hattest du doch gar keine Zeit«, sagte Paulina und klang wie einer von ihren Fernsehkommissaren.

Lazlo seufzte. »Ich bin erst mal nur zum Nachbargrundstück gerannt und habe mich dort versteckt. Und als sie endgültig weg waren, hab ich ihn geholt und bin sofort zu Toni gelaufen. Ich hatte Schiss, dass sie wiederkommen.«

»Sind die mit einem Auto davongefahren?«

»Die sind gerannt, aber später habe ich ein Auto gehört.«

»Schade«, sagte Paulina enttäuscht. »Das sind verdammt wenig Anhaltspunkte.«

Ich hievte mich aus dem Liegestuhl und setzte mich zu Lazlo an den Tisch.

»Warum hast du denn nicht bei mir geklingelt?«, fragte ich leise.

»Ich wollte dich nicht mit reinziehen.« Er schaute mich an und grinste schief. »Ist mir leider nicht so gut gelungen. Ich hätte Krötz nicht bei dir abgeben dürfen. Das war der Fehler. Aber ich hatte einfach keinen Plan. Ich wusste nur, dass ich abhauen muss und dass ich ihn nicht mitnehmen kann. Und dass er es gut bei dir hat. Irgendwann ist mir dann der Schrebergarten von meinen Großeltern eingefallen. Als ich klein war, haben mein Vater und ich hier eine Zeit lang richtig gewohnt. Aber nur heimlich, weil das eigentlich verboten ist. Am Abend haben wir immer so getan, als ob wir heimgingen, und wenn es dunkel war, sind wir wieder zurückgeschlichen und haben in der Hütte geschlafen. Das war toll.« Zum ersten Mal, seit wir hier waren, lächelte er. Aber sofort wurde er wieder ernst. »Jetzt gehört der Garten irgendeinem Spacko, der sich nicht drum kümmert und das halbe Jahr auf Mallorca rumhängt. Alles lässt der verlottern. Ich habe schon ewig viel zur Seite geräumt, um hier überhaupt schlafen zu können.« Er zeigte auf das Gerümpel aus alten Autoreifen, Metallresten und Plastikkanistern, das neben der Tür zu einem Haufen aufgetürmt war.

»Na ja. Wenigstens kann ich eine Zeit lang hier wohnen, wenn ich aufpasse, dass mich keiner entdeckt.«

»Aber du bleibst doch nicht hier«, sagte ich. »Die Eltern von Philipp zeigen dich an, wenn du nicht bis übermorgen zurück bist. Du musst so schnell wie möglich zur Polizei und erzählen, dass du die Diebe gesehen hast.«

»Nein.« Lazlo schüttelte energisch den Kopf. »Das hat überhaupt keinen Sinn. Ich kann mich an so gut wie gar nichts mehr erinnern. Drei schwarz gekleidete Männer mit Masken – das bringt denen doch nichts für die Fahndung. Die behaupten garantiert, ich hätte mir das nur ausgedacht.«

»Niemals. Die verstehen, dass du unter Schock warst. Das ist normal, dass das Gedächtnis nicht gut funktioniert, wenn man Panik hat. In ein paar Tagen erinnerst du dich an mehr. Und bis dahin musst du wenigstens das erzählen, was du weißt, sonst setzen andere die unmöglichsten Gerüchte über dich in die Welt. Philipp quatscht womöglich schon in der Schule rum, dass du ein Dieb bist.«

»Und wennschon«, sagte Lazlo müde.

»Sogar dein Onkel erzählt Müll. Glaub bloß nicht, dass der dich verteidigt. Der hat sogar behauptet, dass er sein blaues Auge von dir hätte«, sagte ich.

Lazlo lachte kurz auf. »Der spinnt ja. Ich bin doch kein Schläger. Das hat er nur gesagt, um dir Angst zu machen. Damit du aufhörst, nach mir zu suchen.«

»Warum denn? Der hätte doch froh sein können. Der hat dich doch selber gesucht, auch wenn er es nicht zugegeben hat.«

»Der hat gemeint, du glaubst auch, dass ich die Laptops gestohlen hätte. Und dass du deshalb hinter mir her wärst.«

»So was Blödes habe ich ja noch nie gehört«, meldete sich Paulina zurück. Ich hatte schon gedacht, sie wäre eingeschlafen. »Toni ist die Einzige, die nie geglaubt hat, dass du ein Dieb bist. Niemals! Die hat dich wie eine Löwin gegen alles und jeden verteidigt und war immer auf deiner Seite.«

»Ehrlich?«, flüsterte Lazlo und schaute mich mit großen Augen an.

Ich wusste gar nicht, was ich antworten sollte. Es war mir so peinlich, dass Paulina das erzählt hatte. Das klang ja, als ob ich in ihn verliebt wäre.

Plötzlich war es still in der Hütte.

Und anstatt irgendwas zu sagen, damit das blöde Schweigen aufhörte, blieb Paulina stumm in ihrem Liegestuhl sitzen und dämmerte wieder vor sich hin. Und Lazlo drehte sich von mir weg und starrte auf den Tisch.

Mir war heiß. Bestimmt leuchtete mein Gesicht knallrot und der Hals auch und die Ohren sowieso und überhaupt alles. Richtig klasse.

Aber es war komisch.

Obwohl ich mich am liebsten weggebeamt hätte, damit Lazlo nicht mitkriegte, wie ich zum Ampelmännchen mutierte, war ich gleichzeitig froh, hier neben ihm zu sitzen und ihn einfach nur anzuschauen. Weil ich merkte, wie sehr ich ihn vermisst hatte, und weil er mir so gefiel, mit seinen verwuschelten Haaren und seinem hübschen Mund, der einen Schwung macht, dass es immer aussieht, als ob er lächelt, sogar wenn er traurig ist, und weil er so still dasaß und es so einsam um ihn war.

Ich stand auf und ging zur Tür. Ich brauchte mal Luft. Irgendwie war mir alles zu viel. Langsam drehte ich eine Runde um die Hütte. Die Nacht war klar geworden und bitterkalt, aber es war wunderschön hier draußen, mit der Mondsichel und den vielen Sternen, die jetzt am Himmel standen. Das warme Kerzenlicht leuchtete schwach aus der Hütte, und wenn ich durchs Fenster schaute, sah ich Paulina im Liegestuhl dösen, mit ihren Füßen auf Mr Bond, der sich vor dem Ofen zusammengerollt hatte. Lazlo saß noch immer am Tisch, vor seiner Kerze, die fast heruntergebrannt war. Er hatte das Kinn auf die Arme gelegt und starrte ins Leere. Plötzlich hätte ich mir vorstellen können, einfach mit ihm hierzubleiben und vielleicht sogar für immer.

Total seltsam.

Ich hätte gern noch viel länger hier draußen gestanden, aber irgendwann war mir kalt. Als ich mit steif gefrorenen Fingern die Tür zur Hütte öffnete, um ins Warme zu kommen, hörte ich wieder das seltsame Schnarren. Es war noch lauter als vorhin. Paulina bemerkte es auch. Sie sprang aus dem Liegestuhl auf und lief zu mir.

»Wo kommt das her?«, flüsterte sie.

Das Geräusch veränderte sich. Jetzt war es ein Schnattern. Ganz gleichmäßig.

Ein Igel war das nicht. Noch nie zuvor hatte ich solche Laute gehört.

»Was ist das?«, fragte Paulina. »Toni, sag mir, dass das kein Horrorclown mit Kehlkopfentzündung ist.«

»Meint du das Keckern?«, kam es vom Tisch. »Das ist was anderes. Kommt mit, dann zeige ich es euch.«

Zusammen gingen wir durch die Nacht. Paulina, Lazlo und ich. Mr Bond hatte nicht mitkommen wollen. Er war vor dem Ofen liegen geblieben und hatte noch nicht mal ein Auge aufgemacht, als wir aufgebrochen waren. Lazlo hatte eine Taschenlampe dabei und lotste uns zu dem Garten, der hinter dem Nachbargrundstück lag. Mitten auf dem Rasen stand eine Holzhütte, die um einiges größer war als unsere. Und besser in Schuss war sie auch. Sie hatte sogar eine Veranda. Lazlo ging einfach rauf, so als ob er hier zu Hause wäre, und Paulina und ich folgten ihm. In der hintersten Ecke stand ein Käfig, aus dem jetzt ein Fiepen zu hören war.

Als ich näher kam, sah ich zuerst nur eine spitze weiße Schnauze, die aus dem Dunkel leuchtete. Erst nach und nach konnte ich das ganze Tier erkennen. Die kleinen spitzen Ohren, die Knopfaugen, die schwarze Maske, das dicke Fell und den buschigen, gestreiften Schwanz.

Auch wenn ich noch nie einen in echt gesehen hatte, wusste ich gleich, dass es ein Waschbär war.

Er war nicht besonders groß, bestimmt kleiner als eine normale Katze. Eifrig scharrte er mit beiden Pfoten auf dem Käfigboden und schaute uns neugierig an.

Er war so ziemlich das Süßeste, was ich jemals gesehen hatte.

»Der hat keine Mutter mehr«, erklärte Lazlo und hockte sich vor den Käfig. Paulina und ich knieten uns daneben. »Der idiotische Bruder vom Rasenkanten-Heinz hat sie abgeknallt. Einfach so. Der behauptet, Waschbären wären eine Plage, dabei stimmt das überhaupt nicht. Der will sich eine Mütze aus ihrem Fell machen lassen. So eine, wie die Trapper in Kanada sie haben. Der hat sie doch nicht mehr alle. Den ganzen Abend hat er das rumgetönt, als sie den kleinen Waschbär hierhergeschleppt haben. Und jetzt sitzt der kleine dadrin. Ohne Mutter und in diesem winzigen Käfig.«

Er zog eine Banane aus seiner Jackentasche und schälte sie. Dann brach er ein Stück ab und schob es durchs Gitter. Der kleine Waschbär setzte sich auf seinen breiten Hintern und griff vorsichtig danach. Seine Pfoten sahen aus wie winzige schwarze Hände. Geschickt hielt er seine Banane fest und fraß sie in einer irren Geschwindigkeit auf.

»Wer ist Rasenkanten-Heinz?«, fragte Paulina.

Ich sagte gar nichts. Ich kam nicht über die erschossene Mutter weg.

»Dem gehört das Grundstück hier. Meine Oma hat den Namen erfunden. Der hatte die Parzelle schon, als meine Großeltern noch gelebt haben. Der hat voll die Macke mit seinen Rasenkanten. Die zieht er mit dem Zimmermannswinkel, das ist echt wahr! Meine Oma hat sich darüber immer schlappgelacht und irgendwann hat sie ihn Rasenkanten-Heinz getauft. Das heißt, Heinz hieß er schon immer, aber der Rest ist dazugekommen.«

Rasenkanten-Heinz war mir egal. Ich wollte wissen, was mit den anderen Jungen war, die die Mutter gehabt hatte. Wer kümmerte sich jetzt um die?

»Da waren keine mehr, haben sie gesagt. Sonst hätten sie die auch mitgenommen«, meinte Lazlo und schob das letzte Bananenstückchen durch die Käfigstäbe. »Jetzt ist alle, alle«, erklärte er dem kleinen Waschbär, der seine Pfötchen aus dem Käfig gestreckt hatte und noch schlimmer bettelte als Mr Bond. »Der hat ununterbrochen Hunger«, sagte er zu uns. »Rasenkanten-Heinz bringt ihm zwar jeden Vormittag was zu fressen, aber das reicht dem nie. Der braucht viel mehr. Der ist ja auch noch am Wachsen. Und auf Banane fährt er total ab.«

Er schob seinen Zeigefinger durch das Gitter und kraulte den kleinen Waschbär am Hals. Der kam näher und drückte sich gegen den Käfig.

»Ich habe ihn ›Siggi‹ getauft«, sagte Lazlo, während er ihn weiterstreichelte. »Nach meinem Opa. Das ist nämlich ein Männchen.«

»Hallo, Siggi«, flüsterte ich.

Ganz vorsichtig, damit ich ihn nicht erschreckte, strich ich über sein Fell. Es war samtiger, als ich gedacht hatte, und es roch anders als das von Mr Bond. Irgendwie wilder.

Paulina fand Siggi auch toll, aber streicheln wollte sie ihn lieber nicht.

»Was hat Rasenkanten-Heinz denn jetzt mit ihm vor?«, fragte sie.

»Der will ihn behalten«, sagte Lazlo. »Er kann ihn ja auch nicht aussetzen. Ohne seine Mutter verhungert er draußen.«

»Meinst du, der will auch eine Mütze aus ihm machen, wenn er ausgewachsen ist?«, flüsterte ich ihm ins Ohr. So leise, dass es Siggi auf keinen Fall hören konnte.

Lazlo drehte seinen Kopf zu mir und unsere Nasen berührten sich kurz.

Das war schön.

Und ich mochte auch, wie er roch. Ein bisschen fremd und ein bisschen wie daheim.

»Ich glaube nicht, dass der aus Siggi eine Mütze machen will«, flüsterte Lazlo zurück. »Der ist eigentlich nett zu ihm. Und es ist ja auch verboten.«

Wir saßen noch eine ganze Weile vor dem Käfig. Ich konnte mich einfach nicht von Siggi trennen. Er tat mir so leid. Wenn wir gingen, war er wieder allein.

»Wir nehmen ihn mit, okay? Nur für die Nacht«, schlug ich vor. »Morgen früh bringen wir ihn wieder zurück.«

»Und was machen wir mit Mr Bond?«, fragte Paulina. »Der flippt aus, wenn er ihn sieht.«

»Das geht sowieso nicht«, sagte Lazlo. »Falls Rasenkanten-Heinz morgen früher kommt als sonst und sein Waschbär ist weg, dreht der am Rad. Und was hätte Siggi auch davon? Wenn ich mit euch mitgehe, ist er eh wieder allein.«

»Kommst du jetzt doch mit?«, fragte ich, und meine Stimme kiekste komisch, weil ich schon gar nicht mehr damit gerechnet hatte.

»Ich glaube, mir bleibt nichts anderes übrig«, sagte Lazlo, aber froh klang er nicht.

# 16. Kapitel

Ich konnte nicht schlafen. Erst dachte ich, es lag daran, dass mein Bett so unbequem war. Paulina und ich teilten uns das Polster von einem Liegestuhl und hatten uns mit Lazlos Schlafsack zugedeckt. Aber das Polster war zu kurz, es reichte nicht mal für Paulinas Größe, und zu schmal war es auch. Paulina schubste mich jedes Mal runter, wenn sie sich umdrehte, und der Schlafsack stank nach Rauch und anderem hundert Jahre alten Mief. Der gehörte eigentlich Zolti.

Aber am Schlafsack lag es gar nicht und auch nicht am Polster. Und noch nicht mal daran, dass Lazlo die halbe Nacht irgendwas rumräumte, weil er seine Sachen zusammensuchte. Irgendwann gab er nämlich Ruhe und legte sich auch hin.

Das heißt, er setzte sich an den Tisch, weil Paulina, Mr Bond und ich schon den Fußboden belegt hatten, und schlief auf seinem Stuhl ein.

Nur ich konnte immer noch nicht schlafen, weil mir der kleine Waschbär nicht aus dem Kopf ging, der allein in seinem blöden Käfig saß.

Ich schlich zu Lazlo und rüttelte ihn, bis er aufwachte.

»Wir nehmen Siggi morgen mit«, erklärte ich. »Ich lass den

nicht allein hier. Die Nächte sind viel zu kalt und werden noch kälter und außerdem braucht er wieder eine Familie.«

Lazlo blinzelte mich müde an.

»Das geht nicht, Toni. Der gehört dem Rasenkanten-Heinz. Wir können ihn nicht einfach klauen.«

Aber das war ja Blödsinn. Ein wildes Tier gehörte niemandem. Und schon gar nicht dem Bruder von dem, der die Mutter abgeknallt hatte. Ich versuchte, Lazlo das klarzumachen, aber er wollte es nicht einsehen.

»Siggi muss hierbleiben«, sagte er energisch. »Sonst hetzt mir Rasenkanten-Heinz die Polizei auf den Hals. Der hat womöglich schon mitgekriegt, dass ich hier wohne. Und wenn Siggi und ich in derselben Nacht verschwinden, muss der nur eins und eins zusammenzählen, und dann weiß er, dass ich ihn mitgenommen habe. Der hat zwar einen bescheuerten Namen, aber blöd ist der nicht.«

»Das macht doch nichts«, sagte ich, weil ich nicht verstand, wo das Problem lag. Dann sollte die Polizei eben kommen. Ich würde ihnen schon erklären, dass ich den Waschbär mitgenommen hatte und nicht er. Und außerdem wären die garantiert auch dafür, dass Siggi bei jemandem wohnte, der sich um ihn kümmerte und ihn nicht in einem viel zu kleinen Käfig in einer Schrebergartenanlage frieren ließ.

Lazlo wurde sauer, als ich ihm das sagte.

»Ich will nichts mit der Polizei zu tun haben, jetzt begreif das doch, Toni«, zischte er. »Wenn wir Siggi mitnehmen, kriege ich Riesenprobleme.«

Und dann legte er einfach seinen Kopf auf die Tischplatte, vergrub ihn unter den Armen und tat, als ob er schlafen würde.

Dabei schläft kein Mensch so schnell ein, vor allem nicht, wenn jemand neben ihm steht und mit ihm reden will.

Lazlo hatte sich nicht nur äußerlich verändert. Das war mir plötzlich klar. Der Lazlo, den ich gekannt hatte, mit dem ich tagelang durch den Park gelaufen war und mit dem ich mich ewig über alles Mögliche hatte unterhalten können, dieser Lazlo hätte hundertprozentig einen kleinen Waschbär gerettet, der mutterseelenallein aufwachsen musste und womöglich ermordet wurde, wenn er groß genug war, dass es für eine Fellmütze reichte. Keine Sekunde hätte er gezögert, egal, wie gefährlich es gewesen wäre. Jetzt war er feige geworden. Oder gleichgültig.

Ich wusste es nicht.

Aber es änderte nichts daran, dass ich Siggi retten musste.

Obwohl der Gasofen immer noch vor sich hin bollerte, war es in der Hütte kalt geworden. Vielleicht kam es mir aber auch nur so vor, weil ich todmüde war. Ich setzte mich neben Mr Bond und schob meine Füße unter seinen Bauch, um sie zu wärmen. Er schnarchte kurz auf, aber dann war er wieder still. Um nicht einzuschlafen, kramte ich mein Handy aus der Hosentasche und suchte im Internet nach Seiten über Waschbären. Es gab eine Menge Artikel. In vielen stand, dass sie eine Plage geworden wären, weil sie sich zu sehr vermehrten. Eigentlich stammten sie aus Nordamerika, wo sie natürliche Feinde hatten, und erst, seit ein Pelzhändler sie vor achtzig Jahren hier ausgesetzt hatte, lebten sie auch in Europa und wurden immer mehr, und das Blöde war eben, dass sie gern Vögel fraßen. Deshalb gab es einen Haufen Leute, die sie unbedingt töten wollten. Andere waren scharf auf ihr Fell. Die jungen Waschbären waren natürlich am leichtesten zu jagen, weil sie noch nicht so viel Erfahrung hatten wie die älteren. Es war klar, dass Siggi keine Chance hätte, wenn ich ihn einfach wieder im Wald aussetzte. Und für die Vögel wäre es auch nicht gut.

Danach recherchierte ich wegen der Diebe, die bei Philipp eingebrochen waren. Wie es sein konnte, dass sie keine Spuren hinterlassen hatten. Was ich darüber rausfand, war auch interessant. Man musste nämlich nur ein winzig kleines Loch in den Fensterrahmen bohren, einen Draht mit Haken durchziehen und damit den Fenstergriff drehen. Zack, war das Fenster auf und man sah so gut wie keine Einbruchsspur. Vielleicht entdeckten wir so ein kleines Loch, wenn wir Philipps Haus genauer untersuchten.

Manchmal gab es aber auch Spuren, die eigentlich nur Kriminaltechniker sehen konnten. Wenn man die Schlösser mit einem Spezialwerkzeug knackte, war das zum Beispiel nur an den Kratzspuren innen im Schloss zu erkennen und überhaupt nicht mit normalem Auge. Das bedeutete auf jeden Fall, dass niemand Lazlo als Dieb verdächtigen konnte, nur weil es keine Einbruchsspuren gab. Das musste ich Philipp unbedingt klarmachen, damit er Lazlo wieder bei sich wohnen ließ.

Ich hätte gern noch viel mehr über Diebstähle gelesen, aber irgendwann war der Akku von meinem Handy leer. Außerdem war es schon fast drei Uhr morgens, und ich musste mich mit der Rettung von Siggi beeilen, damit ich ihn in Sicherheit gebracht hatte, bevor wir zum Zug mussten. Zum Glück schlief Lazlo jetzt auch tief und fest.

Auf Zehenspitzen ging ich zu Paulina.

»Komm, Pauli, wir müssen Siggi retten«, flüsterte ich und ruckelte an ihrer Schulter.

Sie knurrte irgendwas, was wie »Sicher, Toni, machen wir« klang, zog sich den Schlafsack über den Kopf und gab keinen Muckser mehr von sich.

Okay. Wenn es nicht anders ging, zog ich es eben ohne Verstärkung durch.

Ich schnappte mir die große Sporttasche, in der Lazlo seine Nahrungsmittel verstaut gehabt hatte. Mittlerweile war sie so gut wie leer. Das bisschen Brot und Käse, das Paulina und ich übrig gelassen hatten, legte ich auf den Tisch. Dann schwang ich mir die leere Sporttasche über die Schulter, nahm mir die letzten zwei Bananen vom Fensterbrett und schlich aus der Hütte.

Siggi war wach. Als ich mich vor seinen Käfig kniete, stellte er sich auf die Hinterbeine und streckte mir die Pfoten entgegen. Ich schälte eine Banane, brach ein Stückchen ab und schob es zwischen den Gitterstäben durch. Blitzschnell griff er danach. Dann ließ er sich auf seinen Po fallen und stopfte sich die Banane mit beiden Pfoten gleichzeitig ins Maul. Während er mit Fressen beschäftigt war, untersuchte ich die Käfigtür. Sie war einfach aufzukriegen. Ich brauchte bloß den Riegel drehen und ihn aus der Halterung schieben, schon stand der Käfig offen. Jetzt musste ich Siggi nur noch rausholen.

Na ja. »Nur noch« war vielleicht untertrieben.

Ein bisschen mulmig war mir schon.

Waschbären waren nämlich manchmal bissig. Das hatte auch im Internet gestanden. Aber normalerweise griffen sie nur an, wenn man sie in die Enge trieb. Die Männchen bissen zwar auch einfach mal so, aber erst, wenn sie älter waren. Siggi war ja noch klein.

Er musste nur kapieren, dass das kein In-die-Enge-Treiben war, wenn ich jetzt meine Hand in den Käfig schob.

Langsam.

Zentimeter für Zentimeter.

Nicht erschrecken, Siggi.

Ich rette dich doch nur.

Vielleicht verstand er ja wirklich, was ich sagte. Oder er war von Natur aus cool. Auf jeden Fall hatte er überhaupt keine Angst. Er wich nicht mal zurück, sondern schaute nur gespannt, was ich mit meiner Hand machte. Als sie ganz im Käfig steckte, streckte er den Kopf vor und schnupperte an ihr. Ich wartete eine Weile, damit er sich an meinen Geruch gewöhnen konnte, und dann legte ich meine Finger unter seinen Bauch und hob ihn hoch. Er war viel leichter, als ich gedacht hatte, und vollkommen zutraulich. Sofort kuschelte er sich in meinen Arm. Genauso war es mit Möhrchen gewesen. Als ob wir von Anfang an zusammengehört hätten. Und mit einem Mal machte mir gar nichts mehr Angst. Weder die Geräusche der Nacht noch die Dunkelheit oder was Lazlo wohl sagen würde, wenn er mitkriegte, dass ich Siggi geklaut hatte.

Das war mir alles egal. Ich fühlte mich unbesiegbar. Und nur, weil ein kleiner Waschbär in meinem Arm lag und an meiner Hand schnupperte.

Ich hätte ewig mit Siggi dasitzen können und ich wollte ihn nie mehr loslassen. Aber wer wusste, ob Rasenkanten-Heinz und sein blöder Jägerbruder nicht bald auftauchten? Am Sonntag waren Jäger immer tierisch früh unterwegs. Das wusste ich von Jonas. Der hatte mal einen begleitet, weil er Fotos von der Jagd machen wollte. Damals kannte er mich noch gar nicht. Das hätte ich ihm nämlich ausgeredet. Aber so war Jonas mitgegangen, und es war auch superschön im Wald gewesen, hat er mir erzählt, mit Morgennebel und klarer Luft und einem genialen Licht für Fotos, die irgendwie geheimnisvoll sein sollten. Leider wurde es dann schnell schrecklich. Denn ein Reh kam auf die Lichtung gelaufen und der Jäger hielt einfach sein Gewehr drauf und schoss es tot. Jonas saß neben ihm auf dem Hochsitz und sah alles mit an. Doch anstatt Fotos zu machen, kletterte er so schnell wie möglich vom Hochstand runter und haute ab, weil er es nicht aushalten konnte.

Das hätte ich ihm auch schon vorher sagen können. Jonas mag Tiere immerhin fast so gern wie ich.

Siggi hatte sich mit den Pfoten in meinem Ärmel festgekrallt und nuckelte an dem Stoff meiner Jacke. Ich machte ihn vorsichtig los und setzte ihn in Lazlos Sporttasche. Ich dachte, er würde sich wehren, weil es darin dunkel und eng war, aber er war begeistert und kroch sofort in die hinterste Ecke. Wahrscheinlich roch es dort noch nach Essen.

Die zerfetzte Decke, die in seinem Käfig lag, nahm ich auch mit.

Ich stopfte sie unter seinen Bauch, damit er es weich hatte und sich nicht so fremd in der neuen Umgebung fühlte. Dann gab ich ihm den Rest der Banane in die Pfoten, zog den Reißverschluss der Tasche halb zu und machte mich auf den Rückweg.

Den Käfig ließ ich offen stehen. Hoffentlich dachte Rasenkanten-Heinz, Siggi hätte sich selbst befreit und wäre auf und davon in den Wald. Samt seiner Decke.

In der Hütte brannte noch kein Licht, als ich zurückkam. Ich hängte die Sporttasche mit Siggi in einen kleinen Apfelbaum, der ziemlich weit hinten auf dem Grundstück stand. Dann ging ich Paulina wecken. Aber bevor ich in der Hütte verschwand, drehte ich mich noch mal kurz um. Die Tasche wackelte an ihrem Ast hin und her wie eine Schiffschaukel. Vielleicht wiegte sich Siggi in den Schlaf.

»Lass mich, Toni«, brummte Paulina müde, als ich sie wieder wach rüttelte.

Doch diesmal ließ ich nicht locker. Es war wichtig, dass sie sich beeilte, damit sie weg war, bevor Lazlo aufstand. Sonst funktionierte mein Plan nicht. Und außerdem war es schon fast fünf. Das hatte ich auf dem Wecker gesehen, der zwischen lauter leeren Blumentöpfen im Regal stand.

»Hoch mit dir! In anderthalb Stunden fährt unser Zug«, zischte ich. »Aber sei leise. Wir lassen Lazlo noch kurz schlafen.«

»Wenn der noch schläft, darf ich auch«, murmelte Paulina und machte die Augen wieder zu. »Eine Stunde reicht massig für den Weg zum Bahnhof.«

»Tut sie nicht! Mr Bond braucht viel länger. Du musst schon mal mit ihm vorgehen, Pauli, bitte, sonst schafft er das nicht. Ich helfe Lazlo noch packen und komm dann mit ihm nach.«

Paulina setzte sich auf und grinste mich verschlafen an.

»Haha. Super Ausrede. Du willst doch nur mit ihm allein sein.« Sie gähnte so lange, dass ich schon dachte, ihr Mund würde für immer offen stehen bleiben, aber dann kroch sie endlich unter dem Schlafsack vor und setzte sich auf. »Ich fühl mich wie eine alte Frau«, jammerte sie. »War das eine beschissene Nacht.«

Dabei hatte sie immerhin geschlafen, während ich kein Auge zugemacht hatte.

»Wo sind meine Schuhe?«, quengelte sie weiter. »Die sind weg. Bestimmt hat Mr Bond die gefressen. Der sieht noch fetter aus als gestern Abend.«

»Der ist nicht fett. Der ist naturrund. Und deine Schuhe liegen unter dem Sitzpolster. Da hast du sie gestern Abend hingestopft, damit sie über Nacht nicht auskühlen. Schon vergessen?«

»Ach deshalb war das so unbequem«, murmelte Paulina und zog ihre Schuhe unter dem Polster vor.

Laut schnaufend schlüpfte sie rein und band sich langsam die Schnürsenkel zu.

»Beeil dich, Pauli, ihr müsst los«, drängelte ich und rüttelte vorsichtig an Mr Bond, der immer noch so fest schlief, als ob ihn das alles nichts anginge.

»Okay, okay, ich mach ja schon.« Paulina stand auf. »Auch wenn es draußen immer noch stockdunkel ist.« Stirnrunzelnd beobachtete sie, wie ich versuchte, Mr Bond zu wecken. »Wenn uns ein Horrorclown auflauert, hoffe ich nur, dass er sich dran erinnert, dass er ein ausgewachsener Hund ist und keine Fellattrappe.«

Leider stellte sich Mr Bond beim Gewecktwerden noch schlimmer an als Paulina. Er weigerte sich glattweg aufzuwachen. Selbst als ich ihn hochhob und auf seinen vier Beinen abstellte, tat er noch so, als würde er schlafen.

Ich musste ihn abstützen, während ich ihn anleinte, sonst wäre er direkt wieder umgefallen. Erst als er im Gras saß, kam er einigermaßen zu sich.

Ich nahm ihn auf den Arm, damit es schneller ging, und schob Paulina aus dem Garten. »Beeil dich, Pauli, bitte!«

Mit Lazlos Taschenlampe suchte ich den Weg zurück zum Ausgang und half Paulina über das Eingangstor.

»Jetzt schubs mich nicht so«, schimpfte sie. »Ich mach ja schon.«

Als sie draußen stand, hob ich Mr Bond über den Zaun und drückte ihn ihr in den Arm.

»Tschüs, Pauli, ich komm gleich nach!«

»Jaja, wer's glaubt«, grinste sie. »Hauptsache, ihr verpasst vor lauter Knutscherei nicht den Zug.«

Ich rollte nur mit den Augen.

Lazlo wunderte sich, dass Paulina schon weg war, als er kurz danach aufwachte, weil der Wecker klingelte.

»Die hatte Panik, dass sie den Zug verpasst«, erklärte ich ihm, während ich den Schlafsack zusammenrollte. »Ich hab gesagt, ich komme gleich mit dir nach.«

»Und wo ist Mr Bond?«

»Der läuft draußen im Garten rum. Ich wollte ihn noch rennen lassen, damit er nachher im Zug Ruhe gibt.«

»Aha«, meinte Lazlo und fuhr sich durch die Haare, die vom Schlafen nach allen Seiten abstanden. »Dann sind wir ja jetzt allein.«

Er lächelte, als er das sagte, aber ich schaute schnell weg und stand auf, um den Schlafsack in die Hülle zu stopfen. Ich hatte Angst, er könnte merken, dass ich ihn angelogen hatte.

»Bist du noch sauer wegen Siggi?«, fragte er vorsichtig.

»Nein«, sagte ich und schaute ihn immer noch nicht an.

»Mir tut's auch leid, dass wir ihn hierlassen müssen, aber es geht nicht anders. Sobald ich alles geklärt habe, fahren wir zurück und holen ihn von hier weg. Ich verspreche es dir. Nur jetzt kann ich ihn nicht mitnehmen. Wenn Rasenkanten-Heinz mich auch noch wegen Diebstahl anzeigt, bin ich geliefert. Dann denken die Bullen, ich bin ein Serientäter.«

Vielleicht hatte er sich doch nicht verändert. Vielleicht hatte er ja recht, und es wäre besser, Siggi erst später zu holen. Und er war gar nicht feige. Aber es war zu spät. Ich konnte Siggi nicht mehr hierlassen. Das brachte ich nicht übers Herz.

»Du müsstest ihn ja gar nicht klauen. Das würde ich machen«, sagte ich und zwang mich, ihn anzusehen, weil es so wichtig war. »Ich hol ihn jetzt einfach, Lazlo, okay?«

Ich wollte, dass er »Ja« sagte, »Ja, mach das, Toni.«.

Dann wäre alles gut. Dann müsste ich Siggi nicht mehr verstecken und ihn nicht mehr anlügen. Dann würden wir das gemeinsam durchziehen, ich und er.

Doch Lazlo schüttelte den Kopf und sagte »Nein, Toni«.

Wir standen da und schauten uns an, und ich wusste nicht, was ich noch sagen sollte, damit es weiterging, und so, wie ich wollte, mit Siggi und ihm und mir.

Ich glaube, wir standen ziemlich lange da und schwiegen. Als hätten wir beide unseren Text vergessen.

Dann machte er plötzlich zwei große Schritte auf mich zu und nahm mich in den Arm.

Warum macht er das jetzt, habe ich gedacht. Und geklärt war immer noch nichts.

Aber es gefiel mir.

Doch, schon.

Es gefiel mir richtig gut.

Sein Mund war so nah an meinem Ohr, dass sein Atem an meinem Hals kitzelte, und ich kriegte Gänsehaut von oben bis unten, und fast hätte ich losgekichert, obwohl ich das überhaupt nicht wollte.

Ich war echt durcheinander.

Und Lazlo flüsterte: »Ich bin froh, dass du hergekommen bist, Toni.«

Ich hielt die Luft an, weil ich nichts von dem verpassen wollte, was er sagte, und er redete so leise. »Ich wollte nicht fort. Ich habe sogar Krötz beneidet, weil er bei dir im Kühlschrank wohnen darf. Stell dir das mal vor. Und ich hatte solche Angst, dass du sauer auf mich bist, weil ich mich so lange nicht gemeldet habe und dann einfach abgehauen bin.«

Ich sagte gar nichts. Ich wusste einfach nicht, was.

Aber ich glaube, ich wäre gern noch eine Weile so dagestanden. Mit seinem Mund an meinem Ohr und seinem warmen Atem und weil er mich umarmt hat und ich mich so aufgehoben gefühlt habe und irgendwie groß und ganz. Bloß dass es eben nicht ging, wegen Siggi im Apfelbaum und weil Paulina mit Mr Bond unterwegs war und überhaupt. Weil ich nicht wusste, wie man jetzt genau weitermachte.

Aber wir haben uns fast geküsst.

Wirklich!

Als er seinen Kopf wieder gehoben hat, haben seine Lippen erst meine Backe gestreift und danach meinen Mund. Ganz kurz nur. Ich habe nicht gewusst, ob ihm das nur aus Versehen passiert war oder mit Absicht, deshalb habe ich nichts gemacht.

Direkt hinterher habe ich mich darüber geärgert. Ich hätte es nämlich einfach riskieren und ihn zurückküssen sollen.

Leider habe ich nur blöd gegrinst und gesagt, dass ich jetzt mal rausmüsste, wegen Mr Bond und so, und da hat er mich losgelassen.

Später war ich dann froh drüber.

Denn es wurde noch ziemlich schrecklich.

# 17. Kapitel

Alles fing damit an, dass die Sporttasche kaputt war, als ich aus der Hütte kam. Siggi hatte den hinteren Teil des Reißverschlusses rausgerissen. Dabei war der mit Doppelnaht reingenäht gewesen. Ich hätte nie gedacht, dass man das so schnell schaffte. Als ich zu ihm lief, bohrte er gerade seinen Kopf durch das Loch, das entstanden war. Seine Schnauze war schon fast draußen, und es war gar nicht einfach, seinen Kopf wieder in die Tasche zurückzuschieben, weil er sich mit beiden Pfoten an meine Finger klammerte und sie nicht mehr loslassen wollte. Es dauerte eine Weile, bis ich mich befreit hatte, und Lazlo kam schon aus der Tür, mit einer Plastiktüte in der Hand, in der er seine Sachen verstaut hatte. Zum Glück lief er noch ungefähr fünf Mal um die Hütte rum, um sicher zu sein, dass er alles so zurückließ, wie er es vorgefunden hatte, und achtete gar nicht auf mich und meine zappelnde Tasche. Er wunderte sich bloß, dass ich Mr Bond tragen wollte, aber ich erklärte einfach, so frühmorgens sei der noch zu müde zum Laufen.

»Soll ich den nicht lieber nehmen und du nimmst die Tüte?«, fragte er, als wir aus der Gartenkolonie draußen waren. »Der ist doch schwer.«

»Nö, nö, lass nur, das bin ich gewöhnt. Ich merke den gar nicht mehr«, behauptete ich und drückte die Tasche gegen meinen Bauch, um Siggi einigermaßen in Schach zu halten.

»Aber du sagst, wenn wir tauschen sollen, ja?«

»Klar.«

Ich wollte nicht, dass er weiter über meine Tasche nachdachte, deshalb fing ich an, über Anita zu reden. Ich wollte wissen, warum er sie besucht hatte, als er in die Stadt gekommen war.

»Das war die einzige Adresse, die ich hatte«, erzählte er. »Meine Großeltern sind tot und Anita und die anderen kenne ich noch von früher. Wir haben sogar mal zusammengewohnt. Aber daran kann ich mich nicht mehr erinnern, weil ich noch ein Baby war. Mein Vater hat mir das erzählt. Der schwärmt immer noch davon, dass sie alle zusammen ein altes Hotel am Bahnhof besetzt haben. Das hat leer gestanden und sie sind einfach rein und haben sich dort eingerichtet. Über ein Jahr haben wir dadrin gewohnt, obwohl die Heizung nicht funktioniert hat. Nur wenn's klirrend kalt war, hat mein Vater mich zu seinen Eltern gebracht, damit ich keine Lungenentzündung kriegte. Er selber ist aber gleich wieder zurück zum Hotel gerast. Sie mussten Tag und Nacht darauf aufpassen, weil die Polizei es immer stürmen wollte, um sie rauszuschmeißen. Das war ein Mordsstress für meinen Vater und die anderen, die wollten ja einfach nur in Ruhe drin wohnen. Später haben sie das Hotel dann leider verloren.«

»Warum?«, fragte ich und versuchte, Siggis Pfote in die Tasche zurückzustopfen, ohne dass Lazlo es merkte. Die hing nämlich schon wieder draußen.

»Ach«, sagte er traurig. »Das lief dann alles schief. Meine Mutter hat es nicht mehr ausgehalten. Das mit der Polizei war ihr zu viel und die kaputte Heizung und alles. Sie ist einfach abgehauen, aber ohne mich. Und mein Vater hat zu viele Drogen genommen und war immer mal im Krankenhaus oder in einer Entzugsklinik. Ich war solange bei seinen Eltern. Schlecht war's dort auch nicht. Meine Oma konnte gut kochen, und ich hatte ein Zimmer für mich allein, mit Bett und Schreibtisch und einem Piratenschiff von Playmobil. Einen Fernseher gab's auch. Und sobald es meinem Vater wieder besser ging, hat er mich geholt. Das war am Allerschönsten. Im Sommer haben wir meistens draußen gewohnt. Manchmal heimlich im Schrebergarten, aber oft auch mitten im Wald. Wie die Räuber, haben wir immer gesagt.«

»Das hätte mir auch gefallen«, sagte ich. »Also, ich meine, der Teil mit dem Wald.«

»Ja, mein Vater und ich sind ein ziemlich gutes Team, wenn er nicht grade Probleme hat. Und er hat immer versucht, sich gut um mich zu kümmern. Anders als meine Mutter. Die lebt inzwischen auf irgendeiner spanischen Insel. Ab und zu schickt sie mir eine Postkarte, auf der steht, dass ich vorbeikommen soll. Das Übliche. Vielleicht mache ich das auch mal. Aber eigentlich habe ich keine große Lust. Ich kenne sie ja kaum, und ich habe Angst, dass ich sie nicht mag. Das wäre auch blöd.«

Na ja. Viel unsympathischer als sein Onkel konnte sie wohl kaum sein, dachte ich. Und falls er nicht mehr bei Philipp wohnen durfte, sollte er besser zu ihr ziehen, solange sein Vater noch im Gefängnis war. Sonst landete er womöglich wieder bei seinem Onkel, bis ein WG-Zimmer frei wurde.

Für mich wäre es zwar dumm, wenn er so weit weg wäre, aber wir könnten uns schreiben. Und in den Ferien würde ich ihn besuchen.

Lazlo fand meine Idee leider überhaupt nicht gut.

Also das mit seiner Mutter, meine ich. Das mit meinem Besuch habe ich ihm gar nicht erzählt, weil es nicht hierhergehörte.

»Dann kann ich meinen Vater ja nicht mehr sehen«, meinte er. »Und ohne mich geht er im Gefängnis kaputt, das weiß ich genau. Der braucht mich.«

»Du wärst immerhin diesen Mistkerl von Onkel los.«

»Das ist kein Mistkerl, Toni. Der ist gar nicht so schlimm, wie du denkst.«

»Lazlo, echt, der ist superfies zu dir gewesen und zu Krötz auch. Deshalb bist du zu Philipp gezogen. Das kannst du doch nicht vergessen haben«, redete ich auf ihn ein.

»Nein, hab ich auch nicht. Aber er hat auch ein paar gute Seiten.«

»Welche denn? Er frisst keine Kinder, er schreit sie nur an? Mal ehrlich, der ist ein unfreundlicher Blödmann, der sich einen Dreck drum kümmert, wie –«

»Psst«, unterbrach mich Lazlo und hielt an. »Hörst du das auch?«

Ich blieb ein Stück entfernt von ihm stehen. Klar hörte ich das. Das war Siggi. Der versuchte mal wieder, aus dem Loch in der Tasche zu kommen, und beschwerte sich, weil ich ihn nicht ließ. Warum schlief er denn nicht endlich ein? Waschbären waren schließlich nachtaktiv. Am Morgen sollten sie Ruhe geben.

»Da fiept irgendwas«, flüsterte Lazlo und horchte. »Was ist das bloß? Klingt fast wie ein Waschbär.«

»Das ist Mr Bond. Der macht Stress, weil ihm langweilig ist.«

Lazlo schüttelte den Kopf. »Das ist nicht Mr Bond, Toni. So fiept kein Hund.«

»Doch, Mr Bond schon. Der ist heiser. Der hat sich heute Nacht erkältet«, behauptete ich und ging weiter. »Ich glaube, wir müssen uns beeilen, sonst verpassen wir den Zug.«

»Willst du ihn nicht mal rausholen?«, fragte Lazlo und kam hinter mir her. »Wenn er Bock zum Laufen hat, dann lass ihn doch. Der wird doch sonst stinksauer.«

Oja. Das war er schon. Siggi hatte inzwischen richtig schlechte Laune und scharrte wütend am Boden der Tasche. Hoffentlich riss er sie nicht gleich komplett in Fetzen.

»Der ist zu langsam. Ich trag ihn lieber bis zum Zug«, redete ich mich raus.

Wenn wir am Bahnhof ankamen, wäre noch Zeit genug, Lazlo zu beichten, dass es nicht Mr Bond war, der in meiner Tasche randalierte.

Aber von wegen. Wir waren noch ein gutes Stück vom Bahnhof weg, als ich Paulina plötzlich vor uns entdeckte. Keine hundert Meter mehr von uns entfernt, und nah genug, dass man erkennen konnte, wer da gerade neben ihr sein Bein an einem Laternenpfahl hob.

Lazlo sah es auch.

Völlig verblüfft hielt er an und drehte sich zu mir.

Ich blieb auch stehen. Und wenn es nicht so schrecklich gewesen wäre, hätte ich angefangen zu lachen. Weil es sehr komisch war, wie viele Gesichter jemand hintereinanderweg machen konnte, wenn er dermaßen durcheinander war. Zuerst kapierte Lazlo nämlich gar nichts und schaute mich nur fassungslos an. Dann wanderte sein Blick runter zu seiner Sporttasche, die ich immer noch umklammert hielt, und er kriegte kreisrunde Augen vor Erstaunen, und dann starrte er wieder zu Mr Bond rüber und runzelte angestrengt die Stirn. Das Ganze dauerte keine drei Sekunden, und danach hatte er alles verstanden und er schaute mich so böse an, wie mich, glaube ich, noch nie jemand angeschaut hat. Und spätestens ab da war es überhaupt nicht mehr lustig.

»Das ist jetzt nicht wahr, Toni«, sagte er und seine Stimme war eisig kalt. »Was ist in der Tasche?«

Ich antwortete nicht.

Er kam einen Schritt näher. »Was ist dadrin, Toni?«

Okay. Dann brachte ich es eben jetzt gleich hinter mich.

Ich holte tief Luft und sagte: »Da ist ein Waschbär drin, was sonst«, und klang mindestens genauso böse wie er.

Denn wenn man schon streiten muss, ist es besser, man ist noch saurer als der, mit dem man Streit hat, weil der dann eher nachgibt. Ich übe das immer, wenn ich mit Valli oder Igor Krach habe, doch bisher klappt es bei denen noch nicht so gut. Das liegt aber nur daran, dass sie älter sind und einfach mehr Erfahrung im Streiten haben.

Bei Paulina hat es schon funktioniert. Und ich habe einfach gehofft, dass es jetzt auch klappte.

Ich konnte Siggi nämlich nicht mehr hergeben.

»Ich nehme ihn mit, und es ist mir egal, was du dazu sagst«, brüllte ich Lazlo an und klammerte mich an die Sporttasche. »Ich lass ihn nicht im Stich.«

Lazlo war so wütend, dass er nicht mal mehr ruhig stehen konnte. Er hatte die Fäuste in die Hüfte gestemmt und lief im Kreis herum wie ein Bulldozer, der ein Rad ab hatte.

»Du bist so blöd!«, schrie er. »Du kapierst gar nichts. Ich bin am Arsch, wenn Rasenkanten-Heinz die Bullen holt.«

»Ach Quatsch!«

Dem gehörte Siggi schließlich auch nicht. Sein mieser Bruder hatte ihn aus dem Wald geklaut. Der würde sich ja wohl hüten, das vor der Polizei zuzugeben. Außerdem hatte ich den Käfig extra offen gelassen, damit es so aussah, als ob Siggi sich selbst befreit hätte. Waschbären konnten das nämlich.

Und manchmal nahmen sie sogar ihre Decke mit.

Das alles sagte ich auch Lazlo, oder ich brüllte es eher, weil es wichtig war, und damit er es auch wirklich kapierte, aber er schüttelte nur den Kopf und brüllte zurück: »Das interessiert mich nicht, Toni, das ist mir so was von egal. Du gibst mir jetzt sofort Siggi und dann bringe ich ihn zurück.«

»Ich denk gar nicht dran!«

»Verdammt noch mal, mit dir hat man nichts als Ärger!«

Und dann war er still. Er lehnte sich an einen Gartenzaun und verdeckte sein Gesicht mit den Händen.

Dafür legte Paulina los. Sie hatte Mr Bond an einen Laternenpfahl gebunden und kam zu uns zurückgerannt.

»Sag mal, seid ihr bescheuert?«, schimpfte sie schon von Weitem. »Ihr könnt hier doch nicht so rumbrüllen! Das ist ein Wohngebiet.«

Prompt fing auch noch Mr Bond an zu bellen, weil er nicht allein bleiben wollte, und zerrte an seiner Leine.

Also, mal ehrlich, die beiden machten mindestens genauso viel Krach wie Lazlo und ich. Aber die Leute hier hatten anscheinend einen Bombenschlaf. Oder Schallschutzfenster. Die beschwerten sich gar nicht.

»Was ist überhaupt los?«, wollte Paulina wissen, als sie bei uns war.

»Gar nichts«, behauptete ich.

»Toni hat Siggi mitgenommen«, seufzte Lazlo und zeigte auf die Sporttasche.

»Oh nein«, hauchte Paulina. »Toni, du spinnst ja. Ist der da wirklich drin?«

Ich nickte.

Mr Bond bellte immer noch.

»Du kannst den doch nicht einfach mitnehmen. Wir müssen Zug fahren!«, moserte Paulina.

»Der bleibt ja in der Tasche«, sagte ich und versuchte, cool zu klingen. »Jetzt regt euch doch nicht so auf.«

Aber ehrlich gesagt war mir auch nicht grade superwohl bei der Vorstellung, Siggi in den Zug schmuggeln zu müssen und ihn dadrin über eine Stunde in Schach zu halten. Er randalierte jetzt nämlich noch viel mehr. Wahrscheinlich war ihm die Schreierei zu viel geworden, oder er war genervt, dass es nicht weiterging, auf jeden Fall rannte er in der Tasche auf und ab und drehte sich wie wild, und ich hatte alle Mühe, ihn nicht fallen zu lassen. Eine seiner Pfoten baumelte schon wieder aus dem Loch am Reißverschluss, und ich musste höllisch aufpassen, dass er nicht wieder seinen Kopf hinterherschob und gleich ganz draußen war. Nur mit dem Hintern würde er vielleicht noch hängen bleiben. Der war nämlich ziemlich dick.

Lazlo und Paulina beobachteten finster, wie ich mit Siggi und der Tasche kämpfte.

»Ich geh jetzt zum Zug«, erklärte ich, als ich ihn einigermaßen gebändigt hatte. »Ich fahr von mir aus auch allein heim, wenn ihr wegen Siggi nicht mitkommen wollt. Das ist mir egal. Und Mr Bond nehme ich auch mit.«

Die Sporttasche an den Bauch gepresst, lief ich zu Mr Bond

und band ihn los. Er sprang kläffend an mir hoch und kriegte sich kaum mehr ein vor Begeisterung. Aus dem Inneren der Tasche kam ein empörtes Fauchen. Mr Bond hüpfte erschrocken zurück.

»Alles gut, Mr Bond«, tröstete ich ihn. »Lass ihn einfach in Ruhe.«

So lässig wie möglich, weil ich wusste, dass Lazlo und Paulina mir zusahen, klemmte ich mir die Sporttasche unter den linken Arm und wickelte die Hundeleine um meine rechte Hand. Ich machte sie so kurz wie möglich, damit Mr Bond nicht mehr an Siggi rankam, und zog ihn vorwärts.

Mit den beiden zusammen war der Weg zum Bahnhof furchtbar mühsam und ich kam nur elend langsam voran. Lazlo und Paulina trotteten hinter mir her und halfen mir überhaupt nicht.

Den restlichen Weg über redeten wir kein einziges Wort mehr miteinander.

# 18. Kapitel

Das war alles so blöd. Tagelang war ich auf der Lauer gelegen und hatte mich halb tot gefroren, um rauszukriegen, wo Lazlo war. Ich hatte mir richtig Sorgen um ihn gemacht und war so glücklich, als ich ihn gefunden hatte, und kurz war es ja auch schön gewesen, aber jetzt hatten wir plötzlich einen solchen Streit, wie wir ihn schon ewig nicht mehr gehabt hatten. Nur am Anfang, als wir uns gerade kennengelernt hatten, war er schon mal so sauer auf mich gewesen. Da hatte ich ihm aus Versehen seinen Job in der Tanzschule versaut, weil ich dort heimlich an den Computer gegangen war, um was nachzuschauen. Aber dieses Mal war es doch etwas anderes! Es ging ja gar nicht um ihn, sondern um einen kleinen Waschbär. Der war noch kein halbes Jahr alt und schon Waise und Lazlo wollte ihn einfach zurücklassen. Und auch wenn er vorhatte, ihn später zu holen, wer sagte denn, dass er so lange dort war? Vielleicht war er dann schon groß genug für eine Mütze und längst tot. Oder an Einsamkeit und Traurigkeit gestorben.

Ich verstand nicht, was mit Lazlo los war. Warum hatte er solche Angst, dass Rasenkanten-Heinz ihn wegen Siggi anzeigen könnte? Klar, mit der Polizei wollte niemand unbedingt zu tun haben, aber mal ehrlich, Igor hatte schon jede Menge Ärger mit der Polizei gehabt, und das ging dann doch immer einigermaßen gut aus. Und seine verbotenen Partys in irgendwelchen Abbruchhäusern waren viel schlimmer gewesen, als einen geklauten Waschbär noch mal zu klauen und in Sicherheit zu bringen.

Und das war ja überhaupt noch nicht alles, was ich nicht begriff. Da war noch viel mehr. Warum behauptete Lazlo, dass er sich gefreut hätte, mich zu sehen, und ein paar Stunden später rastete er aus, nur weil ich was machte, was er nicht so gut fand? Und dann das mit der Umarmung. Was war das eigentlich gewesen? Eine richtige Umarmung, also so eine, bei der man sich dann auch noch küsste, oder nur irgend so was Brüderliches, wie wenn Igor mich manchmal in den Arm nahm?

Ich hätte gerne Paulina gefragt, aber die war ja auch mit mir sauer. Außerdem wusste ich nicht, wie ich das beschreiben sollte, was ich daran nicht verstand. Für Paulina war alles so klar. Die wusste immer, wann es okay war, wen zu küssen, und wann nicht. Die konnte mit meinem Problem gar nichts anfangen.

Valli. Ich sollte Valli fragen. Die war immerhin meine Schwester, die musste doch kapieren, was mit mir los war.

**Liebe Valli, Lazlo hat mich umarmt, und ich weiß nicht, was das sollte.**

Nein, das war's ja gar nicht.

**Liebe Valli, Lazlo hat mich umarmt, und ich weiß nicht, wie ich es gefunden habe. Ob es mir gefallen hat oder nicht.**

Doch, klar hatte es mir gefallen.

Aber warum war ich dann erleichtert gewesen, als es vorbei war?

Weil ich nicht wusste, wie man weitermachte?

Weil ich zu feige war?

Das Komische war vielleicht, dass ich vorher immer gedacht hatte, wenn man so kurz davor war, sich zu küssen, dass es dann automatisch passierte, also dass man gar nicht mehr drüber nachdenken musste, weil alles von allein ging. Aber so war es nicht gewesen. Ich hatte nie mit Denken aufgehört und geküsst hatten wir uns auch nicht.

**Liebe Valli,**

**kann man küssen und gleichzeitig denken? Kann man denken, den küsse ich jetzt, und es gleichzeitig tun? Und ist das dann nicht furchtbar peinlich?**

Jetzt war ich froh, dass Lazlo und Paulina hinter mir liefen. Ich hatte nämlich allein schon vom Drübernachdenken knallrote Ohren.

Und schreiben konnte ich Valli sowieso erst, wenn mein Handy wieder aufgeladen war.

Als ich kurz vorm Bahnhof war, kam Paulina zu mir gerannt.

»Hör auf zu schmollen, das bringt auch nichts«, sagte sie. »Wir müssen es jetzt irgendwie zusammen hinkriegen.«

»Ich schmoll nicht«, sagte ich. »Und außerdem schaff ich es auch allein.«

Sie nahm mir die Leine von Mr Bond aus der Hand. »Jetzt stell dich nicht so an, Toni. Du bist manchmal schlimmer als Matti und Marek«, stöhnte sie.

Aber das stimmte überhaupt nicht.

Ich blieb immerhin neben ihr stehen und wartete auf Lazlo. Die Gremlins wären schon längst weitergerannt und hätten einen Zug demoliert.

Lazlo schaute mich nicht an, als er bei uns war. Ich ihn aber auch nicht. Ich war immer noch sauer.

»Wie viel Geld haben wir eigentlich?«, fragte Paulina.

»Fünfundfünfzig Cent«, antwortete ich.

Das wusste ich auswendig.

»Ich habe fünfunddreißig Euro«, sagte Lazlo.

Wir gingen zum Schalter und fragten, wie weit wir damit kämen. Wir hatten Glück. Die Bahnbeamtin meinte, dass es für uns alle bis nach Hause reichte, aber nur, wenn wir den langsamen Zug nahmen, der in achtzehn Minuten kam. Mit dem dauerte die Fahrt allerdings über zwei Stunden.

Paulina brach fast zusammen, als sie das hörte. In zweieinhalb Stunden war es neun. Da hätte sie schon seit einer Stunde auf die Gremlins aufpassen müssen. Wenn ihre Eltern am Wochenende Dienst hatten, waren sie um acht Uhr morgens schon beide aus dem Haus.

»Ich kann die beiden doch nicht eine Stunde allein lassen«, sagte sie aufgeregt. »So viel Mist, wie die in der Zeit bauen. Da muss ich hinterher die gesamte Wohnung renovieren. Das geht gar nicht.« Mutlos ließ sie sich auf eine Bank in der Bahnhofshalle fallen und starrte deprimiert vor sich hin.

Ich setzte mich neben sie und streichelte ihren Rücken. »Dann helfe ich dir aufräumen, Pauli. Bis deine Eltern von der Arbeit kommen, sieht alles wieder gut aus.«

»Und was ist, wenn die sich wehtun? Toni, ehrlich, du kannst so froh sein, dass du keine kleinen Geschwister hast.«

»Gibt's niemanden, der eine Stunde auf sie aufpassen kann?«, fragte ich. »Eine Nachbarin oder so?«

Paulina schüttelte den Kopf. »Bloß nicht. Dann erfährt es gleich meine Mutter. Als Notfallhelfer hab ich immer nur dich und du bist ja blöderweise hier bei mir.«

Das stimmte. Normalerweise war das mein Job. Wenn Paulina

mal nicht rechtzeitig bei Matti und Marek sein konnte, lief ich zum Hort und brachte sie nach Hause oder ging mit ihnen in den Park oder so. Ich machte das gern. Und Paulina hätte sonst auch viel zu wenig Zeit für Bekir gehabt. Und für Moritz. Den gab es jetzt ja auch noch.

Das war überhaupt die Idee. Bekir oder Moritz. Einer von beiden musste ran.

»Moritz weiß ja nicht mal, wo ich wohne«, sagte Paulina, als ich ihr das vorschlug. »Und die Gremlins kennen den gar nicht.«

»Dann Bekir!«

»Das geht nicht. Der ist bestimmt noch sauer, weil ich ihn gestern versetzt habe.«

»Der hilft dir trotzdem. Der hat ja selber eine kleine Schwester und weiß, dass so was ein Notfall ist. Und außerdem kann er dich dafür dann heute sehen. Ist doch alles super.«

»Okay«, seufzte Paulina schließlich und stand von der Bank auf. »Ich frag ihn. Gibst du mir dein Handy, Toni? Bei meinem ist der Akku leer.«

»Bei meinem auch«, sagte ich.

»Und ich hab kein Handy«, erklärte Lazlo.

Paulina starrte ihn fassungslos an. »Das gibt's noch?«, fragte sie. »Irre. Dann gehe ich eben in die Bahnhofskneipe und telefoniere von da.«

Paulina brauchte ewig. Lazlo und ich saßen in der Bahnhofshalle und schwiegen uns an. Das war scheußlich. Allmählich war ich nämlich nicht mehr sauer und hätte gern mal wieder mit ihm geredet. Irgendwann legte ich einfach los.

»Ich will überhaupt keinen Streit mit dir«, sagte ich. »Aber ich entschuldige mich auch nicht. Ich habe gar nichts Schlimmes gemacht. Nur einen kleinen Waschbär gerettet. Kannst du jetzt nicht mal aufhören, deswegen dermaßen stinkig zu sein?«

Lazlo seufzte und schaute mich irgendwie zerknautscht an.

»Ich bin nicht böse auf dich. Ich habe jetzt nur noch ein Problem mehr und weiß nicht, wie ich es lösen soll.«

»Welches denn?«

»Egal.«

»Ich kann dir aber helfen, wenn du es mir sagst.«

Lazlo schüttelte nur den Kopf.

»Alles okay«, erklärte Paulina, als sie endlich zurückkam, und setzte sich neben mich auf die Bank. »Die hatten sogar Rufnummerunterdrückung an ihrem Telefon. Ich konnte einfach behaupten, dass ich von dir aus anrufen würde. Aber deine Läusestory verfolgt mich. Bekir wollte unbedingt den Nissenkamm mitbringen und Matti und Marek damit bearbeiten.«

»Sag bloß, die haben schon wieder Läuse«, sagte Lazlo und hob müde den Kopf. »Die hatten doch erst im Sommer welche.«

»Nein!«, kreischte Paulina. »Haben sie nicht. Das hat Toni erfunden. Aber das ist eine lange Geschichte.«

»Und was hast du ihm jetzt gesagt?«, fragte ich.

»Dass die Läuse schon alle tot sind. Und dass er Matti und Marek lieber nicht drauf ansprechen soll, weil sie da empfindlich reagieren. Und meine Mutter bitte auch nicht. Diese Läuse sind ein Familiengeheimnis, habe ich behauptet.«

»Wieso? Ist doch nicht schlimm, wenn man mal Läuse hat. Ich finde, das sollte man nicht verheimlichen«, erklärte Lazlo.

»Wir haben aber keine«, sagte Paulina verzweifelt. »Ich schwör's.«

Und dann waren es nur noch fünf Minuten, bis unser Zug kam, und wir mussten auf den Bahnsteig. Ich schulterte die Reisetasche mit Siggi, Paulina nahm Mr Bond und Lazlo seine Plastiktüte, und wir liefen los. Aber mitten in der Unterführung blieb Lazlo plötzlich stehen.

»Wir müssen weiter«, rief ich ihm zu und rannte an ihm vorbei. »Wir verpassen sonst den Zug.«

»Ich komme nicht mit«, sagte er.

»Was?«

Ich lief zu ihm zurück.

Paulina rannte weiter. Sie hatte uns gar nicht gehört.

»Du musst aber«, sagte ich, als ich bei ihm war. »Sonst wird alles nur noch viel schlimmer. Wir müssen Philipp so schnell wie möglich sagen, dass du die Laptops nicht geklaut hast, und zur Polizei sollten wir wirklich auch. Und ich erzähle zur Not allen, dass ich das mit Siggi war, das kann dir niemand anhängen. Aber du musst jetzt mit.«

»Ich habe vergessen, Zolti den Schlafsack zurückzugeben. Ich komme später nach.«

Warum fiel ihm das denn bitte jetzt erst ein? Auf dem Weg zum Bahnhof waren wir an Anitas Tattoostudio vorbeigekommen. Wir hätten locker klingeln und den Schlafsack abgeben können.

Oder war das nur eine Ausrede? Hatte er gar nie vorgehabt, mit uns zurückzukommen? Hatte er nur deshalb diesen blöden Streit wegen Siggi angefangen, damit er beleidigt hierbleiben konnte? Aber wieso denn?

Paulina tauchte wieder in der Unterführung auf.

»Hey, der Zug fährt gleich ab!«, rief sie. »Jetzt kommt endlich.«

»Tschüs, Toni«, sagte Lazlo und lächelte mich an, so als ob wir nie gestritten hätten, und dann rollte ihm eine Träne die Backe runter und noch eine, und dann schluchzte er ganz laut, aber nur ein einziges Mal, und vielleicht war es auch bloß ein Husten. Er drückte mir die Fahrkarte in die Hand, drehte sich um und rannte davon. Paulina schrie »Lazlo!« und lief mit Mr Bond zu mir hin. Sie zerrte mich durch die Unterführung und die Treppe zum Bahnsteig hoch und zum Zug, während ich Lazlos Reisetasche umklammerte, in der Siggi immer noch schlief.

# 19. Kapitel

Vom Anfang der Fahrt weiß ich nicht mehr viel. Nur dass ich einfach dagesessen und aus dem Fenster gestarrt habe. Paulina regelte alles. Sie schob die Reisetasche mit Siggi unter unseren Sitz, setzte Mr Bond auf meinen Schoß, damit er die Tasche in Ruhe ließ, streichelte meine Hand und sagte immer nur: »Der beruhigt sich wieder, Toni, ganz bestimmt.«

Aber weil ich gar nichts antwortete, gab sie irgendwann auf und schaute auch aus dem Fenster, und nur ab und zu sah sie mich an und seufzte.

Ich war so traurig wie noch nie in meinem Leben. Irgendwie hatte ich alles falsch gemacht und jetzt war Lazlo verschwunden. Ich hätte ihn nicht suchen sollen. Und jetzt hatte er mich nur zum Bahnhof begleitet, damit er sicher war, dass ich wieder wegfuhr und er mich endlich los war.

Aber warum hatte er dann am Bahnhof geweint? Oder hatte ich mich getäuscht und er hatte nur geschwitzt oder so was? Oder es waren Freudentränen gewesen, die ihm übers Gesicht gerollt waren. Haha, die bin ich endlich los.

Und wieso machte mir das überhaupt so viel aus? Es war doch alles gut. Ich saß in einem warmen Zug, Mr Bond hatte sich auf meinem Schoß zusammengerollt und muffelte schön nach Hund, Siggi war sicher unter meiner Bank verstaut und schlief, und neben mir saß meine beste Freundin und streichelte meine Hand.

Bald war ich wieder zu Hause und würde mit Mama und Papa frühstücken und danach mit Mr Bond in den Park gehen und Siggi würde ich auch mitnehmen. Vielleicht könnte ich ihn ja auch im Park laufen lassen. Ich musste nur gut auf ihn aufpassen. Wenn ich zurückkam, wäre Igor aufgestanden, und wir könnten zusammen irgendeine Fernsehserie schauen und den Kühlschrank leer fressen.

Und im untersten Fach stand die Überwinterungskiste mit Krötz, und ich würde wieder an Lazlo denken, und nichts war gut, sondern alles war grau und schrecklich und so, als ob einer das Licht ausgemacht hätte. Es gab überhaupt nichts mehr in meinem Leben, auf das ich mich freute. Und alles nur deshalb, weil ich zu blöd gewesen war. Auch wenn ich immer noch nicht kapierte, wieso eigentlich.

Was war denn bloß so falsch daran gewesen, Lazlo zu suchen und Siggi zu retten?

Warum hatte ich damit alles kaputt gemacht?

Das einzige Glück in dieser Misere war, dass ich ihn nicht geküsst hatte, jawohl. Sonst wäre ich mir noch tausend Mal blöder vorgekommen.

Plötzlich fiel mir die Sommerhalder ein, die jedes Mal, wenn sie uns eine Mathearbeit zurückgab, behauptete, dass man aus jedem Fehler etwas lernen könnte. »Das gilt nicht nur für Mathematikaufgaben, sondern für euer ganzes Leben«, sagte sie immer.

Vielleicht hatte ich ja wirklich einen Fehler gemacht, auch wenn ich nicht wusste, welchen. Aber eins wusste ich genau: Ich würde nichts daraus lernen wollen. Wenn es ein Fehler war, Waschbärbabys zu retten, okay, dann machte ich den gerne weiter.

Nur von Jungs ließ ich besser die Finger. Die mussten sich dann eben selber helfen.

Als der Schaffner kam, zeigte Paulina ihm unsere Fahrkarte.

»Auf der sind ja drei Kinder eingetragen«, meinte er. Er war noch jung, ungefähr so alt wie Igor, und hatte einen kleinen funkelnden Diamant im Ohr. Das sah schön aus. »Für den Hund hättet ihr doch nicht zahlen müssen. Der ist klein genug, dass er umsonst mitfahren darf.«

»Das war nicht für den Hund«, erklärte ihm Paulina. »Aber wir haben unterwegs den Jungen verloren, der eigentlich mitfahren sollte.«

»Das ist schlimm«, meinte der Schaffner und guckte besorgt. »Und wo ist der jetzt?«

»Noch am Bahnhof. Und wir müssten dringend mit ihm telefonieren. Meinen Sie, wir könnten unsere Handys irgendwo im Zug aufladen, damit wir ihn anrufen können?«

Der Schaffner runzelte die Stirn und brummte unentschlossen. Aber weil Paulina ihn so verzweifelt anschaute, sagte er schließlich »Ja«, und nahm unsere Handys und die Ladekabel mit. »Die könnt ihr in einer halben Stunde im vordersten Abteil wieder abholen«, sagte er. »Vergesst das ja nicht.«

»Was willst du denn jetzt mit Siggi machen?«, fragte Paulina, als der Schaffner fort war. »Glaubst du, den kann man in einer Wohnung halten?«

»Bestimmt«, behauptete ich.

So weit war ich gestern Nacht bei meiner Waschbär-Recherche

leider noch nicht gekommen. Das musste ich nachlesen, wenn ich mein Handy wiederhatte.

»Zu dir nach Hause kannst du ihn aber nicht mitnehmen, wegen deinem Vater«, meinte Paulina.

»Ich glaube, der ist nicht gegen wilde Tiere allergisch, sondern nur gegen Haustiere«, behauptete ich.

So was gab es bestimmt. Und wenn nicht, würde ich eine andere Lösung finden, dass Siggi für immer bei mir wohnen konnte. Egal, was Lazlo dazu sagte.

»Was ist das jetzt eigentlich mit dir und Lazlo?«, fragte Paulina, so als ob sie Gedanken lesen könnte. »Willst du nicht mal drüber reden? Ich hab euch doch nicht in der Hütte allein gelassen, damit ihr anfangt zu streiten.« Sie schüttelte den Kopf und seufzte. »Echt, Toni. Was ist bloß los mit dir?«

»Mit mir ist gar nichts los«, flüsterte ich und streichelte Mr Bond. »Der ist einfach komisch, und ich verstehe überhaupt nicht, warum. Der ist voll ausgerastet, nur weil ich Siggi mitgenommen habe. Außerdem findet er plötzlich seinen Onkel nett und ist nur noch auf mich sauer. Und jetzt ist er weg und hat nicht mal mehr Geld für eine Fahrkarte. Der kommt bestimmt nie mehr wieder.«

»Blödsinn«, sagte Paulina. »Du hast doch noch Krötz. Natürlich kommt der wieder. Aber was er da gerade abzieht, kapiere ich auch nicht.«

Und dann erzählte ich ihr doch von dem, was in der Hütte gewesen war, auch wenn ich immer noch nicht wusste, wie ich es ihr erklären sollte. Dass Lazlo mich umarmt hatte und wie schön das gewesen war und trotzdem komisch und dass ich es irgendwie wollte und irgendwie auch nicht. Ich dachte, Paulina würde gar nicht begreifen, was ich meinte, weil ich es ja selber nicht verstand, aber komischerweise fand sie es gar nicht so seltsam. Sie nickte nämlich die halbe Zeit, und als ich fertig mit Erzählen war, meinte sie: »Das kenne ich so gut, Toni. Manchmal ist es beschissen, wenn man sich verliebt hat, und der andere liebt einen auch, und man weiß trotzdem nicht, ob man das alles will. Ich war heute Nacht plötzlich froh, dass wir weg waren und ich Bekir und Moritz mal für eine Weile vergessen konnte. Mir ist mein Leben nämlich grade auch zu kompliziert.«

»Und warum hast du mir das nicht gesagt?«

»Ich habe gedacht, du würdest es nicht verstehen«, sagte sie vorsichtig. »Weil das für dich alles nicht wichtig war. Und über Lazlo wolltest du ja nie reden.«

Eine Zeit lang saßen wir einfach so da, streichelten Mr Bond und schwiegen.

Ich überlegte, was Paulina gesagt hatte. Bisher hatte ich immer gedacht, wenn man sich verliebte und der andere war auch in einen verliebt, wäre man einfach nur glücklich, und blöd wäre es nur, wenn der andere sich nichts aus einem machte. Dass es auch kompliziert werden konnte, wenn der, in den man verliebt war, auch was von einem wollte, fand ich irgendwie unlogisch.

Aber wer sagte überhaupt, dass Lazlo was von mir gewollt hatte? Wahrscheinlich war es doch nur so eine Bruderumarmung gewesen und ich machte jetzt ein irres Ding draus. Es war schließlich nicht nur so, dass ich ihn nicht geküsst hatte, sondern er mich ja auch nicht. Hätte er doch einfach machen können, oder? Na also. Zwischen uns war gar nichts gewesen.

Ich war nicht in ihn verliebt und er nicht in mich. Punkt. Schluss. Aus.

Aber warum fühlte ich mich dann nicht erleichtert, sondern nur todtraurig?

Paulina riss mich aus meinen Gedanken.

»Jungs sind komisch«, meinte sie. »Ich habe mir grade überlegt, dass Lazlo vielleicht sauer war, dass du ihn nicht geküsst hast, und dass er sich deshalb so über Siggi aufgeregt hat. Aber das wäre schon blöd von ihm. Dann soll er doch sagen, um was es eigentlich geht.« Sie schüttelte den Kopf. »Jungs wollen einfach nie reden.«

»Ich weiß nicht«, sagte ich. »Lazlo redet manchmal ganz viel über sich und dann wieder gar nicht.«

»Aber das ist doch schon mal ein Anfang. Dann ist er immerhin ein gutes Stück weiter als Bekir. Wenn der redet, geht es immer nur um Fußball. Ich weiß inzwischen sogar, was eine Abseitsfalle ist, obwohl es mich einen Dreck interessiert.«

Sie stand auf, um unsere Handys zu holen, weil die halbe Stunde vorbei war. Ich lehnte mich ans Fenster und schaute nach draußen, und mein Herz tat ein kleines bisschen weniger weh, weil ich Paulina hatte.

Aber dann ging es uns beiden an den Kragen.

Paulina kam mit unseren Handys zurück und war völlig fertig. »Große Katastrophe, Toni«, stöhnte sie und ließ sich auf den Platz neben mir fallen. »Jetzt fliegt alles auf. Bekir dreht durch.«

Blöderweise hatte Bekir nämlich versucht, noch mal mit Paulina zu sprechen, nachdem sie ihn als Babysitter engagiert hatte. Und das nur, weil er unbedingt wissen wollte, ob es okay wäre, wenn er seine Playstation zu Matti und Marek mitnahm. Hätte er es doch einfach gemacht, ohne zu fragen. Aber nein, Bekir rief tatsächlich bei Jonas in der Wohnung an. Die Nummer hatte ihm Paulina mal gegeben, als sie wirklich bei mir übernachtet hatte. Und leider ging Igor ans Telefon. So ein Pech. Normalerweise schlief er um diese Zeit oder er war noch unterwegs, aber ausgerechnet heute hing er schon zu Hause rum und war wach. Er nahm den Telefonhörer ab und hatte Bekir dran, der Paulina sprechen wollte. Und als Igor sagte: »Die ist nicht da, die ist doch bei sich daheim, und Toni schläft bei ihr heute Nacht«, sagte Bekir: »Nee, das ist mir aber neu, die sind doch alle beide hier, das weiß ich von Paulina.« Igor lief noch mal durch die Wohnung und fand immer noch keine von uns und da legte Bekir eben wieder auf.

Und direkt danach schrieb er Paulina und erzählte ihr das alles und wollte wissen, wo sie war.

Bis dahin war es ja schon blöd, aber es war erst die halbe Katastrophe. Richtig schlimm wurde es erst, als Bekir bei den Gremlins ankam, und die hielten ihm gleich einen Brief unter die Nase, den ein fremder Junge gestern für ihre Schwester abgegeben hatte. Auf dem Umschlag war ein fettes rotes Herz, und als Absender stand dort »Moritz«, und als Bekir das sah, war es ganz aus.

Der kannte noch nicht mal einen Moritz und dann das.

Und natürlich dachte er, Paulina wäre bei dem und er müsste die Gremlins nur deshalb hüten, weil sie noch länger rumknutschen wollte.

Paulina tippte sich fast die Finger wund, um ihm zu erklären, wo sie gewesen war und dass dieser Moritz unwichtig wäre, einfach ein Junge, der sich in sie verliebt hätte, und da könnte sie ja schließlich nichts dafür, und außerdem wäre ihr Zug gleich da, und dann käme sie sofort zu sich nach Hause, und sie könnten über alles reden, das wäre doch kein Problem.

Aber Bekir antwortete gar nicht mehr.

Bei mir war's auch nicht viel besser, nur dass man bei Igor nicht gleich merkt, wenn er sich aufregt.

Er schrieb einfach nur: **Wo bist du, Toni? Mach dein Handy an, verdammt!**

Aber ich hatte außerdem noch ungefähr hundert Nachrichten von Valli, die auch unbedingt wissen wollte, wo ich wäre, und sich schrecklich Sorgen machte, weil ich mich nicht meldete, und dann schrieb sie noch, dass sie Mama und Papa anrufen würde, wenn sie bis neun nichts von mir gehört hätte, und ich wusste ja gar nicht, welches neun Uhr sie meinte, abends oder morgens und ihre Zeit oder meine, weil bei ihr ja alles um viereinhalb Stunden verschoben war.

Das war vielleicht ein Mist.

Es kam aber noch schlimmer.

Siggi wachte auf und puhlte weiter an dem Loch neben dem Reißverschluss rum, und Paulina und ich merkten nichts, weil wir mit Nachrichtenschreiben beschäftigt waren. Ich musste ja Valli beruhigen und Paulina Bekir und Moritz. Und dann musste ich auch noch nachlesen, ob man Waschbären in der Wohnung halten konnte, und die Leute auf den Tierseiten waren sich überhaupt nicht einig darüber. Jeder schrieb was anderes. Aber auf jeden Fall war ein Käfig zu klein, das sagten alle, weil Waschbären mindestens ein Zimmer brauchten und am besten noch ein Außengehege dazu. Dafür wäre der Balkon bei uns gut, dachte ich, wenn Mama und Papa mir ihr Schlafzimmer geben würden. Die könnten ja meins dafür nehmen und ich würde mir ihres mit Siggi teilen. Das heißt, mit Siggi und seinem Freund, denn Waschbären sollte man mindestens zu zweit halten, und bestimmt gab es noch ein anderes einsames Waschbärbaby, das gern zu uns käme. Und wenn ich aufpasste, dass die beiden nicht in den Flur gingen, kriegte Papa gar nichts von ihnen mit, falls er dummerweise doch allergisch gegen wilde Tiere sein sollte. Ich war ziemlich am Überlegen, wie das alles klappen könnte, und Siggi arbeitete sich solange nach draußen. Plötzlich saß er auf dem Boden, direkt zwischen meinen Füßen und schaute mich mit schief gelegtem Kopf an. Und natürlich schreckte Mr Bond genau in dem Augenblick aus dem Schlaf. Ein Knurren kam tief aus seiner Kehle, und dann schnappte er zu, aber Siggi war schneller. Er kletterte auf Paulinas Schoß und turnte weiter auf die Gepäckablage. Dort hockte er dann und schaute auf uns runter, während alle Leute, die mit uns im Waggon saßen, aufgeregt zu ihm hochsahen. Mr Bond flippte fast aus und hüpfte wild kläffend auf Paulina und mir rum.

»Die tun nichts, alle beide«, rief ich durch den Waggon. »Das eine ist ein alter Hund und das andere ein Waschbär. Der ist noch ein Baby.«

Ich packte Mr Bond und drückte ihn Paulina in die Arme, damit sie mit ihm rausging. Denn mit einem keifenden Hund traute sich Siggi niemals von der Gepäckablage runter. Als Mr Bond draußen war, versuchte ich, ihn einzufangen. Aber immer, wenn ich fast an ihm dran war, lief er auf der Gepäckablage wieder ein Stückchen weiter. Ich kriegte ihn nicht zu fassen.

Am Ende des Wagens saß eine Mutter mit ihrem Kind. Der Junge war noch kleiner als die Gremlins und versuchte gerade, eine ziemlich zermatschte Banane zu schälen. Als Siggi das sah, hoppelte er über alle Koffer und Taschen hinweg zu dem kleinen Jungen rüber und hangelte sich mit dem Hintern voraus an einer Jacke runter, die am Fenster hing. Er hockte sich neben den Jungen, schaute ihn freundlich an und schnappte ihm mit einem Griff die Banane weg. Das Ganze ging so schnell, dass ich gar nichts dagegen machen konnte. Die Mutter schrie vor Schreck, aber der Junge war cool. Er holte sich einfach wieder ein Stück Banane von Siggi zurück und stopfte es sich schnell in den Mund. Ich nahm Siggi auf den Arm und entschuldigte mich tausend Mal und die Mutter war dann auch ganz nett und streichelte Siggi sogar.

Aber als ich mich mit Siggi wieder auf meinen Platz gesetzt hatte, kam leider ein Mann zu uns her. Er war ungefähr so alt wie Papa und regte sich furchtbar auf, weil ich auf dem Sitz rumgesprungen war, als ich versucht hatte, Siggi einzufangen, und weil es überhaupt unverantwortlich wäre, wilde Tiere im Zug mitzunehmen, die könnten nämlich beißen und Krankheiten übertragen, und er würde es dem Schaffner melden, damit der die Polizei holte.

Da war ich dann mal kurz froh, dass Lazlo nicht dabei war.

Aber mulmig war mir natürlich auch. Nicht dass der Schaffner mich irgendwo auf freier Strecke mitsamt Siggi aus dem Zug warf oder Mama und Papa anrief.

Ich wollte ihm erklären, warum ich einen Waschbär dabeihatte und dass ich ihm doch nur helfen wollte, aber er hörte mir überhaupt nicht zu, sondern rannte aus dem Wagen, um den Schaffner zu suchen. Die anderen Leute im Abteil taten alle so, als ob sie das gar nichts anginge, und keiner schaute mehr zu uns hin. Nur der kleine Junge beobachtete uns mit großen Augen, während seine Mutter Feuchttücher aus ihrer Umhängetasche kramte und seine Hände abwischte.

Ich wickelte Siggi in die Decke vom Rasenkanten-Heinz, damit man nicht gleich sah, was ich mit mir rumschleppte, schnappte mir Lazlos kaputte Reisetasche und machte, dass ich aus dem Wagen kam. Ich lief in die entgegengesetzte Richtung, in die der Mann verschwunden war, und versteckte mich mal wieder im Zugklo. Was Besseres fiel mir nicht ein.

Siggi turnte auf der Ablage neben dem Waschbecken rum, während ich Paulina schrieb, dass es am besten wäre, wenn wir uns erst wieder treffen würden, wenn der Zug hielt. Die Fahrt dauerte ja nicht mehr lange, höchstens noch eine Viertelstunde. Ich ließ das Wasser im Waschbecken laufen, damit man draußen merkte, dass die Kabine wirklich besetzt war, und es war mir egal, dass jemand gegen die Tür donnerte, weil er auch mal aufs Klo wollte. Der musste jetzt eben warten.

Sobald wir in den Bahnhof einfuhren, packte ich Siggi wieder in die Sporttasche und stopfte das riesige Loch am Reißverschluss so gut es ging mit der Decke zu. Als ich die Klotür aufmachte, stand eine Frau davor. Sie trat von einem Bein aufs andere und schaute mich sehr böse an.

»Andere Leute müssen vielleicht auch mal«, sagte sie.

Da tat sie mir dann schon leid.

Paulina und Mr Bond waren nirgends auf dem Bahnsteig zu sehen. Dafür brüllte es von hinten plötzlich »Toni!«. Ich drehte mich um. Da stand Bekir mit Matti und Marek an der Hand.

»Was macht ihr denn hier?«, fragte ich erstaunt, obwohl ich es mir ja eigentlich hätte denken können. Ich war nur so baff.

»Weißt du, wo Paulina ist?«, fragte Bekir zurück.

Er klang ganz schön angespannt.

»Und wo hast du Mr Bond?«, wollten die Gremlins wissen.

»Der müsste auch irgendwo hier sein, zusammen mit Pauli«, sagte ich und schaute mich wieder nach den beiden um. Und da entdeckte ich sie tatsächlich. Sie standen ein Stück weiter vorne, direkt neben dem Süßigkeitenautomaten, und Paulina lächelte einen großen blonden Jungen an, der den Arm um sie gelegt hatte.

Das war Moritz.

Volle Katastrophe.

»Geht schon mal vor«, rief ich Bekir zu und versuchte, ihn samt der Gremlins zur Treppe zu bugsieren. »Ich komme gleich nach.«

»Nein«, sagte Bekir und schob Matti und Marek zu mir hin. »Pass bitte auf die beiden auf. Ich muss mal kurz wohin.«

Denn leider hatte er Paulina auch gesehen.

Keine Ahnung, warum Paulina Moritz und Bekir geschrieben hatte, mit welchem Zug sie ankam. Wahrscheinlich wollte sie beide nur beruhigen und hatte niemals damit gerechnet, dass einer von ihnen auf die Idee käme, zum Bahnhof zu fahren. Und jetzt standen beide da. Blöder ging es nicht.

»Bekir hat gesagt, wir holen Pauli ab«, erklärte Marek und schaute stirnrunzelnd zu seiner großen Schwester rüber, die mit knallrotem Kopf zwischen Bekir und Moritz stand. Mr Bond saß neben ihr und guckte betreten zu uns rüber. »Warum kommt die jetzt nicht?«

»Die muss noch was regeln«, erklärte ich.

»Ich helf ihr«, meinte Matti und stiefelte los.

»Lass mal, du. Ich glaube, das ist keine gute Idee«, sagte ich und kriegte ihn gerade noch an der Kapuze zu fassen.

Zu dritt beobachteten wir, wie Paulinas Gesichtsfarbe allmählich wieder normal wurde, während sie ohne Punkt und Komma auf Bekir und Moritz einquatschte, die nebeneinanderstanden und sie sehr finster anschauten. Sie waren stumm wie die Fische, aber ich glaube, sie hätten auch keine Chance gehabt, zu Wort zu kommen, falls sie was hätten sagen wollen. Paulina redete um ihr Leben. Und dann nahm sie plötzlich die Hand von Moritz und zog ihn ein Stück weg, und Bekir starrte betrübt auf den Boden.

»Was macht Pauli mit dem da?«, fragte Marek und zeigte auf Moritz. »Den kenn ich nicht.«

»Der ist in unserer Klasse.«

»Iiiih«, machte Matti, weil Paulina sich jetzt auf die Zehenspitzen gestellt hatte und Moritz einen Kuss auf die Backe gab.

»Ich küss die aus meiner Klasse nicht«, erklärte Marek. »Nö. Mach ich nicht.«

Matti kicherte und flüsterte ihm irgendwas ins Ohr. Ich glaube, es war ein Mädchenname. Jeannie oder so was. Marek wurde noch roter als seine Schwester vorhin und trat Matti gegen das Schienbein. Und der keilte natürlich sofort zurück.

Das fehlte mir grade noch. Eine Prügelei auf dem vollen Bahnsteig, während Siggi anfing, in seiner Reisetasche zu randalieren, weil er mitmachen wollte.

Matti bemerkte es auch.

»Dein Bauch wackelt«, meinte er und zeigte auf die Reisetasche, die ich mit beiden Armen umklammert hatte und an mich drückte.

»Das ist nicht mein Bauch. Das ist ein Waschbär«, erklärte ich. »Und wenn ihr aufhört, euch zu prügeln, dürft ihr ihn nachher sehen.«

Matti und Marek prusteten los.

»Toni hat einen Waschbär im Bauch!«, schrie Matti.

Die Leute auf dem Bahnsteig drehten sich nach uns um.

»Sei still!«, zischte ich. »Ich hab keinen im Bauch. Der ist in der Reisetasche. Deshalb waren Paulina und ich doch so lange weg. Wir mussten ein Waschbärbaby retten.«

Den Gremlins liefen fast die Augen über.

»Nein!«, hauchte Marek.

»Bitte, bitte, dürfen wir ihn sehen«, kreischte Matti und nestelte am Reißverschluss der Tasche rum.

Ich schob seine Hand weg. »Das mache ich. Ganz langsam. Und sei jetzt mal leiser.«

Ich setzte die Reisetasche auf dem Boden ab und kniete mich hin. Dann zog ich den Reißverschluss weiter auf, bis dahin, wo er sowieso kaputt war. Aus der Dunkelheit schauten mich die Knopfaugen von Siggi an. Ansonsten konnte man nur die weiße Zeichnung über seiner Nase erkennen und die hellen Haare an seinen Ohren. Und seine kleine Schnauze, die hin und her zuckte, weil er am Schnüffeln war.

»Der heißt Siggi«, flüsterte ich und hielt ihn fest, damit er ja nicht aus der Tasche entwischte.

»Ohhh«, machten Matti und Marek, die sich neben mich gehockt hatten.

Sie beugten sich über die Reisetasche und waren stumm vor Staunen. Erst nach einer Weile streckten sie vorsichtig einen Finger aus und streichelten Siggis Fell.

»Hast du den geklaut?«, flüsterte Matti.

Ich zuckte zusammen. »Wie kommst du denn darauf?«

Sah man mir das etwa an?

»Ich meine, so wie Marek mal den Pinguin. Dass du den heimlich mitgenommen hast.«

Das mit dem Pinguin war vor einem Jahr gewesen, aber es beschäftigte die Gremlins immer noch. Ich hatte mit ihnen einen Ausflug in den Zoo gemacht, und Marek hatte einen Pinguin eingepackt, als ich mal kurz nicht aufpassen konnte. Es war ganz schön kompliziert gewesen, ihn wieder zurückzubringen.

»Ich hab den Pinguin nicht geklaut, ich hab den gerettet«, verteidigte sich Marek.

»Ich auch«, erklärte ich. »Ich hab Siggi auch nur gerettet.«

Und das war ja schon irgendwie wahr.

Paulina und Mr Bond kamen zu uns gerannt. Moritz war fort, und nur Bekir stand noch immer da, wo er gestanden hatte.

»Und was ist jetzt?«, fragte ich.

»Weiß nicht«, keuchte sie. »Ich muss erst noch mit Bekir reden. Könntest du die Gremlins mit zu dir nehmen? Ich komm dann nachher und hol sie ab.«

Matti und Marek nickten begeistert und mir war es auch recht. Ich hätte gar nicht gewusst, wie ich allein mit Mr Bond und Siggi hätte Bus fahren sollen. Siggi war nämlich schon wieder dabei, die Reisetasche zu zerlegen, und Mr Bond war scharf auf Siggi.

»Ihr dürft aber keinen Blödsinn machen«, warnte Paulina ihre Brüder. »Die zwei Chaoten sind jetzt Siggi und Mr Bond. Das reicht. Sonst wird Toni das zu viel.«

Die Gremlins nickten ernst.

»Keine Sorge. Wir passen auf Toni auf«, erklärte Marek.

Die Gremlins setzten sich mit Mr Bond hinten in den Bus und ich blieb mit Siggi vorne stehen und hielt das Loch neben dem Reißverschluss zu, das immer größer wurde.

Ich glaube, es merkte keiner, wen ich bei mir hatte. Nur einmal drehte sich eine Frau, die in der Nähe saß, zu ihrem Mann und fragte, ob er nicht auch fände, dass es hier so komisch riechen würde.

Ich tat, als hätte ich nichts gehört, und stellte mich ein Stückchen weiter weg.

# 20. Kapitel

Mann, war Igor sauer, als ich endlich daheim war. Ich glaube, er hätte mich am liebsten gefressen. Aber er konnte mich ja noch nicht mal richtig anmeckern, weil die Gremlins dabei waren, und die waren schon geschockt, als sie ihn nur im Flur stehen sahen und ohne dass er überhaupt was gesagt hatte.

Er sah aber auch wirklich wild aus. Seine Haare standen in alle Richtungen ab und er trug eine alte Jogginghose von Valli, die ihm nur bis zum Knie ging, und ein T-Shirt, das mindestens zehn Löcher hatte.

Normalerweise schlief er um diese Zeit noch und das wäre mir auch lieber gewesen.

»Geht mal ins Wohnzimmer«, sagte er zu Matti und Marek. »Ich mach euch einen Kinderfilm an. Ich muss kurz mit meiner kleinen Schwester allein reden.«

Matti und Marek liefen brav hinter ihm her in Jonas' Wohnzimmer mit dem riesigen Fernseher und schmissen sich auf die Couch.

»Aber Siggi darf mitgucken, ja, Toni?«, rief Matti und rannte noch mal zu mir in den Flur zurück, während Igor ein Kinderprogramm suchte.

»Wer ist Siggi?«, hörte ich ihn fragen.

»Das ist ein Waschbär«, erklärte ihm Marek. »Der gehört jetzt Toni.«

»Aha. Hast du ihr den geschenkt?«

»Nö. Den hat sie von allein gekriegt.«

»Das ist ja 'n Ding«, sagte Igor. »Jetzt laufen meiner Schwester sogar schon die Kuscheltiere zu.«

Könnte sein, dass es noch ein bisschen schwierig wurde, ihm klarzumachen, dass jetzt ein echter Waschbär bei uns wohnte.

»Krieg ich Siggi, Toni?«, bettelte Matti und versuchte, mir die Sporttasche von der Schulter zu ziehen.

»Guck mal, jetzt grade läuft ›Aschenbrödel und die drei Haselnüsse‹«, sagte Igor im Wohnzimmer.

»Matti! Aschenbrödel und die Haselnüsse kommen!«, brüllte Marek seinem Bruder zu, aber der hörte gar nicht hin, sondern klammerte sich immer noch an die Sporttasche.

»Nur zum Ferngucken? Biiiiiitte!«

»Der muss schlafen«, flüsterte ich und machte Mattis Finger los. »Der wird erst nachts fit. Wir müssen den jetzt in Ruhe lassen. Aber ihr dürft ihn noch mal sehen, bevor Pauli euch abholt.«

»Matti! Aschenbrödel!«, brüllte Marek wieder.

Matti schob die Unterlippe vor und guckte, als ob er gleich losheulen wollte.

»Ich hol euch Popcorn, okay?«, versprach ich.

Und da rannte er endlich zu seinem Bruder und hockte sich neben ihn auf die Couch.

»So. Und jetzt reden wir«, sagte Igor, als die Gremlins ihr Popcorn hatten. »Ab in die Küche.«

Ich hängte die Reisetasche mit Siggi an den obersten Garderobenhaken im Flur und sperrte Mr Bond zu uns in die Küche, damit er nicht auf die Idee kam, Siggi zu besuchen. Ich musste mir unbedingt noch was ausdenken, wie ich die beiden zusammen in der Wohnung halten konnte, ohne dass es Stress gab. Am besten wäre es, wenn sie zwei getrennte Zimmer haben könnten. Vielleicht hatte ich ja Glück, und Igor fand Siggi so toll, dass er ihn bei sich in Jonas' Schlafzimmer wohnen ließ. Dort könnte er sich super auf dem Bett wälzen oder sich drunter verstecken, wenn er mal Ruhe brauchte. Und klettern könnte er zum Beispiel am Schrank.

Weiter kam ich nicht mit meinen Ideen, denn Igor legte los.

»So. Jetzt will ich wissen, was das war.«

Er knallte sein Handy auf die Küchentheke, direkt vor meine Nase. »Ich hab hier fünfzehn Nachrichten von Valli. Gestern Abend um halb sieben: **Igor, weißt du was von Toni?** Dann um acht: **Igor, weißt du, ob Toni mit Mama und Papa gesprochen hat?**, und um halb neun: **Ich mach mir Sorgen. Toni ist wieder in irgendwas verwickelt, hak mal nach.** Um elf: **Immer noch nichts von Toni** und fünf Fragezeichen. Um Viertel nach zwölf: **Ich glaub nicht, dass die bei Paulina ist, wenn du sie da nicht erreichst.**« Er schaute mich scharf an. »So ging das die ganze Nacht«, sagte er. »Ich hab gedacht, Valli ist hysterisch und natürlich seid ihr bei Paulina und habt nur eure Handys nicht an. Aber als dann heute Morgen ihr Freund angerufen hat, weil er euch gesucht hat, ist mir klar geworden, dass ihr überall sein könnt, nur sicher nicht bei Paulina zu Hause –« Er schnappte nach Luft. »So geht's nicht, Toni! Du bist grade mal vierzehn! Du bist ein kleines Mädchen, du kannst nicht einfach über Nacht wegbleiben, und keiner weiß, wo du bist. Was denkst du dir eigentlich?« Fassungslos schüttelte er den Kopf. »Und was ist das für eine Sache, über die du mit Mama und Papa reden sollst? Was meint Valli damit?« Er sah mir direkt in die Augen, so voll stechend, und ich hätte mich am liebsten bei Siggi in der Reisetasche versteckt. »Toni, was läuft da bei dir?« Plötzlich wirkte er gar nicht mehr so sauer, sondern irgendwie erschrocken.

Aber was sollte ich denn sagen? Ich war dermaßen erledigt, dass ich am liebsten über der Küchentheke eingeschlafen wäre. Die Nacht war so schrecklich anstrengend gewesen. Erst musste ich Siggi retten, dann kam das ewige Gelatsche zum Bahnhof und der blöde Streit mit Lazlo und die lange Zugfahrt und das Chaos mit Siggi und mit Paulina, und dann hatte ich auch noch die Gremlins und Mr Bond sowieso, und hallo, ich wollte einfach nur noch ins Bett.

»Können wir das nicht später besprechen?«, fragte ich. »Ich bin so furchtbar müde.«

»Ich bin auch müde«, sagte Igor böse. »Wegen dir habe ich noch keine Minute geschlafen. Seit Stunden renne ich hier rum und mache mir Sorgen. Verdammt, Toni, dich darf man nicht aus den Augen lassen.«

»So schlimm war's gar nicht, ehrlich«, beteuerte ich.

»Ich weiß nicht, ob du das beurteilen kannst«, sagte Igor scharf. »Ich will jetzt sofort wissen, wo du warst.«

Also habe ich ihm alles erzählt. Das heißt, ein paar Sachen habe ich ausgelassen. Zum Beispiel, dass wir allein im Schrebergarten übernachtet hatten. Ich habe behauptet, wir wären bei Anita im Tattoostudio gewesen. Das war schon verboten genug. Igor glaubte allen Ernstes, ich hätte mir ein Tattoo stechen lassen. Der wusste gar nicht, dass das erst ab achtzehn ging. Und von Lazlos Onkel erzählte ich ihm auch nichts. Wenn Paulina es schon so schlimm gefunden hatte, dass ich mit den Gremlins allein bei ihm in der Wohnung gewesen war, konnte ich mir schon denken, was Igor davon hielt. Und ich wollte nicht noch mehr Ärger.

Siggi verschwieg ich auch erst mal. Ich wollte lieber einen besseren Zeitpunkt abwarten und es langsam angehen. Wenn Igor ausgeschlafen hatte, zum Beispiel. Dann könnte ich ihm einen Kaffee ans Bett bringen, und Siggi würde ich einfach mitnehmen und auf seine Bettdecke setzen, und dann fände er ihn so süß, dass es gar kein Problem wäre, ihn zu behalten.

Leider hielt Siggi gar nichts von einer langsamen Annäherung.

Igor ging aus der Küche, weil er endlich ins Bett wollte, und kaum war er draußen, ließ er einen Riesenschrei los. Ich nahm Mr Bond auf den Arm und rannte hinterher. Im Flur war ein einziges Chaos aus zerfledderten Büchern, einer zerfetzten Wollmütze, zerrissenen Kaugummipapierchen und losen Schlüsseln und noch mehr Kleinkram, von dem ich gar nicht wusste, woher der kam. Ein rotes Herzchen aus Holz oder Plastik zum Beispiel. Und sogar ein Foto von Igor und mir. Da war ich noch ein Baby und er saß auf dem Sofa bei uns im Wohnzimmer und hielt mich auf dem Arm.

Das war leider auch zerfetzt.

An der Garderobe baumelte eine leere Reisetasche mit einem vollkommen rausgerissenen Reißverschluss. Und Siggi war verschwunden.

»Sag mal, wie sind denn die kleinen Brüder von Paulina drauf?«, fragte Igor entsetzt. »Sind das Vampire? Die spinnen ja wohl. Die haben meinen Rucksack ausgeräumt und alles kaputt gemacht.«

Er kniete sich hin, um seine Sachen einzusammeln.

Ich hätte gar nicht gedacht, dass das rote Herzchen ihm gehörte. Aber jetzt war leider nicht der richtige Zeitpunkt, um rauszukriegen, von wem er es hatte. Wir mussten Siggi finden, bevor er aus irgendeinem Fenster türmte.

»Hilf mir mal Siggi suchen«, rief ich Igor zu.

»Welchen Siggi?«, fragte er, aber ich hatte keine Zeit zu antworten.

Ich rannte ins Schlafzimmer, weil dort die Tür offen stand. Ein Waschbär war nirgends zu sehen. Vielleicht hatte er sich unterm Bett versteckt. Oder im Schrank. Bitte nicht im Schrank. Jonas hatte so teure Klamotten, wenn Siggi die alle zerfetzte, war ich geliefert. Ich musste ihn so schnell wie möglich finden.

Es half nichts. Mr Bond musste ran.

Der zappelte sowieso schon auf meinem Arm und wartete auf seinen Einsatz.

Ich setzte ihn runter und sofort rannte er aus dem Schlafzimmer raus und schrubbte hektisch mit der Schnauze über den Flurboden, bis er mit dem Kopf gegen die Wohnzimmertür stieß. Ich nahm ihn hoch und gab ihn Igor zum Halten. Dann machte ich die Tür auf.

Die Gremlins saßen auf der Couch und schauten Aschenbrödel beim Armbrustschießen zu. Und zwischen ihnen saß ein Waschbär, der sich mit beiden Pfoten Popcorn ins Gesicht schaufelte. Ungefähr die Hälfte landete auf dem Boden, aber die andere Hälfte kriegte er irgendwie ins Maul.

Mr Bond wand sich in Igors Armen und kläffte vor Aufregung

zwei Tonlagen höher als sonst und meinem Bruder fielen fast die Augen aus dem Kopf.

Matti drehte sich zu mir und sagte glücklich: »Toni, Siggi ist von allein hergekommen. Wir haben ihm nur die Tür aufgemacht.«

»Und der mag Popcorn genauso gern wie wir«, beteuerte Marek.

Er zupfte Siggi ein paar Popcornteilchen aus dem Fell und stopfte sie sich selber in den Mund.

Ich schnappte mir Siggi und nahm ihm die Popcorntüte aus den Pfoten.

»Der braucht Hundefutter und Obst und so was. Popcorn soll der gar nicht kriegen. Und ihr sollt nicht mit dem aus einer Tüte essen, sonst kriegt ihr vielleicht Würmer.«

»Oje, Toni. Dann schimpft Pauli mit dir«, sagte Marek und nickte ernst.

»Was ist das, Toni?«, fragte Igor, der immer noch in der Tür stand.

»Siggi. Hat dir Marek doch schon erzählt. Den mussten wir retten.«

»Das ist jetzt einfach nicht wahr«, hauchte er.

»Normalerweise ist der gar nicht so schlimm«, beteuerte ich. »Und Mr Bond gewöhnt sich auch noch an ihn. Sonst könnten wir einen von beiden ja auch erst mal in deinem Zimmer wohnen lassen.«

»Ich fass es nicht«, ächzte Igor entnervt und setzte Mr Bond ab, der sich sofort über das verstreute Popcorn hermachte. »Ich geh schlafen.«

Er verschwand in seinem Zimmer.

Gleich darauf kam er noch mal raus und brüllte: »Toni! Erstens: Du machst die Sauerei im Flur weg. Zweitens: Der Waschbär bleibt höchstens bis morgen. Drittens: Wer mich aufweckt, ist tot.«

Und damit knallte er die Tür zu.

Ich war nur froh, dass er das kleine Kackehäufchen nicht entdeckt hatte, das direkt neben seinen Schuhen lag. Dann wäre er garantiert noch viel saurer gewesen.

# 21. Kapitel

Ich mag die Gremlins. Sie sind zwar meistens ziemlich anstrengend, aber das finde ich normal in dem Alter. Valli und Igor sagen immer, dass ich auch so war, als ich klein war, und dass man mindestens zwei Leute brauchte, um auf mich aufzupassen, damit ich keinen Mist baute. Bestimmt war es aber gar kein Mist, den ich machen wollte, sondern irgendwas Wichtiges, was sie nur nicht kapierten. Vielleicht ist das bei den Gremlins ja auch so. Und auf jeden Fall kann man auf sie zählen, wenn's hart auf hart kommt.

Als Igor schlafen gegangen war, hatte ich einen Mordsstress, weil ich wusste, dass Papa gleich runterkommen würde, um mich zum Frühstück abzuholen, und ich konnte doch Mr Bond und Siggi nicht allein lassen, aber zu Igor wollte ich sie auch nicht bringen. Das wäre dem dann sicher zu viel geworden.

Doch irgendwo war noch unser Kaninchenkäfig, das wusste ich genau, und der war ziemlich groß. Wir hatten ihn extra für Möhrchen gekauft, und als ich es gleich wieder hergeben musste, durfte ich wenigstens den Käfig behalten. Papa hat mir zwei Plüschkaninchen geschenkt, und die haben drin gewohnt, und manchmal habe ich selber drin geschlafen, wenn ich sehr große Sehnsucht nach Möhrchen hatte. Das war, bevor ich so schnell gewachsen bin. Jetzt würde nicht mal mehr Paulina in den Käfig passen.

Matti und Marek versprachen, dass sie auf Siggi und Mr Bond aufpassen würden, solange ich den Kaninchenkäfig suchte. Also setzte ich den einen mit Siggi in die Küche und den anderen mit Mr Bond ins Wohnzimmer.

Den Käfig fand ich schließlich im Keller, nachdem ich das ganze Zeug zur Seite gewuchtet hatte, das Papa angeschleppt hatte, um seine Drohnen zu bauen. Ich glaube nicht, dass Mama weiß, dass er auch noch unseren Keller mit seinen Sachen belegt hat. Nachdem ich den Käfig hochgeschleppt hatte, baute ich ihn im Wohnzimmer auf und legte die Decke vom Rasenkanten-Heinz rein und außerdem noch einen Pulli von mir, damit Siggi was Schönes zum Kuscheln hatte.

Als ich in die Küche kam, war Siggi eingeschlafen und nuckelte an Mareks Daumen. Er trug ihn vorsichtig ins Wohnzimmer. Dort hockte Mr Bond im Käfig und fraß das Hundefutter auf, das ich für Siggi hingestellt hatte. Matti saß davor und streichelte ihn durch die Gitterstäbe.

»Warum hast du Mr Bond denn in den Käfig gelassen?«, fragte ich.

»Der will auch einen haben«, sagte Matti. »Dadrin ist es nämlich kuschelig.«

»Der hat aber schon die restliche Wohnung.«

Ich wuchtete Mr Bond raus, und Marek legte Siggi rein, und dann saßen wir alle vier vor dem Käfig, die Gremlins, Mr Bond und ich, und beobachteten, wie Siggi kurz aufwachte, sich unter meinen Pulli wühlte und weiterschlief. Wenn man leise war, hörte man ihn sogar schnarchen, und das war so beruhigend, dass ich auch einschlief.

Ich schreckte auf, als etwas gegen die Wohnungstür donnerte.

»Bleibt drin!«, rief ich den Gremlins zu und rannte in den Flur.

Von draußen rief Papa »Zweiter Versuch«, und schon schoss ein propellerartiges Ding durch die Tür und den Flur entlang, so schnell, dass ich mich gerade noch lang hinwerfen konnte, sonst hätte es mich direkt getroffen. Es prallte an die Schlafzimmertür und fiel zu Boden.

»Verdammt!«, brüllte Igor von drinnen. »Lass mich schlafen, Toni!«

»Das war nicht ich! Das war eine Drohne von Papa!«

»Haha«, machte Igor. »Lass den Scheiß.«

Aber es war wirklich eine. Und zum ersten Mal hatte sie es durch den Briefkastenschlitz geschafft.

Jetzt lag sie allerdings als trauriges Häufchen im Flur und sah aus wie eine halb zerkaute Spinne mit irgendwas Weißem dran. Das Weiße war ein Zettel auf dem »Frühstück ist fertig« stand.

Ich rannte zur Wohnungstür und machte Papa auf. Er stand mit leuchtenden Augen davor.

»Hast du das gesehen?«, fragte er und lief zu seiner abgestürzten Drohne, an der Mr Bond interessiert schnüffelte. Auch die Gremlins standen staunend davor.

»Die habe ich entwickelt!«, sagte Papa stolz zu ihnen und hob seine Drohne so vorsichtig hoch, als ob sie ein Baby wäre. »Hast du die Landung beobachtet, Antonia? Wie war die?«

»Die ist nicht gelandet, die ist gegen die Tür gekracht und abgestürzt.« Ich zeigte auf die breite Schramme im Türblatt, die von der Drohne stammte. Der weiße Lack war abgeplatzt und man sah das Holz drunter. »Das findet Jonas glaube ich nicht so gut.«

»Das krieg ich wieder hin«, meinte Papa zerstreut und untersuchte seine Drohne. »Was ist da bloß passiert? Eigentlich sollte die rechtzeitig zum Halten kommen. Irgendwas ist mit den Sensoren. Ich probiere ein anderes Modell aus.«

Er rannte ins Treppenhaus zurück und schloss die Wohnungstür hinter sich.

»Geht in Deckung«, befahl ich den Gremlins und schob sie in die Küche.

»Dritter Versuch!«, rief Papa von draußen.

Wir linsten vorsichtig aus der Küchentür. Mr Bond hatte ich zwischen meine Beine geklemmt.

Die Drohne schoss durch den Briefkastenschlitz, flog den Flur entlang und donnerte wieder gegen die Schlafzimmertür. Jetzt hatte sie zwei Macken.

»Wow«, sagte Matti und rannte zum Unfallort.

Marek kam hinterher. Sie hockten sich hin und schauten die Drohne ehrfürchtig an.

»Und jetzt?«, brüllte Papa im Treppenhaus. »Wie war's?«

Ich lief zur Wohnungstür, um ihm wieder aufzumachen.

Am anderen Ende des Flurs riss Igor die Schlafzimmertür auf. Die Gremlins zuckten vor Schreck zusammen. Er war noch verstrubbelter als vorhin und schaute sehr gequält.

»Toni, ich setz dich aus«, sagte er. »Wenn du mich noch einmal störst, verfrachte ich dich auf eine einsame Insel und lass dich dort verhungern.«

»Nein!«, schrien die Gremlins empört.

»Ich war das gar nicht!«, wehrte ich mich. »Das war Papa.«

»Igor! Es funktioniert!«, rief Papa glücklich und rannte zu uns hin.

»Schön, Papa. Dann geh ich jetzt wieder schlafen. Und bitte mach deine Testflüge woanders. Es gibt doch so viel Natur hier«, sagte Igor genervt und knallte die Tür zu.

»Da finde ich aber keine Briefkastenschlitze«, erklärte Papa der Tür.

»Die Drohne funktioniert immer noch nicht, Papa. Die ist wieder nicht gelandet«, sagte ich und zeigte ihm die neue Macke, die seine Drohne geschlagen hatte.

Papa untersuchte sie genau.

»Die ist schon viel kleiner«, behauptete er und dann fing er schrecklich an zu niesen.

»Mr Bond haart ja noch mehr als sonst«, stöhnte er zwischen zwei Niesern. »Oder meine Allergie ist schlimmer geworden. Jetzt halte ich es schon keine Minute mehr in einer Wohnung mit Hund aus.«

# 22. Kapitel

Die Gremlins kamen mit uns zum Frühstück, weil Paulina noch nicht da war, um sie abzuholen, und ich schwitzte Blut und Wasser, weil Mama ihnen andauernd Fragen stellte, die ich nicht so gut fand.

Zum Beispiel, warum sie heute hier waren.

Und natürlich sagte Matti, dass sie Paulina und mich vom Bahnhof abgeholt hatten.

Und Mama gleich: »Warum vom Bahnhof? Ich denke, Antonia hat bei euch geschlafen?«

Die Gremlins schauten irritiert zu mir rüber und wollten schon »Nö, hat sie nicht« sagen und ich musste mir schnell was einfallen lassen.

Also habe ich behauptet, dass Paulina und ich schon am Morgen zum Bahnhof gegangen wären, um was zu erledigen, und da hätten wir uns mit den Gremlins und mit Bekir getroffen.

»Hat der etwa auch bei Paulina übernachtet?«, wollte Mama wissen.

»Nein, hat er nicht. Der hat nur Matti und Marek gebracht.«

Und Mama wieder: »Was holt man denn morgens am Bahnhof außer Zigaretten?«

»Die Sonntagszeitung. Die brauchen Paulina und ich für eine Hausaufgabe über das, was am Wochenende bei uns los ist.«

Das hatte ich mir grade ausgedacht und ich fand es richtig gut. Und nachdem ich Mama geschworen hatte, dass weder Paulina noch ich rauchten, war sie auch zufrieden. Aber entspannt frühstücken konnte ich trotzdem nicht, weil dann Siggi zur Sprache kam. Matti und Marek wollten gar nicht aufhören, von ihm zu erzählen.

»Wer ist denn Siggi?«, fragte Mama und die Gremlins brüllten im Chor: »Ein Waschbär!«

Ich behauptete schnell, der Waschbär wäre natürlich nicht echt, sondern aus Plüsch.

Den hätten Paulina und ich auf einem verlassenen Gelände gefunden.

»Dann sollte er vielleicht erst mal in die Waschmaschine«, meinte Mama.

»Nein!«, schrie Marek. »Das darf der nicht.«

»Der ist nämlich wohl echt!«, sagte Matti.

»Nein, das ist ein Plüschteddy. Deshalb hat er auch so ein dickes Fell«, erklärte ich ihnen. »Habt ihr das nicht gewusst?«

Das war schon ein bisschen fies von mir, das war mir klar, ich wusste mir nur nicht anders zu helfen. Die Gremlins fingen auch prompt fast an zu heulen, weil sie es nicht aushalten konnten, dass Siggi anscheinend aus Plüsch war.

»Aber der bewegt sich doch«, beharrte Marek verzweifelt. »Und der hat sogar an meinem Finger genuckelt.«

»Und der hat in den Flur gemacht«, setzte Matti noch einen drauf. »Das macht ein Plüschbär nicht.«

»Die beiden haben echt viel Fantasie«, behauptete ich, und

Mama schaute sie verzückt an und meinte: »Das ist so ein tolles Alter. Da ist die ganze Welt noch spannend.«

Ich fand meine Welt allerdings auch spannend genug, obwohl ich keine sechs mehr war. Also zumindest die letzten vierundzwanzig Stunden. Und dann musste ich plötzlich an Lazlo denken und wie schlimm wir gestritten hatten und passte nur kurz nicht auf, und ruckzuck, waren die Gremlins schon wieder bei Siggi und erzählten von dem Kaninchenkäfig, den ich aus dem Keller geholt hatte.

»Das geht jetzt aber schon ein Stück zu weit für ein Spiel, Antonia«, meinte Mama. »Ich weiß nicht, wie Jonas das findet, wenn du den alten, dreckigen Käfig bei ihm im Wohnzimmer aufstellst.«

»Wieso? Der sieht doch noch gut aus. Der ist nicht mal staubig gewesen, weil so viel Gerümpel auf ihm drauf lag.«

»Welches Gerümpel denn?«, fragte Mama sofort. »Ich habe den Keller doch im Sommer aufgeräumt.«

»Na ja«, machte ich, weil ich Papa nicht verraten wollte, der seine kaputte Drohne anschmachtete und so tat, als ob ihn das alles nichts anging.

Aber Mama hatte es schon kapiert.

Den Rest des Frühstücks stritten meine Eltern über die Ordnung im Keller und wer wie viel Lagerraum für sich beanspruchen durfte. Dazwischen nieste Papa schrecklich und jammerte, dass seine Hundeallergie viel schlimmer geworden wäre, aber Mama war völlig mitleidlos und behauptete einfach, er würde nur niesen, damit sie aufhörte, wegen dem Keller mit ihm zu schimpfen, und darüber regte sich Papa dann wieder auf, und so ging es immer weiter. Aber wenigstens mich ließen sie in Ruhe und ich konnte endlich mein Brot aufessen. Außerdem wollte ich die Gremlins aufmuntern, damit die über die Sache mit dem Plüsch-Siggi wegkamen. Doch die waren so sauer auf mich, dass sie kein Wort mit mir redeten, sondern nur finster auf ihren Broten rumkauten.

Erst als ihre Schwester klingelte, um sie abzuholen, tauten sie wieder auf. Sie liefen gleich runter zu Jonas, wo Paulina vor der Wohnungstür wartete.

»Pauli, Toni sagt, Siggi ist nicht echt!«, beschwerte sich Matti sofort.

»Die lügt, oder?«, fragte Marek, und seine Stimme zitterte, weil er sich immer noch so aufregte.

Paulina sagte gar nichts, sondern schaute sie nur müde an. Sie sah ganz schön fertig aus und so, als ob sie geheult hätte.

»Okay, okay, ihr habt ja recht, Siggi ist echt«, erklärte ich schnell. »Der lebt, ehrlich. Aber das ist ein Geheimnis. Meine Eltern dürfen das nicht wissen. Die haben nämlich sicher was dagegen, dass ich den bei Jonas in der Wohnung halte.«

»Warum denn?«, fragte Matti.

»Die wollen den für sich selber«, erklärte Marek seinem Bruder. »Und dann nehmen sie ihn Toni weg.«

Schon als ich die Wohnungstür aufschloss, hatte ich kein gutes Gefühl, weil alles so still war. Normalerweise kommt Mr Bond angerannt, sobald er den Schlüssel hört, oder er bellt zumindest von der Couch aus, wenn er zu faul ist aufzustehen. Aber jetzt war kein Mucks von ihm zu hören.

Ich ging als Erste in die Wohnung. Und gleich wieder raus. Denn der Flurboden war so voll Müll, dass man eigentlich gar nicht wusste, wo man hintreten sollte. Igor und ich vergaßen immer, den gelben Sack zu den Mülltonnen runterzutragen, und es stapelten sich schon drei Säcke in der Küche. Das heißt, jetzt stapelten sie sich dort nicht mehr. Jetzt lagen sie ja im Flur und ihr Inhalt war ausgeleert. Flaschen, Dosen, Quarkschalen, Joghurtbecher und ungefähr eine Million anderer Verpackungen, alles war klein gerissen, angenagt, zerfetzt und über den ganzen Boden verteilt.

Länger als eine Stunde waren die Gremlins und ich bestimmt nicht oben bei meinen Eltern gewesen. Wie konnte man in der kurzen Zeit bloß so eine Sauerei veranstalten?

Paulina spickte an mir vorbei in den Flur und stöhnte dumpf: »Das hat grade noch gefehlt.«

Nur die Gremlins blieben cool, die waren so ein Chaos gewöhnt. Sie quetschten sich zwischen uns durch und wollten ins Wohnzimmer gehen, immer der Müllspur nach, aber ich hielt sie fest.

»Wartet mal lieber. Ich will erst sehen, was dadrin los ist«, sagte ich, weil mir ein schrecklicher Gedanke gekommen war.

Dieses Mülltonnenmassaker konnte nur Siggi angerichtet haben. Mr Bond wäre gar nicht auf so was gekommen. Der war ja oft allein in der Wohnung und die sah danach immer normal aus. Das hieß aber, dass Siggi irgendwie aus seinem Käfig entwischt war. Und dann? Was hatte er mit Mr Bond gemacht oder Mr Bond mit ihm?

Warum war es nur so furchtbar still?

Paulina dachte wahrscheinlich das Gleiche. Sie nahm die Gremlins an die Hand und ich schlich ins Wohnzimmer. Keine Ahnung, was ich genau erwartet hatte, einen einäugigen Mr Bond oder einen Siggi mit angenagtem Schwanz, aber das nicht: Auf der Couch von Jonas, mitten auf meinem Kopfkissen, lagen die beiden und schliefen. Sie hatten sich eng aneinandergekuschelt und Siggi hatte sogar seine Pfote über Mr Bonds Schnauze gelegt. Um sie herum lagen der Rest vom Plastikmüll und die zerfetzte Decke vom Rasenkanten-Heinz.

Anscheinend waren sie jetzt ein Team.

»Glaubst du, es ist eine gute Idee, Waschbären in der Wohnung zu halten?«, fragte Paulina vorsichtig.

»Im Internet steht, das geht. Man muss nur umräumen. Und man darf kein Ordnungsfanatiker sein.«

»Hoffentlich sieht Jonas das auch so.«

Aber Jonas war schließlich im afrikanischen Dschungel. Da war auch nicht immer aufgeräumt. Die Affen, die dort lebten, bauten garantiert genauso viel Mist wie Siggi und Mr Bond. Und außerdem würde ich ja alles in Ordnung bringen. Bis Jonas käme, wäre die Wohnung auf jeden Fall wieder in Schuss. Das heißt, bis auf die Sachen, die zu kaputt waren. Die Kissen, die eigentlich auf die Couch gehörten, zum Beispiel. Bei denen hatte Siggi das Innere rausgegraben, und jetzt waren sie schlaff und die weiße Füllung lag zwischen dem Plastikmüll verstreut.

»Der Tag wird immer schrecklicher«, sagte Paulina fassungslos. »Erst macht Bekir mit mir Schluss, weil er so sauer wegen Moritz ist, dann heult Moritz, weil er nichts von Bekir gewusst hat, und jetzt steh ich auch noch knietief im Müll. Meinst du, mein Leben geht jetzt immer so weiter? Dann renn ich nämlich sofort heim, leg mich ins Bett und steh nie mehr auf.«

»Das wird wieder, Pauli«, sagte ich. »Wenn wir alt sind, wird's besser.«

Und dann sammelten wir den Müll in drei neue gelbe Säcke, während die Gremlins Schneeballschlacht mit der Kissenfüllung spielten und Mr Bond und Siggi auf dem Sofa weiterschliefen. Als Igor aufstand, waren wir schon fast fertig.

## 23. Kapitel

Ich weiß gar nicht, für wen die Woche, die dann kam, blöder war. Auf jeden Fall war sie für Paulina und mich richtig schrecklich. Ich kämpfte gegen das Chaos in Jonas' Wohnung an und war nie schnell genug darin, alles wegzuräumen, was Siggi untersuchen musste. Ständig fand er was Neues, das er in Einzelteile zerlegen konnte. Igor tobte, sobald er mich sah, wedelte mit seinen zerrissenen Unterhosen und wollte immer nur wissen, wann ich Siggi endlich wegbrachte. Wir stritten dauernd deshalb.

»Keine halbe Stunde von hier gibt es ein Wildgehege, das Waschbären aufnimmt, Toni. Dort können wir ihn hinbringen. Da geht es ihm viel besser als hier.«

»Woher weißt du das?«

»Internetrecherche, schon mal gehört?«

»Nein, ob es ihm gut geht. Woher willst du das wissen? Der ist garantiert einsam ohne uns.«

»Das ist ein Waschbär, Toni. Dort gibt es noch jede Menge andere von seiner Sorte. Werd endlich mal erwachsen und versuch es ohne Kuscheltier!«

Manchmal war Igor echt fies.

Blöderweise drehte auch Mr Bond richtig auf, seit Siggi bei uns wohnte. Er benahm sich, als wäre er schlagartig zehn Jahre jünger geworden, und machte jeden Blödsinn mit, zu dem Siggi ihn anstiftete. Es war ein einziger Stress. Und dann gab es ja auch noch Krötz, um den ich mich kümmern musste. Jeden Tag schaute ich in den Kühlschrank, weil ich Angst hatte, dass ihn der Krach von Siggi und Mr Bond aufweckte. Sogar Frau Meister vom Erdgeschoss hatte sich schon beschwert und die war eigentlich fast taub.

Nur meine Eltern kriegten nichts mit, weil sie nie in die Wohnung von Jonas kamen, und nach oben ging der Lärm nicht durch. Mama fand nur, dass ich immer blasser wurde und dünner, und wollte unbedingt mit der Sommerhalder reden, weil sie dachte, ich hätte zu viel Stress in der Schule. Ich konnte sie nur davon abhalten, weil ich mir Paulinas Rouge auf die Backen schmierte.

»Wenn du nach den Weihnachtsferien aber wieder so angespannt aussiehst, müssen wir was tun, Antonia«, sagte Mama.

Das fand ich ja auch.

Zum Beispiel sollte ich dann endlich mal aufhören, an Lazlo zu denken.

Ich wusste nur nicht, wie. Denn egal, was ich machte, immer schob sich ein Gedanke an ihn dazwischen.

Wenn ich aufwachte, stand der Käfig mit Siggi neben der Couch, und ich dachte daran, wie wir Lazlo im Schrebergarten gefunden hatten und an seine seltsame Umarmung.

Wenn ich den Kühlschrank aufmachte, sah ich die Überwinterungskiste von Krötz, und mir fiel ein, wie er im Sommer immer seine Schildkröte mit sich rumgeschleppt hatte.

Wenn ich in Mathe saß, fragte ich mich, ob er inzwischen zurückgekommen war und wieder zur Schule ging und wann er sich endlich bei mir meldete.

Und wenn Paulina vom Küssen redete, dachte ich sowieso an ihn. Und Paulina redete ständig vom Küssen.

Ihr ging's nämlich auch nicht besser als mir.

Tag für Tag schleppte sie sich mit schwerem Liebeskummer in die Schule, weil Bekir sich weigerte, auch nur noch einmal mit ihr zu reden, und zwischen den Unterrichtsstunden rannte sie vor Moritz davon, der wieder mit ihr in den Park wollte.

Jede Pause versteckten wir uns in unserer Geheimecke hinter den Ginsterbüschen, damit er sie nicht erwischte.

»Warum willst du denn jetzt nichts mehr von ihm?«, fragte ich, weil ich es nicht kapierte.

Paulina seufzte betrübt. »Der war doch nur für dazu. Nicht für allein. Wenn ich Bekir nicht haben kann, will ich Moritz auch nicht. Ich weiß noch nicht mal, was ich mit ihm reden soll.«

»Aber du hast doch gesagt, dass er lustig ist.«

»Echt? Daran kann ich mich gar nicht mehr erinnern. Eigentlich weiß ich gar nicht, warum ich mich in ihn verliebt habe.«

»Und wieso sagst du das nicht Bekir?«

»Der redet doch nicht mehr mit mir.«

Traurig ging sie heim und backte Unmengen Cake Pops, und nicht mal mehr die Gremlins wollten sie essen, weil sie einfach nicht mehr schmeckten. Anscheinend versaute Liebeskummer sogar Rührteige. Und die Zuckerperlen sahen sowieso aus wie Tränen.

Vier Tage schaute ich mir ihr Elend an, dann ging ich zu Bekir in die Schule und passte ihn am Fahrradständer ab. Ein bisschen hielt ich vielleicht auch Ausschau nach Lazlo.

»Warum redest du nicht mehr mit Paulina?«, fragte ich.

»Toni, das geht dich nichts an«, sagte er und versuchte, sein Fahrrad an mir vorbeizuschieben.

Das klappte aber nicht, weil ich ihn nicht ließ.

»Die hat nichts mehr mit Moritz«, erklärte ich ihm. »Und jetzt wäre sie gern wieder mit dir zusammen.«

Bekir schaute mich empört an. »Die hat mich total belogen! Wie soll ich ihr denn je wieder vertrauen? Wenn man sich liebt, hintergeht man sich nicht so übel, das ist doch wohl klar.«

Auf der Treppe hinter ihm tauchte plötzlich Philipp auf. Das brachte mich aus dem Konzept.

War Lazlo auch da?

Bekir schwang sich auf sein Fahrrad und fuhr davon. Dabei war ich noch gar nicht mit ihm fertig.

»He, halt mal!«, rief ich ihm hinterher.

»Keine Zeit!«, schrie er zurück.

»Weißt du, was, du Blödmann?«, brüllte ich. »Wenn man jemanden wirklich liebt, dann verzeiht man dem auch mal und tut nicht so beschissen moralisch!«

Hoffentlich hatte er das noch gehört.

Philipp hatte es auf jeden Fall mitgekriegt.

»Wow«, sagte er und kam her. »Was brüllst du denn hier so rum?«

»Egal«, sagte ich. »Aber wenn ich dich schon mal sehe: Weißt du was Neues von Lazlo? Geht er zur Schule? Wohnt er wieder bei dir?«

Ich hoffte es so sehr. Und gleichzeitig hatte ich Angst davor, weil es schrecklich gewesen wäre, wenn er zurückgekommen wäre und sich nicht bei mir gemeldet hätte.

Aber Philipp schüttelte den Kopf. »Der ist immer noch weg.

Das sind jetzt schon fast zwei Wochen. Gestern haben meine Eltern den Diebstahl angezeigt. Hoffentlich fängt jetzt endlich mal einer an, nach ihm zu suchen, bevor er noch mehr Mist baut. Der kann doch nicht einfach vom Erdboden verschwunden sein.«

»Lazlo war's nicht«, sagte ich. »Aber er hat die Diebe gesehen.«

»Woher weißt du das? Hast du mit ihm gesprochen?«

Ich erzählte ihm, was ich von Lazlo über die Einbrecher wusste, und Philipp regte sich furchtbar auf.

»Warum sagt der das nicht der Polizei, verdammt?«

»Weil er Angst hat, dass ihm niemand glaubt.«

Philipp schnaubte empört. »Das ist das Problem bei Lazlo. Der hat null Vertrauen in andere Leute. Das geht noch mal voll in die Hose.«

# 24. Kapitel

Als ich an diesem Nachmittag heimkam, saß Lazlo neben seinem Rucksack auf der Fußmatte und wartete auf mich. Mein Herz fing so doll an zu klopfen, dass ich dachte, es würde gleich aus mir raushüpfen und die Treppe runterrollen, um irgendwo vor der Haustür liegen zu bleiben. Und der erstbeste Idiot latschte dann drauf.

So ungefähr.

»Na? Schule aus?«, fragte er.

So, als ob es normal wäre, dass er hier saß. Als ob ich nicht schon wieder seit fünf Tagen nichts von ihm gehört hätte.

»Ja«, sagte ich.

Mehr fiel mir im Moment nicht ein.

»Kann ich mit reinkommen?«

»Klar.«

Er stand auf und nahm seinen Rucksack. Meine Hand zitterte so, dass ich es nicht schaffte, die Wohnungstür aufzuschließen.

Das nervte.

Und hinter der Tür beschwerte sich Mr Bond, weil ich so lange im Schloss rumstocherte. Hoffentlich weckte sein Gebell Igor nicht auf. Von dem konnte ich jetzt keinen Ärger brauchen.

Als ich die Tür endlich aufgekriegt hatte, rastete Mr Bond fast aus vor Begeisterung über Lazlo. Er warf sich auf den Rücken und drehte sich wie ein wild gewordener Kreisel um sich selbst. Lazlo schmiss seinen Rucksack in die Ecke, kniete sich neben ihn und kraulte ihn am Bauch. Aus dem Wohnzimmer kam ein Fiepen. Lazlo hob den Kopf.

»Hast du Siggi etwa immer noch?«

Ich dachte, er würde gleich wieder sauer werden, doch komischerweise freute er sich und rannte zu ihm ins Wohnzimmer.

»Den kannst du aber nicht für immer in der Wohnung halten, das weißt du, ja?«, sagte er und hob ihn aus dem Käfig.

»Mal sehen«, antwortete ich.

Lazlo sah mich stirnrunzelnd an. »Das ist kein Kaninchen, Toni.«

»Willst du Krötz sehen?«, fragte ich, um das Thema zu wechseln.

»Unbedingt!«

Er kicherte, weil Siggi über seinen Kopf kletterte.

Wir gingen zusammen in die Küche, und ich hielt Siggi auf dem Arm, während Lazlo seine schlafende Schildkröte streichelte. Er strahlte vor Glück.

Als er Krötz wieder im Kühlschrank verstaut hatte und Siggi in seinem Käfig schlief, setzten wir uns nebeneinander auf die Barhocker an dem schmalen Küchentisch, tranken Cola aus der Flasche und schauten auf die Straße.

Es war komisch, weil draußen alles wie immer war, die großen Bäume auf der anderen Straßenseite mit ihren kahlen Kronen und den vielen Krähen, die in ihren Ästen hockten und Krach machten, und nur hier drin war es so anders als sonst, weil Lazlo da war. Und er war mir fremd.

Man konnte sehen, dass es ihm schlecht ging. Er war ungefähr doppelt so blass wie ich, bei ihm hätte nicht mal mehr Paulinas Rouge geholfen, und seine Augen lagen metertief in den Höhlen, mit dunklen Schatten drum herum. Ich hatte ja grade auch nicht den Bombenschlaf, weil Siggi jede Nacht Randale machte, aber Lazlo sah aus, als ob er seit hundert Jahren überhaupt nicht mehr geschlafen hätte. Und gegessen hatte er anscheinend auch nicht viel. Er war schrecklich dünn.

»Wohnst du jetzt etwa wieder bei deinem Onkel?«, fragte ich besorgt.

Lazlo ließ sich mit der Antwort Zeit. Er trank einen Schluck Cola und dann noch einen und noch einen, und als ich schon dachte, er würde erst die ganze Anderthalbliterflasche leeren, bevor er überhaupt irgendwas antwortete, stellte er die Flasche so abrupt ab, dass sie überschäumte, und sagte: »Nein. Nein, von dem bin ich wieder weg und ich geh auch nie mehr hin.«

Na bitte, der ist eben doch ein Mistkerl, ist dir das endlich auch wieder klar geworden, hätte ich am liebsten gesagt, aber ich wollte nicht wie eine Besserwisserin dastehen. Deshalb fragte ich nur, ob er jetzt zu Philipp zurückging. Ich würde auch mitkommen. Zusammen könnten wir leichter irgendwelche winzigen Spuren finden, die bewiesen, dass bei Philipp richtig eingebrochen worden war.

Ich wollte ihm erklären, worauf man dabei achten musste, auf die kleinen Löcher im Fensterrahmen zum Beispiel, aber Lazlo unterbrach mich.

»Zu Philipp geh ich auch nicht mehr«, sagte er leise und beobachtete seinen Zeigefinger, mit dem er durch die Colalache auf dem Tisch fuhr.

»Kannst du aber. Der weiß inzwischen, dass du nichts mit dem Diebstahl zu tun hast. Ich habe ihm von den Einbrechern erzählt, die du gesehen hast. Du musst nur endlich zur Polizei und das zu Protokoll geben.«

Lazlo schaute zornig hoch.

»Toni, lass mich in Ruhe damit! Ich geh nicht zur Polizei. Einer stinkreichen Familie fehlen ein paar Laptops. Na und? Denen ist es scheißegal, ob die Polizei die Diebe kriegt. Den Schaden zahlt doch sowieso die Versicherung.«

Was sollte das denn jetzt? Und darum ging es mir außerdem gar nicht.

»Es ist aber nicht egal, dass die dich verdächtigen. Das kannst du doch nicht wollen.«

»Das tun die sowieso. Wenn ich zur Polizei gehe, behaupten die nur, ich würde mit den Dieben unter einer Decke stecken. Nee, nee. Ich halte mich raus.«

»Und was willst du jetzt machen?«

»Keine Ahnung. Überleg ich noch.«

Ich verstand ihn nicht. Ich verstand ihn einfach nicht. Warum machte er nicht endlich reinen Tisch? Sagte, wie es gewesen war, und dann war gut, und er konnte wieder normal bei Philipp wohnen und zur Schule gehen und alles.

Aber vielleicht wollte er das gar nicht, dachte ich plötzlich, normal leben. Vielleicht würde er lieber wieder in seiner Schrebergartenhütte sitzen und nachts Waschbärbabys besuchen. Dort war er mir auf jeden Fall glücklicher vorgekommen.

Den Rest des Nachmittags redeten Lazlo und ich über die Schule, das scheußliche Wetter, zu dünne Schuhe im Winter und Haarshampoos, die nicht schäumten, um uns auch ja nicht noch mal wegen der Laptops zu streiten. Ich glaube, er war genauso froh wie ich, als Siggi aufwachte und aus seinem Käfig wollte.

Wir holten ihn zu uns in die Küche. Er hoppelte über den Küchentisch, warf die Colaflasche um und fraß eine halbe Packung Rosinen, während Lazlo und ich die Cola vom Fußboden wischten.

Als Lazlo versuchte, ihm den Rest der Packung wegzunehmen, krallte er sich an ihm fest und kletterte über seinen Rücken. Blitzschnell klaute er ihm irgendwas aus der Hosentasche und rannte davon.

Ich erwischte ihn im Wohnzimmer neben dem Körbchen von Mr Bond mit einem Stift in den Pfoten. Es war ein grüner Kugelschreiber. »MANIC BINGO« stand in leuchtendem Orange drauf. Daneben turnte ein Affe.

»Warum hast du einen Kuli vom MANIC BINGO?«, rief ich Lazlo zu und nahm Siggi den Stift weg.

Lazlo kam mit dem Wischlappen in der Hand aus der Küche.

»Wieso? Kennst du das?«, fragte er.

»Nur vom Sehen.«

»Keine Ahnung, woher ich den hab.« Er stopfte den Kuli zurück in seine Hosentasche. »Lag wohl irgendwo rum.«

Später, als wir wieder in der Küche saßen, sagte Lazlo plötzlich ins Blaue rein:

»Ich muss dich mal was fragen, Toni. Also, nur mal angenommen, du hättest ein Problem, und zwar mit ziemlich üblen Leuten, und du könntest nicht zur Polizei gehen, weil die dich dann fertigmachen würden. An wen würdest du dich wenden?«

Ich dachte, ich falle vom Barhocker. Das war es also. Lazlo konnte nicht gegen die Einbrecher aussagen, weil sie ihn bedrohten. Das war ja furchtbar.

»Mit was haben sie dir denn gedroht?«, fragte ich erschrocken.

»Nein, nein. Es geht nicht um mich. Ich meine das nur ganz allgemein. Kennst du eine Stelle, die nichts mit der Polizei zu tun hat, die einen aber beschützt, wenn jemand einem Ärger machen will?«

Oje. Das war schwer. Eigentlich war die Polizei ja genau dafür zuständig, hätte ich gedacht. Aber Lazlo war anderer Meinung.

»Polizei geht nicht«, wiederholte er.

»Das Jugendamt?«, schlug ich vor. »Oder ein Detektivbüro? Ich müsste mehr darüber wissen. Auf welche Art die Ärger machen zum Beispiel.«

»Einschüchterung. Androhung von Gewalt. Und wirkliche Gewalt. Schläge und so.«

Es ging natürlich um die Einbrecher, die er bei Philipp gesehen hatte. Wie wäre er sonst auf so was gekommen?

»Lazlo, jetzt gib es schon zu! Die haben dich gefunden. Deshalb bist du auch wieder von deinem Onkel weg.«

Er lachte laut auf. Aber fröhlich klang es nicht.

»Nein, ehrlich nicht, Toni. So spannend ist mein Leben nicht. Ich habe mir nur überlegt, dass die Polizei es doch gar nicht schaffen kann, wenn jeder zu ihr rennt, sobald er ein Problem mit seinen Mitmenschen hat. Und dass es eine Stelle geben müsste, an die man sich zuerst wenden könnte. Das ist alles. Vergiss es einfach wieder, okay?«

Aber das konnte ich nicht. Weil ich ihm nicht glaubte. Er wurde von den Einbrechern bedroht, da war ich mir sicher.

Und ich musste ihm irgendwie helfen.

Ich schickte eine Nachricht an Paulina. Immerhin war sie die Expertin für solche Fragen:

**Wo wendet man sich hin, wenn man von Verbrechern bedroht wird und nicht zur Polizei kann? Melde dich bitte schnell!**

Ich wartete den ganzen Abend, aber es kam keine Antwort.

Und irgendwann vergaß ich es dann auch, denn Lazlo war ja in Sicherheit, hier bei mir. Und das war das Wichtigste.

Das Gute ist, dass man sich nicht ständig anschauen muss, wenn man nebeneinander an einem Küchentisch sitzt, der direkt vor dem Fenster steht. Man sieht nur sich selbst und den Jungen neben sich als unwirkliches Spiegelbild im Fensterrahmen, weil es draußen allmählich dunkel wird, und denkt sich, wie schön man nebeneinander aussieht und dass man doch echt gut zueinanderpasst. Und manchmal traut man sich dann vielleicht sogar, noch ein bisschen weiterzudenken. Nur deshalb und eigentlich fast aus Versehen habe ich mir überlegt, ob es nicht vielleicht am besten wäre, wenn Lazlo bei mir wohnen würde. Also für ein paar Tage oder vielleicht auch für Wochen, weil er doch nicht wusste, wohin, und in Gefahr war, auch wenn er es nicht zugab.

Und weil ich das plötzlich so praktisch fand und schon auch schön, habe ich ihn eben gefragt. Ob er sich das auch vorstellen könnte, eventuell, mit Igor und mir und Mr Bond hier zu wohnen.

Ich war froh, dass man im Fenster nicht sehen konnte, wie ich dabei tomatenrot angelaufen bin. Ich hab's nur daran gemerkt, dass mir plötzlich im Gesicht heiß war.

Falls Lazlo es auch merkte, ließ er sich zumindest nichts anmerken.

»Meinst du echt, das geht, Toni? Das wäre so schön«, sagte er nur. »Es müsste auch bloß für ein paar Tage sein, nur bis ich weiß, wie es weitergeht.«

Er hat so gestrahlt dabei.

Später hätte ich gern gehabt, dass es anders gewesen wäre, als ich es in Erinnerung habe. Dass ich nicht diejenige gewesen wäre, die den Vorschlag gemacht hatte, sondern dass ich nur »Ja« gesagt hätte, als Lazlo mich gefragt hatte, ob er hier wohnen könnte. Denn dann wäre ich mir nicht ganz so blöd vorgekommen, hinterher, als es zu spät war.

# 25. Kapitel

Warum hast du mir eigentlich nicht auf meine Nachricht geantwortet?«, fragte ich Paulina, als wir am nächsten Morgen in der großen Pause hinter unseren Ginsterbüschen saßen. »Das war wichtig.«

»Welche Nachricht denn?«, fragte Paulina zurück. »Ich habe keine gekriegt.«

Zur Sicherheit schaute sie noch mal auf ihr Handy. Aber da war wirklich nichts.

Hatte jemand meine Nachricht abgefangen, weil er nicht wollte, dass ich Lazlo half? Wie krass war das denn?

»Was hast du mir eigentlich geschrieben?«, wollte Paulina wissen.

Ich erzählte ihr, dass Lazlo zu mir gekommen war, weil er verfolgt wurde. Und dass er nicht zur Polizei gehen konnte, aber unbedingt Hilfe brauchte. Und dass er jetzt bei mir wohnte, bis er einen Plan hatte.

Paulina konnte es nicht fassen.

»Wie? Der wohnt jetzt bei dir? Und wo schläft der?«

»Auf der Couch, wo sonst. Die ist groß genug für uns beide.«

»Und?«

»Was und?«

»Hast du ihn endlich geküsst?«

»Das ging nicht!«

Ich meine, ich hatte ihn ja immerhin schon gefragt, ob er nicht bei mir wohnen wollte, wenn ich auch noch angefangen hätte, ihn zu küssen, hätte er doch gedacht, ich wäre voll aufdringlich. Das Küssen hätte jetzt schon mal von ihm kommen müssen. Aber nein, er war einfach eingeschlafen, ruckzuck. Nur ich lag ewig wach mit Herzklopfen und kribbligen Beinen. Und als ich endlich auch am Einschlafen war, fing er plötzlich an zu zappeln und wie wild im Schlaf zu reden. Ich verstand kein Wort von dem, was er sagte, aber er regte sich ziemlich auf. Ich kuschelte mich an seinen Rücken und legte den Arm um ihn und da wurde er wieder ruhig.

Als ich am Morgen aufwachte, lag mein Arm immer noch dort. Wir hatten uns beide kein Stückchen bewegt.

Und schon gar nicht geküsst.

Aber das war jetzt grade echt egal. Ich musste wissen, ob Paulina eine Idee hatte, wo Lazlo Hilfe kriegen konnte, wenn er verfolgt wurde.

Das war wichtiger als irgendwelche Liebesgeschichten, die keine waren.

»Ist es nicht«, widersprach Paulina energisch. »Gar nichts ist wichtiger als Liebesgeschichten. Ohne Liebe ist alles nämlich nur Schrott. Das ganze bekackte Leben.«

Plötzlich liefen ihr Tränen übers Gesicht. Richtig viele.

»Pauli, was ist los?«

»Was schon«, schluchzte sie.

Die Pause war fast rum, als sie sich endlich so weit eingekriegt hatte, dass sie es mir erzählen konnte: Dieser blöde Bekir wollte immer noch nicht mit ihr reden. Vielleicht hatte er doch nicht gehört, was ich ihm hinterhergebrüllt hatte. Dann ging ich eben noch mal zu ihm und sagte es ihm wieder und wieder, so lange, bis er es irgendwann mal kapierte: Dass man auch verzeihen können musste und dass schließlich jeder mal Mist baute. Es gab überhaupt keinen Grund, jetzt derart beleidigt zu sein.

»Ich kläre das mit ihm, Pauli, ich versprech's«, sagte ich und nahm sie in den Arm.

Paulina schüttelte weinend den Kopf.

»Ich weiß gar nicht mehr, ob ich überhaupt noch mit dem zusammen sein will, wenn der sich so bescheuert verhält. Obwohl ich ihn immer noch liebe. Ach, Toni.«

Sie schluchzte so, dass es sie schüttelte.

Als ich nach der Pause in Mathe saß, kriegte ich eine Nachricht von Valli:

**Toni, was ist los???? Wer bedroht dich? Warum kannst du nicht zur Polizei??**

Was war das denn bitte? Ich war so baff, dass ich laut »Uh« machte oder so was Ähnliches, und danach kassierte die Sommerhalder natürlich sofort mein Handy ein, und ich konnte es erst nach dem Unterricht wieder bei ihr abholen.

Da waren dann noch mehr Nachrichten von Valli drauf mit ungefähr fünfundvierzig Fragezeichen:

**Toni, wo bist du?? Schreib mir sofort!!! Hast du Igor davon erzählt??? Was sagt er dazu?????? Melde dich, sonst rufe ich Mama an!**

Oh nein. Ich hatte meine Frage gestern Abend aus Versehen an Valli geschickt. Und jetzt drehte sie natürlich durch. Ich schrieb ihr sofort zurück:

**Sorry, Valli. Ist alles in Ordnung. Paulina und ich erfinden nur ein Detektivspiel. Kein Grund, Mama anzurufen!**

Hoffentlich beruhigte sie das.

Als ich heimkam, war Lazlo nicht mehr da. Und Siggi war auch weg. Der Käfig stand leer. Nur Mr Bond lag auf der Couch und klopfte traurig mit dem Schwanz. Ich rannte zu Igor ins Zimmer und zog ihm die Decke weg, um zu kontrollieren, ob Siggi sich darunter versteckt hatte, aber Fehlanzeige. Igor knurrte böse und schnappte sich seine Decke wieder und ich lief durch die Wohnung und rief nach Siggi. Lazlos Rucksack war auch fort. Dann ist er mit ihm in den Park gegangen, dachte ich, das mit dem Käfig fand er ja sowieso nicht gut. Bloß komisch, dass er Mr Bond nicht mitgenommen hat.

Ich war schon fast beruhigt. Bis mir auffiel, dass der Schrank im Flur offen stand. Nur ein kleines bisschen. Aber normalerweise war er immer abgeschlossen, weil Jonas seine teuren Kameras darin aufbewahrte und seine Objektive und Stative und was man sonst noch alles zum Fotografieren brauchte.

Ich machte die Schranktür ganz auf.

Bis auf ein paar Batterien lag nichts mehr in den Regalen.

Jonas hatte nur zwei Kameras mit nach Afrika genommen, das wusste ich genau. Im Schrank hätten noch drei andere sein müssen. Vor allem seine größte und teuerste. Die war ihm zu schwer gewesen, um sie im Regenwald rumzuschleppen. Und sein Laptop hatte auch im Schrank gelegen. Der fehlte ebenfalls.

Erst mal dachte ich gar nichts.

Ich wollte einfach nichts denken. Wie ferngesteuert ging ich zum Kühlschrank und schaute rein.

Die Überwinterungskiste von Krötz stand nicht mehr drin.

Und da habe ich mich auf den Boden gesetzt und geheult.

Mr Bond kam in die Küche gezottelt und schaute, was los war. Als ich nicht aufhörte zu weinen, zog er den Schwanz ein und verkrümelte sich unter die Küchentheke.

Er legte die Schnauze auf seine Pfoten und beobachtete mich betrübt.

Ich kriegte einfach nicht genug vom Weinen.

Irgendwann merkte es sogar Igor. Mit der Bettdecke über der Schulter latschte er in die Küche und bekam einen Riesenschreck, als er mich vor dem Kühlschrank sitzen sah.

»Babykröte, was ist passiert?«

Er hockte sich neben mich und gab mir ein Stück von seiner Decke ab.

»Lazlo ist weg«, schluchzte ich. »Und er hat Siggi mitgenommen. Und Krötz.«

»Der bringt die wieder«, sagte Igor und strich mir eine Haarsträhne aus dem Gesicht, die vom Weinen nass war. »Der hat sie wahrscheinlich einfach nur mit zu sich nach Hause genommen.«

»Der hat kein Zuhause.«

»Dann kommt er doch sowieso wieder.«

»Nein, der kommt nie mehr!«, heulte ich.

Okay, vielleicht schrie ich es auch. Igor zuckte nämlich zusammen.

»Wenn er nicht wiederkommt, dann ist er sowieso ein Idiot. Dann hat er dich gar nicht verdient«, versuchte er, mich zu trösten.

Der kapierte ja gar nichts.

»Aber er hat doch die Kameras von Jonas mitgenommen! Und den Laptop. Er ist einfach nur ein blöder Dieb!«

»Was?« Igor sprang auf und rannte aus der Küche.

Fassungslos stand er vor dem leeren Schrank im Flur.

»Das ist eine Katastrophe«, stammelte er. »Weißt du, was die Dinger wert sind? Die sind unbezahlbar. Jonas rastet aus, wenn er das erfährt. So eine Scheiße.« Er knallte den Schrank zu. »Sag mal, mit was für Leuten bist du eigentlich befreundet?«, fragte er böse.

Der Satz reichte, dass ich aufhörte zu heulen. Mit einem Mal war ich nur noch wütend. Aber so wütend, dass ich fast platzte. Die ganze Zeit hatte ich Lazlo in Schutz genommen. Und jetzt stellte sich raus, dass er immer nur gelogen hatte. Dass er ein Dieb und ein Lügner war.

Und in so einen hatte ich mich verliebt.

»Ich ruf bei den Bullen an«, sagte Igor.

Er rannte durch die Wohnung und suchte sein Handy.

»Hat der Idiot das auch mitgenommen?«, brüllte er, aber dann fand er es in seiner Jackentasche.

Keine zwei Sekunden später kam er wieder in die Küche gerannt und baute sich vor mir auf.

»Kannst du mir mal bitte sagen, was das soll? Valli hat mir geschrieben: **Igor, wo ist Toni? Ich glaube, die wird bedroht. Wenn du dich nicht endlich um sie kümmerst, schalte ich wirklich Mama und Papa ein. Ist mir egal, dass ihr dann wieder zu ihnen nach oben ziehen müsst und eure sturmfreie Zeit vorbei ist.**

Er kniete sich zu mir runter und hielt mich an der Schulter fest.

»Toni! Hat das was mit diesem Lazlo zu tun? Hat der dich gezwungen, ihm die Kameras zu geben? Jetzt rück doch endlich mit der Sprache raus.«

»Nein. Das war anders«, sagte ich müde. »Das hat nichts damit zu tun. Ich habe gedacht, Lazlo würde bedroht und Valli hat gedacht, es geht um mich. Ziemlich kompliziert alles. Ist aber auch egal. Jetzt ist er ja sowieso weg.«

»Und Kameras im Wert von ein paar Tausend Euro.«

Plötzlich fiel mir ein, wie lässig Lazlo über den Diebstahl von Philipps Laptops weggegangen war. Zahlte ja sowieso die Versicherung, hatte er behauptet. So, als ob stehlen okay wäre. Damals war mir das gar nicht aufgefallen, doch genau an der Stelle hätte ich misstrauisch werden müssen, ich Vollidiotin. Aber ich war ja nur verliebt.

Die Polizisten kamen zu zweit, ein Mann und eine Frau. Die Frau war höchstens so alt wie Igor, und es war ihm voll peinlich, dass er immer noch in der zu kurzen Hose von Valli rumrannte. Erst waren sie supermisstrauisch, weil Igor und ich ja gar nicht in der Wohnung gemeldet waren, sondern nur Jonas, aber als Igor ihnen eine Mail zeigte, in der Jonas uns erklärte, wie man den Kaffeeautomat reinigte, wenn er verstopft war, glaubten sie uns, dass wir wirklich hier wohnen durften.

»Gibt's Einbruchspuren?«, fragte die Polizistin und untersuchte die Wohnungstür.

Aber da war nichts, natürlich nicht.

Dafür kam Frau Meister die Treppe hochgeschnauft und schaute, was los war.

»Waren Diebe bei uns im Haus?«, fragte sie ängstlich.

»Nur einer«, sagte ich. »Und der ist über alle Berge.«

»Haben Sie denn jemanden Konkretes in Verdacht? Oder gab es seltsame Telefonate, zum Beispiel Anrufe, bei denen gleich wieder aufgelegt wurde? Oder hat jemand Ihr Haus beobachtet?«, wollte die Polizistin wissen.

»Das nicht«, antwortete Igor. »Aber wir hatten heute Nacht einen Gast und der ist seit dem Diebstahl verschwunden.«

»Hier war in letzter Zeit überhaupt eine ständige Unruhe«, mischte sich Frau Meister ein und schaute Igor böse an. »Jede Nacht war Radau.«

Igor hob abwehrend die Hände. »Damit habe ich nichts zu tun, Frau Meister! Ich gehe jede Nacht arbeiten.«

Nachdem Frau Meister endlich wieder in ihre Wohnung gegangen war, fotografierte die Polizistin den Schrank mit den leeren Regalen und nahm mit Igor und mir eine Schadensmeldung auf. Wir sollten sagen, was alles fehlte, aber leider hatten wir keine Ahnung, wie die verschwundenen Kameras hießen. Wir versuchten, Jonas auf dem Handy zu erreichen, weil er das ja am besten wusste, doch wir kriegten keine Verbindung.

Währenddessen lief der Polizist durch alle Zimmer und schaute, was kaputtgegangen war. Er entdeckte ziemlich viel. Zum Beispiel die fetten Macken in der Tür von Papas Drohnen. Und den Haufen aus zerrissenen Büchern und Kissenfüllungen im Wohnzimmer, weil ich noch keine Zeit gehabt hatte, alles aufzuräumen.

»Der Einbrecher hat ja ganz schön bei Ihnen gewütet«, meinte er. »Haben Sie eine Ahnung, wonach er gesucht haben könnte?«

»Das war der nicht. Das war ein kleiner Waschbär«, erklärte ich ihm.

»Ihnen bleibt aber auch nichts erspart«, sagte er mitleidig.

Später rief ich Paulina an und brachte sie auf den neuesten Stand.

»Oje, Toni, hast du ein Pech, dass du dich gleich beim ersten Mal in so einen Arsch verlieben musst«, sagte sie. »Aber die erwischen den, ganz sicher. Und der Ärger, den er von der Polizei kriegt, ist nichts gegen den Ärger, den ich ihm mache, das schwöre ich dir!«

## 26. Kapitel

Igor war noch nicht von der Arbeit zurück, als ich am frühen Morgen aus der Wohnung ging. In seinem Zimmer hatte ich noch ein bisschen Geld gefunden. Das reichte für eine Fahrkarte. Ich legte ihm einen Zettel hin: *Bin bei Paulina. Bitte geh mal mit Mr Bond raus.*

Hoffentlich kam er nicht sofort drauf, dass das wieder eine Ausrede war.

Die halbe Nacht hatte ich wach gelegen, weil ich mir überlegt hatte, was wohl mit Lazlo passieren würde, wenn die Polizei ihn erwischte. Ich hätte gern gehabt, dass es mir egal gewesen wäre, aber das war es einfach nicht. Ich konnte erst einschlafen, als ich im Internet nachgelesen hatte, dass er nicht so schlimm bestraft werden würde, weil er noch unter achtzehn war. Wenn er Glück hatte, käme er sogar mit Sozialstunden davon.

In einem Artikel über jugendliche Straftäter hatte auch gestanden, warum Kinder überhaupt klauten. Weil sie Eindruck auf andere machen wollten zum Beispiel oder weil sie nicht genug Taschengeld kriegten oder als Rebellion gegen die Eltern und ihre Werte. Doch so bescheuert war Lazlo nicht, dass er dachte, es würde Philipp oder mich beeindrucken, wenn er uns bestahl. Die anderen Gründe passten aber auch nicht zu ihm. Geld verdiente er selber genug, und gegen einen Vater, der wegen Diebstahl im Gefängnis saß, rebellierte man jetzt nicht unbedingt, indem man selber klaute.

Und da fiel mir der Stift wieder ein. Grün mit braunem Affen drauf und der orangenen Schrift »MANIC BINGO«.

War es das? Hatte Lazlo Schulden, weil er glücksspielsüchtig war wie sein Vater? Hatte der ihn früher schon immer mitgeschleppt, wenn er gezockt hatte? Kinder von Stammkunden ließen die bestimmt heimlich rein. Und irgendwann war Lazlo süchtig geworden. Klar.

Ich suchte noch mal im Internet. »Glücksspielsüchtig mit fünfzehn«. Es war der Hammer, was dort stand: Immer mehr Jugendliche waren spielsüchtig. Die waren manchmal erst vierzehn und verspielten locker fünfhundert Euro die Woche und man merkte ihnen nichts an. Bis sie einen bestahlen.

Dann war Lazlo also wirklich nur deshalb zu mir zurückgekommen, um die Kameras von Jonas zu klauen.

Der Gedanke tat weh. So sehr, dass ich es nicht mal mehr im Bett aushielt. Ich sprang von der Couch, rannte in die Küche und trank ein Glas kaltes Wasser – half nichts – , schaute auf die Straße und die kahlen Bäume gegenüber – machte alles nur schlimmer –, schrieb an Paulina **Lazlo hat mich nur ausgenutzt** und löschte es wieder, schrieb an Valli **Jungs sind scheiße. Vor allem die mit Schildkröte** und schickte die Nachricht ab, schlich ins Bett zurück und nahm Mr Bond in den Arm. Der brummte genervt, strampelte sich frei und verzog sich ans andere Ende der Couch.

Und jetzt kommt mal Klartext für alle, die auf Liebesgeschichten stehen:

Ich habe mich noch nie so beschissen gefühlt. Und wenn so was zum Verlieben dazugehört, dann habe ich jetzt schon genug davon. Und zwar für die nächsten fünfzig Jahre.

Okay, ich war stinksauer, ungefähr die halbe Nacht. Aber dann habe ich mir wieder überlegt, warum Lazlo mich in der Hütte umarmt und wieso er am Bahnhof geweint hatte, als er zurückgeblieben war. Und irgendwo, ganz tief in mir, war immer noch so eine blöde Hoffnung, dass alles doch anders gewesen sein könnte, als ich jetzt dachte. Dass er mich nicht nur ausgenutzt hatte. Und dass ich irgendwann aufhören könnte, so eine riesige Wut auf ihn zu haben und gleichzeitig so schrecklich unglücklich zu sein.

Deshalb ging ich noch mal los, um ihn zu suchen.

Bevor ich das Haus verließ, schlich ich zu Mama und Papa hoch und suchte nach den Drohnen, die einen vielversprechenden ersten Versuch glimpflich überstanden hatten. Vielleicht konnte ich Lazlo ja durch die Luft orten. Für irgendwas außer Türenramponieren mussten die Dinger ja gut sein.

Es gab nur drei Drohnen, mit denen Papa einigermaßen zufrieden war. Sie standen auf meinem Schreibtisch, und er hatte zu jeder einen Zettel gelegt, was sie schon hingekriegt hatte. Die kleinste von ihnen stopfte ich zusammen mit der Fernsteuerung in meinen Rucksack. »Distanz: knapp 30 m; kommt durch Briefkastenschlitz von 25 cm Breite und 4 cm Höhe«, stand auf ihrem Zettel.

»Was machst du da, Antonia?«, fragte Papa verschlafen und stand plötzlich in der Tür. »Es ist mitten in der Nacht.«

»Äh … nichts.«

»Warum hast du eine von den kleinen Drohnen eingepackt?«

»Ich … äh … ach, Papa«, stammelte ich. »Das sollte eine Überraschung werden. Ich will sie draußen steigen lassen, im Sonnenaufgang, und es mit dem Handy filmen. Damit du siehst, wie gut die funktioniert.«

»Das weiß ich doch sowieso«, sagte Papa fröhlich. »Aber ich habe eine bessere Idee: Wir gehen zusammen raus und lassen sie fliegen. Ich will doch dabei sein, wenn du siehst, was für ein genialer Ingenieur dein Vater ist.«

»Supergern, Papa, ein anderes Mal. Nur heute geht's leider nicht«, redete ich mich raus. »Weißt du, ich muss Mr Bond mitnehmen. Ich habe Jonas versprochen, dass ich mal seine Augen überprüfe. Es geht darum, ob er die Drohne noch erkennen kann, wenn sie fünfzig Meter weiter weg ist. Das ist so eine Art Versuch. Und Mr Bond haart zurzeit so doll, das wäre gar nicht gut mit deiner Allergie.«

»Ach schade«, seufzte Papa. »Dann geh ich wieder ins Bett.«

Ich hatte den frühesten Zug genommen, und es war erst sieben Uhr morgens, als ich in Lazlos Heimatstadt ankam. Die Fahrt war mir dieses Mal viel kürzer vorgekommen. Wahrscheinlich weil ich in Ruhe sitzen bleiben konnte und mich auf keinem Klo verstecken musste.

Draußen war es dunkel und es nieselte. Ich lief durch die leere Fußgängerzone und dann die große Straße entlang, vorbei an Anitas Tattoostudio, das noch geschlossen hatte, und weiter durch die Neubausiedlung. Genau vor einer Woche war ich hier entlanggegangen und es war auch so finster gewesen. Nur dass ich damals Paulina und Mr Bond dabeigehabt hatte, und obwohl wir todmüde waren und uns fast die Füße abfroren, war es doch irgendwie schön gewesen, weil ich mich auf Lazlo gefreut hatte. Jetzt war alles nur Mist und kalt war mir auch wieder und müde war ich sowieso.

Als ich an den Schrebergärten ankam, war es fast Tag, aber alles war grau in grau. Es regnete nicht mehr, sondern schneite jetzt, und das war noch fieser, weil der Schnee einem direkt ins Gesicht wehte. Ich kletterte über das Eingangstor und verirrte mich auf den vielen kleinen Wegen, die durch die Gärten führten. Erst nach einer Weile fand ich die Hütte von Lazlo. Es brannte keine Kerze, aber das hatte ich auch nicht erwartet, bestimmt schlief er noch. Nur dass Siggi still war, fand ich komisch. Ich schaute durchs Fenster. Im Halbdunkel konnte ich den Tisch erkennen und den Stuhl, auf dem Lazlo gesessen hatte, nur von ihm selber war nichts zu sehen und von Siggi auch nicht. Ich rannte zur Tür. Sie war abgeschlossen.

Neben der Hütte stand noch ein Häuschen. Es war klein, aber zur Not konnte man sich darin verstecken. Ich schob den Riegel auf und öffnete die Tür. An den Wänden hingen ein paar Gartengeräte. Ansonsten gab es nur eine Schubkarre, die den Raum fast ausfüllte. Und in ihr stand eine Kühltasche, die ich sehr gut kannte. Es war noch gar nicht lange her, da hatte Igor sie mir ins Bett gestellt. Ich zog den Reißverschluss auf und grub in der Überwinterungskiste nach Krötz. Er war da und atmete, ruhig und tief.

Vorsichtig streichelte ich über seinen Panzer. Dann deckte ich ihn wieder mit Laub und Erde zu und ließ ihn in seiner Kühltasche in der Schubkarre zurück. Hier hatte er es auf jeden Fall besser, als wenn ich ihn mit in die Stadt schleppte.

Danach lief ich zum Garten vom Rasenkanten-Heinz. Könnte ja sein, dass Lazlo Siggi zurückgebracht hatte. Doch auf der Veranda stand nur der leere Käfig.

Ich rannte in die Stadt zurück. Der Tattooladen hatte immer noch geschlossen, als ich dort ankam, aber das war mir egal. Ich klingelte so lange, bis mir jemand aufmachte. Anita stand in der Tür und sah ziemlich schrecklich aus, ganz bleich unter ihren strähnigen schwarzen Haaren und superschlecht gelaunt.

»Hier ist noch zu«, motzte sie mich an.

»Ich will zu Lazlo«, erklärte ich ihr. »Ich will sofort mit ihm sprechen, und es ist mir egal, ob er noch schläft.«

Sie kniff die Augen zusammen und schaute mich genauer an.

»Ach, du bist das«, sagte sie erstaunt. »Suchst du den schon wieder? Der ist hier aber nicht. Den habe ich seit Ewigkeiten nicht mehr gesehen. Hast du dem Ärger gemacht?«

»Nein, hab ich nicht.«

»Dann ist ja gut«, knurrte sie. »Lass den mal besser in Frieden.«

Und damit knallte sie mir die Tür vor der Nase zu.

# 27. Kapitel

Eine Möglichkeit war, heimzufahren und so zu tun, als ob es Lazlo nie gegeben hätte. Mich hundert Mal bei Jonas zu entschuldigen, dass ich diesen Dieb in seine Wohnung gelassen hatte, Paulina zu verbieten, jemals wieder über Jungs zu reden oder übers Küssen, Siggis Käfig in der hinterletzten Ecke im Keller zu verstecken und zu Valli abzuhauen.

Asien wäre hoffentlich weit genug weg, um mich von diesem ganzen Mist zu erholen.

Die andere Möglichkeit war, der letzten Spur zu folgen, die ich hatte, und ins MANIC BINGO zu gehen.

Danach konnte ich immer noch heim und mit dem Vergessen anfangen.

Mir war überhaupt nicht wohl, als ich vor der Spielhalle stand. Ich konnte mir schon vorstellen, was für komische Typen dort rumhingen, also mal abgesehen von Lazlo. Ich hätte gern Paulina dabeigehabt oder Mr Bond. Oder zur Not sogar die Gremlins.

Oder Valli.

Nur Igor nicht. Ich hatte Angst, dass er auf Lazlo losgehen würde.

Okay. Eine Minute Aufschub für eine Nachricht an Valli.

**Liebe Valli, warst du schon mal in einer Spielhalle? Kann man da auch als Mädchen allein rein? Ich frag nur wegen dem Detektivspiel von Paulina und mir.**

Zwei Minuten Aufschub.

Sie brauchte ja auch Zeit zum Antworten.

Fünf Minuten.

Immer noch keine Nachricht von Valli. Dabei war es bei ihr jetzt schon nach Mittag.

Also gut.

Ich würde einfach nur schnell reinschauen und diesen Mike fragen, ob er wusste, wo Lazlo war, und dann würde ich sofort wieder gehen.

Das war ja wohl zu schaffen.

Ich zog die Ladentür auf und war baff. Dadrinnen war es wie in einer Plüschhöhle. Die Wände waren aus lila Stoff und der dunkelrote Teppichboden hatte ein Muster, das aussah wie verschieden große Blutlachen. An den Seiten und an einer breiten Säule in der Mitte standen eine Menge Spielautomaten, dreißig oder so, aber nur an einem einzigen saß ein alter Mann und spielte. Die anderen Automaten machten trotzdem ein Riesengedöns, glitzerten und blinkten und gaben Töne von sich, die ungefähr so klangen wie das, was ich mit fünf auf Vallis Spielzeugtrompete gespielt hatte. Außer den Blinklichtern an den Automaten gab es nur noch ein paar winzig kleine Spots an der Wand und dann den Tresen ganz hinten, der blau leuchtete und aussah wie ein Aquarium oder so. Fehlte nur die böse Hexe Ursula. Die kam dann aber auch. Ich wollte grade den alten Mann am Automaten fragen, ob er Mike war, als die Ladentür aufging und eine junge Frau auf irre hohen

Schuhen reinkam und einen Kaffeebecher balancierte. Sie hatte einen hellblonden Pferdeschwanz, riesige runde Ohrringe und superlange goldene Fingernägel.

»Was willst du denn hier?«, blaffte sie mich an. »Du bist doch keine achtzehn.«

Der alte Mann drehte sich neugierig zu uns um. Anscheinend kriegte er jetzt erst mit, dass ich gekommen war.

»Ich will hier gar nicht spielen«, sagte ich. »Ich suche nur jemand.«

»Hier ist keiner, siehst du doch.«

»Aber vielleicht war er schon mal da. Entweder vor einer Woche oder erst gestern. Ein Junge, fünfzehn Jahre alt, mit kurzen braunen Haaren. Oder nein, nicht mehr so kurz, bis zu den Ohren ungefähr.«

»Was denn jetzt? Vor einer Woche oder gestern? Kurze oder lange Haare? Du weißt aber schon, wen du suchst, oder?«, fragte sie genervt.

»Klar«, gab ich genauso genervt zurück. Die war ja echt blöd. »Der heißt Lazlo und ich suche den jetzt schon seit Tagen. Und es ist extrem dringend.«

»Okay, okay«, sagte sie. »Kein Grund, sich aufzuregen. In meiner Schicht war der nicht hier, aber ich frag mal den Chef.«

Sie stöckelte an dem alten Mann vorbei und durch eine Tür in der Wand, die ich gar nicht gesehen hatte, weil sie auch mit dem lila Stoff verkleidet war.

»Mike!«, schrie sie. »Komm mal eben!«

Ich lief hinter ihr her, um in das Zimmer zu spicken, in dem sie verschwunden war. Es war ziemlich klein und hatte nur Platz für einen Holztresen mit einem Regal voller Whiskyflaschen und ein paar Barhockern davor. Schräg hinter der Bar ging wieder eine Tür ab. Die Frau machte sie auf und rief noch mal nach Mike.

»Wart hier«, sagte sie und kam zu mir zurück. »Der kommt gleich. Und rühr dich nicht vom Fleck.«

Sie verschwand in Richtung Spielautomaten. Ich ging auf Zehenspitzen zu der Tür, die sie offen gelassen hatte, und schaute ins Nebenzimmer. Dort standen ein ovaler Tisch, der mit dunkelrotem Stoff bespannt war, und elf Stühle. Mehr Möbel gab es nicht. Aber an der Wand gegenüber war noch eine Tür.

Von Mike war nichts zu hören. Ich schlich durch den Raum und drückte sie vorsichtig auf. Dahinter lag ein kahles Treppenhaus. Ein langer Gang führte zu einer Haustür aus Riffelglas.

Plötzlich hörte ich etwas. Erst dachte ich, ich bildete es mir nur ein, aber es war wirklich da: das seltsame Schnarren und Schnattern, das Paulina und ich in den Schrebergärten gehört hatten. »Keckern« hatte Lazlo es genannt.

Ich stand schon im Treppenhaus, als ich Schritte hörte. Schnell schlüpfte ich zurück und machte, dass ich ins Zimmer mit der Bar kam. Ich war noch nicht ganz da, als mich ein bulliger Mann am Arm packte. Er sah ziemlich seltsam aus: lila Anzug, lange Haare und goldene Pilotenbrille. So eine ähnliche hatte Igor auch und nicht mal an ihm konnte ich sie leiden.

»Was machst du denn hier?«, knurrte er und zog mich zur Tür. »Das ist kein Publikumsbereich.«

Erst bei den Spielautomaten ließ er mich wieder los und schaute mich verblüfft an.

»Du bist ja noch ein Kind.« Er drehte sich zum Tresen und brüllte: »Spinnst du, Nicole, warum hast du die reingelassen?«

»Bin nur kurz raus, Kaffee holen. Die Scheißmaschine ist schon wieder kaputt«, motzte sie zurück. »Als ich zurückgekommen bin, stand die schon drin.«

»Ich suche Lazlo«, erklärte ich aufgeregt. »Ich glaube, dass er schon mal hier war. Oder auch öfter.«

»Schön für dich. Hier ist nur keiner«, sagte Mike und zeigte zum Ausgang. »So, und jetzt raus mit dir.«

Es hatte aufgehört zu schneien und auf der Straße lag nur noch ein bisschen grauer Matsch. Ich stand auf dem Gehweg vor dem MANIC BINGO und dachte nach. Vielleicht war Lazlo ja wirklich nicht hier. Aber einen Waschbär hatte ich gehört, da war ich mir sicher. Hatte Lazlo seine Spielschulden bei Mike womöglich mit Siggi bezahlt? Das würde ich ihm niemals verzeihen. Ich musste unbedingt in dieses Treppenhaus kommen und rausfinden, wer dort war.

Zum Glück war Nicole kaffeesüchtig. Schon eine halbe Stunde später stakste sie mit ihrem leeren Kaffeebecher in der Hand an mir vorbei und zum Bäcker auf der anderen Straßenseite, um sich Nachschub zu holen.

Sobald sie in der Bäckerei verschwunden war, huschte ich in die Spielhalle zurück. Der alte Mann war immer noch da, aber inzwischen spielte er an zwei Automaten gleichzeitig. An drei anderen Automaten standen jetzt Jungs mit Basecaps, die reingegangen waren, als ich draußen gewartet hatte. Sie sahen nicht viel älter aus als ich und waren viel zu sehr mit Spielen beschäftigt, als dass sie mitgekriegt hätten, dass ich an ihnen vorbei zu der lila Tür lief.

Das Zimmer mit der Bar war leer und auch das dahinter mit dem ovalen Tisch. Ich machte die Tür zum Treppenhaus auf und horchte. Alles war still, aber nach einer Weile hörte ich das Keckern wieder. Es kam von unten.

»Siggi!«, flüsterte ich.

Das Keckern ging in ein seltsames Quietschen über.

So leise wie möglich stieg ich die Treppe zum Keller hinunter. An ihrem Ende war ein kleiner Raum. Er war fast dunkel, und ich traute mich nicht, Licht zu machen. Viel konnte ich deshalb nicht erkennen. Nur dass dort eine Menge Getränkekisten standen und außerdem ein Spielautomat, bei dem der Bildschirm zersplittert war, und ein paar große Kartons. Der oberste war offen. Von dort kamen die Geräusche. Ich machte die Taschenlampe an meinem Handy an, schirmte sie mit der Hand ab und leuchtete hinein. In dem Karton stand eine Plastikbox, die ein Gitter als Deckel hatte. In so einer hatten wir Möhrchen damals zu uns nach Hause transportiert. Sie war groß genug für ein kleines Kaninchen, aber viel zu klein für einen Waschbär. Trotzdem saß einer drin. Siggi. Er drückte seine kleine, spitze Schnauze gegen den Gitterdeckel und quietschte. Ich machte die Schnallen auf, mit denen der Deckel geschlossen war, und holte ihn raus.

Siggi krallte sich begeistert an meine Jacke, kletterte weiter auf meine Schulter und zog mir die Mütze vom Kopf. Endlich hatte ich ihn wieder. Ich war so glücklich, dass ich fast vergessen hätte, wo ich war. Aber dann hörte ich schwere Schritte. Langsam stieg jemand die Treppe runter. Es musste Mike sein oder irgendein anderer Mann. Nicole mit ihren Stöckelschuhen war es jedenfalls nicht. Die hätte ich notfalls umrennen können, aber der Typ, zu dem die Schritte gehörten, war sicher stärker als ich.

Links und rechts vom Kellervorraum gingen Eisentüren ab. Auf der rechten stand »Heizkeller«, auf der linken nichts. Ich nahm die linke. Sie ging schwer auf. Ich schlüpfte mit Siggi durch den Türspalt und stand in einem muffigen Kellerraum ohne Licht, als die schwere Eisentür hinter mir zuschlug.

Danach war erst mal Stille.

# 28. Kapitel

»Hallo?«, flüsterte ich in die Dunkelheit.

Da war ein Rascheln, als ob sich jemand ganz leicht bewegte.

Ich hatte Angst.

»Toni?«, flüsterte es zurück. »Was machst du denn hier?«

Es war Lazlo und allmählich hatte ich die Frage satt.

»Was wohl?«, zischte ich. »Ich such dich.«

Den ganzen Morgen über war ich gar nicht mehr richtig sauer auf ihn gewesen.

Eigentlich hatte ich mir vor allem Sorgen um ihn gemacht, weil ich nicht wusste, wo er war und wie es ihm ging. Aber jetzt kam meine Wut mit aller Wucht zurück.

»Ich will, dass du mir alles wiedergibst, was du Jonas gestohlen hast. Und die Laptops von Philipp gleich auch noch. Und danach will ich dich nie, nie, nie mehr sehen«, giftete ich ins Dunkle.

Als Antwort kam nur ein Stöhnen.

Siggi kletterte von meiner Schulter runter, hangelte sich zum Boden und verschwand.

Ich schaltete die Taschenlampe an und leuchtete in die Richtung, aus der Lazlos Stimme gekommen war. In einer Ecke, zwischen einem grauen Tresorschrank und einem Regal, in dem jede

Menge Laptops standen, saß er. Sein Gesicht war blutverschmiert und seine Jacke auch.

Er sah schrecklich aus. Nicht nur wegen dem Blut, sondern auch, weil er so verkrampft dasaß, als ob er Schmerzen hätte, und seine Klamotten waren dreckig und zerrissen.

»Ist nur Nasenbluten«, sagte er leise und streichelte Siggi, der sich auf seinem Schoß zusammengerollt hatte.

Seine Stimme klang, als ob er Schnupfen hätte.

Ich wollte nicht, dass er mir leidtat. Ich wollte weiter sauer sein.

Und was auch immer passiert war, er hatte es sich selber eingebrockt.

»Liegen da auch die Sachen von Jonas und Philipp?«, fragte ich kalt und zeigte auf das Regal.

»Nur die von Philipp«, flüsterte er und zeigte auf das unterste Regal. »Ich weiß nicht, wo die Kameras von Jonas sind.«

Es stimmte also.

Es stimmte wirklich. Er war ein Dieb.

Ohne ihn noch mal anzuschauen, ging ich an ihm vorbei und sammelte die Laptops und Tablets ein, die dort lagen. Die Tablets stopfte ich in meinen Rucksack, aber für die Laptops war kein Platz mehr. Ich musste sie mir unter den Arm klemmen. Keine Ahnung, wie ich Siggi jetzt noch mitkriegen sollte. Für den brauchte ich auch noch mindestens zwei Hände.

Aber dann war es sowieso egal, ob ich alles tragen konnte oder nicht.

Denn als ich die Tür aufmachen wollte, um zu horchen, ob die Luft rein war, ging sie nicht auf. Kein bisschen. Ich konnte rütteln, wie ich wollte, sie blieb zu.

Das war ja wohl nicht wahr!

»Was soll das?«, schrie ich Lazlo an.

»Die kann man nur von außen aufmachen«, sagte er. »Wir müssen warten, bis jemand kommt.«

»Und dann?«

»Ich weiß es nicht.«

Ich setzte mich auf den Boden, so weit weg von Lazlo, wie es nur ging, und versuchte, Igor anzurufen. Aber die Verbindung klappte nicht. Es gab kein Netz hier unten. Wir waren von der Außenwelt abgeschnitten.

»Hast du auch irgendwas zu essen gestohlen oder müssen wir hier verhungern?«, fragte ich grimmig.

»Nein«, sagte Lazlo. »Ich hab nichts.«

Schweigend saßen wir jeder in seiner Ecke. Ich hatte überhaupt nicht vor, jemals wieder mit ihm zu reden. Aber dann platzte es doch aus mir raus.

»Du hast Siggi verkauft! Das verzeih ich dir nicht.«

»Nein, hab ich nicht. Ich habe ihn gesucht.«

»Oh. Dann ist der von allein bis hierhergelaufen. Oder sogar Zug gefahren. Irre.«

Lazlo schluckte schwer.

»Ich würde Siggi nie verkaufen, das weißt du genau.«

»Wieso? Du hättest ihn ja auch im Schrebergarten im Stich gelassen. Dir geht's doch immer nur um dich. Du lügst, betrügst und bestiehlst deine Freunde! Alle, die nett zu dir sind. Das ist doch krank.«

Eine Weile war Stille.

»Ja«, sagte Lazlo schließlich. »Du hast recht.«

Es wäre mir so viel lieber gewesen, er hätte nichts gesagt.

Jemand war vor der Tür. Mein Herz schlug so laut, dass ich dachte, man könnte es hören.

Lazlos Onkel kam rein und stolperte über meinen Rucksack, den ich an der Tür abgestellt hatte. Er fluchte laut und blieb am Eingang stehen.

»Sag mal, hast du sie noch alle?«, schnauzte er ins Dunkle. »Glaubst du, du hilfst deinem Vater, wenn du ständig bei Mike aufkreuzt und ihm mit den Bullen drohst? Was hast du eigentlich im Kopf? Du hängst doch mit drin. Wer hat denn das Zeug geklaut? Und jetzt raus mit dir, aber dalli. Mal sehen, ob ich das noch gradebiegen kann.«

Als seine Augen sich an die Dunkelheit gewöhnt hatten, entdeckte er mich. Die Kinnlade fiel ihm runter.

»Ich glaub es nicht. Was machst du denn hier?«

Meine Lieblingsfrage. Aber so böse hatte sie mir noch keiner gestellt.

Ich sagte mal lieber nichts.

»Mädchen, du bist die Pest«, knurrte er, drehte sich um und ging raus.

Die Tür fiel ins Schloss.

Kurz darauf hörten wir wieder schwere Schritte.

Mike stürmte in den Keller, Taschenlampe in der Hand, und zerrte mich am Arm hoch.

»Was willst du hier, Kleine? Spionierst du mir nach?«, zischte er und drückte mich gegen die Wand.

Lazlo schrie und warf sich von hinten auf ihn. Mike schleuderte ihn mit einer einzigen Armbewegung in die Ecke. Das fand Siggi nicht gut. Er sprang fauchend vor und biss Mike in die Wade.

Der brüllte vor Schmerz und ließ mich los.

Siggi stand mit gespreizten Beinen vor ihm und fletschte die Zähne, bereit zur nächsten Attacke.

»Morgen bist du tot, du Mistvieh«, flüsterte Mike.

Ich packte Siggi und rannte mit ihm zu Lazlo, der in der Ecke lag und stöhnte.

Mike hinkte zur Tür und knallte sie hinter sich zu.

»Sven! Schaff mir das Pack vom Hals!«, hörten wir ihn brüllen.

Dann war es wieder still.

Ich saß neben Lazlo. Wir hielten uns aneinander fest.

»Ich lass nicht zu, dass dir was passiert«, flüsterte er. »Das lasse ich nicht zu.«

Aber er zitterte noch mehr als ich.

Mike kam mit Sven zurück. Lazlo sprang auf.

»Lasst meine Freundin gehen«, sagte er. »Die hat nichts damit zu tun. Die weiß von nichts!«

»Ach? Und warum ist sie dann hier?«, röhrte Mike.

Sven ging auf Lazlo zu und packte ihn am Kragen.

»Kapierst du es immer noch nicht? Du hast totalen Mist gebaut. Und jetzt halt die Klappe und komm mit nach Hause.«

Lazlo wehrte sich mit Händen und Füßen, als sein Onkel ihn aus dem Keller schleppte. Ich konnte ihm nicht helfen, denn Mike kniete neben mir und hielt mich fest. Siggi rannte fauchend von einen zum anderen. Mike trat nach ihm und brüllte ihn an, bis er unter das Regal flüchtete.

Dann drehte er sich wieder zu mir um.

»Du bleibst hier sitzen und gibst keinen Mucks von dir, verstanden? Sonst mach ich den Waschbär heute noch tot.«

Er lief Sven hinterher, der Lazlo die Treppe hochzerrte.

»Und was ist jetzt mit der Kleinen?«, brüllte er.

»Ich überleg mir was!«, schrie Lazlos Onkel zurück.

Die Tür fiel wieder zu.

Ich war allein und kriegte keine Luft mehr.

Keuchend stand ich auf und lief hin und her, immer nur hin und her, aber es half nicht gegen die Angst. Was hatten die beiden mit Lazlo vor? Und was mit mir? »Schaff mir die Kleine vom Hals«, was konnte das denn anderes bedeuten, als – nein, nicht dran denken, nicht darüber nachdenken. Sich weit weg träumen, bis man wieder Luft kriegte, in eine andere Welt beamen und tief atmen. Sich Bilder von zu Hause vorstellen, nicht die Wohnung von Jonas, nein, mein Daheim, Mama vor ihrem Computer in der Küche und Papa, wie er sich über seine Drohne beugt und –

Papas Drohne.

Papas kleine Drohne, die durch einen Türschlitz passte.

Ich hatte sie dabei.

Noch war nicht alles verloren.

Wenn es in diesem dunklen Kellerraum irgendwo ein Fenster gab, könnte ich sie mit einer Nachricht rausfliegen lassen. Irgendjemanden würde sie doch wohl erreichen. Eine Luftpost, Papa, und noch viel besser, als du es dir gedacht hast. Eine Rettungsdrohne für Siggi und mich. Und für Lazlo, hoffentlich. Den Lügner und Dieb.

Nicht drüber nachdenken, Toni.

Ich leuchtete die Wände mit meinem Handy ab. Ganz oben an der Wand war tatsächlich eine schmale Luke, die mit schwarzer

Folie beklebt war. Sie war geschlossen, aber sie hatte einen Riegel, mit dem man sie kippen konnte.

Man musste nur rankommen.

Ich räumte die Laptops aus dem Regal und schob es unters Fenster. Es war so wackelig, dass es zweimal fast umkippte, als ich daran hochkletterte. Aber schließlich schaffte ich es, an den Riegel zu kommen und das Fenster zu kippen. Es war direkt auf Bodenhöhe. Durch den Spalt konnte ich ein Stück Rasen erkennen.

Hoffentlich schaffte es die Drohne bis irgendwohin, wo Menschen unterwegs waren.

Ich sprang vom Regal runter und holte meinen Kalender aus dem Rucksack.

*Bitte helfen Sie mir. Ich bin im Keller vom MANIC BINGO gefangen. DAS IST KEIN WITZ!*, schrieb ich auf ein Blatt und riss es aus dem Kalender. Mit einem Haargummi befestigte ich es an der Drohne. Dann holte ich die Fernsteuerung aus meinem Rucksack und drückte den Startknopf. Die Propeller fingen an zu rotieren und die Drohne hob senkrecht vom Boden ab. Als sie fast an der Decke war, lenkte ich sie zum Fenster, ließ sie sich einklappen und versuchte, sie durch den Spalt nach draußen zu dirigieren.

Leider hatte ich nicht mit Siggi gerechnet. Fasziniert hatte er die Drohne beobachtet. Als sie jetzt vor dem Fenster herumschwirrte, kletterte er in einem Affenzahn am Regal hoch, schwang sich aufs Fensterbrett und pflückte sie mit einem Griff aus der Luft. Völlig unbeeindruckt von meinem Protest riss er ein Rotorblatt ab und kaute darauf rum. Als er endlich einsah, dass es nicht schmeckte, packte er die demolierte Drohne und stopfte sie durch den Fensterspalt ins Freie. Danach versuchte er, sich hinterherzuquetschen, aber sein Kopf war zu dick.

Enttäuscht kletterte er wieder zu mir runter. An seiner Schnauze klebte ein Papierfetzen, der von seiner Spucke komplett eingeweicht war.

*WITZ!* war das Einzige, was darauf noch lesbar war. Den Rest konnte ich mir denken. Draußen auf irgendeinem Rasen lag eine Drohne, mit der niemand etwas anzufangen wusste.

# 29. Kapitel

Siggi hatte sich auf meinem Schoß zusammengerollt und schlief. Ich lehnte mit dem Rücken an der Wand, starrte auf den Lichtschein, der durch das gekippte Fenster fiel, und kraulte ihn hinter den Ohren.

Falls Mike seine Drohung wahr machte, war er spätestens morgen tot. Wenn ich ihn doch nur bei Rasenkanten-Heinz gelassen hätte. Dort war er zwar einsam gewesen und hatte gefroren, aber seine Überlebenschancen wären jetzt auf jeden Fall besser. Mit Rasenkanten-Heinz konnte man bestimmt reden und ihm klarmachen, dass Mützen aus Waschbärfell das Allerletzte waren. Aber mit Mike?

Wie könnte ich den umstimmen?

Nicht drüber nachdenken, Toni, nicht jetzt.

Augen zumachen und durchhalten. Dich wegträumen.

Plötzlich war da ein Geräusch.

Ich riss die Augen auf. Ein Rasseln wie von Ketten und danach ein Schrei, der immer leiser wurde. Als wäre jemand in einen Brunnen gestürzt worden.

Mir gefror fast das Blut in den Adern.

Ich hielt Siggi fest an mich gedrückt. Was auch immer passierte, ich würde ihn nicht loslassen.

»Nein, ich kann nicht. Ich hab jetzt gar keine Zeit«, hörte ich ein Mädchen sagen.

Es lief draußen vorbei und telefonierte.

Dann war es wieder weg.

Anscheinend mochte es auch Horrorklingeltöne auf seinem Handy.

Es klang sogar wie Paulina.

Vielleicht wurde ich vor Angst schon verrückt.

# 30. Kapitel

Ganz sicher wurde ich vor Angst verrückt.

Als Nächstes hörte ich nämlich die Gremlins.

»Da liegt was«, sagte Matti. »Ein Raumschiff.«

»Nö. Ein Drohnendings«, meinte Marek. »Das gehört jetzt mir.«

Ich rannte zum Fenster.

»Matti! Marek!«, flüsterte ich. »Hey! Hier bin ich!«

»Nein, das ist meins«, behauptete Matti. »Ich hab's zuerst gesehen.«

»Aber du hast nicht gewusst, was es ist!«, gab Marek zurück.

Sie rannten weg und stritten dabei so laut, dass sie mich nicht mal hörten, als ich schrie.

# 31. Kapitel

Noch mal Stimmen.

»Jetzt zeigt mal, wo ihr die gefunden habt«, sagte Igor aufgeregt.

»Das«, erklärte Matti. »Das ist nämlich ein Raumschiff. Da sagt man ›das‹.«

»Nö, das ist ein Drohnendings«, beharrte Marek.

»Das ist auch ‚das'. Das Dings.«

»Wo jetzt?«, fragte Igor ungeduldig.

»Hier! Hier bin ich!«, schrie ich. »Hier unten! Könnt ihr denn nicht das Fenster sehen?«

»Toni? Bist du das?«, flüsterte Igor plötzlich ganz nah.

Die Gremlins warfen sich auf den Boden.

Marek streckte seinen Arm durch den Fensterspalt und wedelte mit der Hand.

»Toni? Siehst du das?«, fragte er.

»Ja!«, schluchzte ich glücklich. »Jetzt holt mich endlich hier raus.«

»Verdammte Scheiße, Babykröte, in was hast du dich denn wieder reingeritten?«, sagte Igor, und seine Stimme klang so komisch, dass ich nicht wusste, ob er heulte.

Keine fünf Minuten später kam er durch die Tür, aber nach Heulen sah er nicht mehr aus, sondern so zornig, wie ich ihn noch nie erlebt hatte. Er rannte zu mir hin und nahm mich in den Arm.

»Den Typ mach ich fertig«, murmelte er. »Den bring ich in den Knast. Wie kann der's wagen, ein Kind im Keller einzusperren.«

Nicole stand in der Tür und starrte uns fassungslos an.

# 32. Kapitel

Zum Glück war Igor schlauer gewesen, als ich gehofft hatte, sonst wäre die Geschichte übel ausgegangen.

Als er von der Arbeit nach Hause gekommen war und meinen Zettel gefunden hatte, glaubte er keine Sekunde, dass ich bei Paulina war.

»Zweimal die gleiche Ausrede, für wie blöd hältst du mich eigentlich?«, fragte er, als Paulina mir erzählte, wie sie mich gefunden hatten.

Wir saßen in Mamas Auto, das Igor sich heimlich geborgt hatte, und fuhren zum Schrebergarten, um Krötz abzuholen. Solange ich nicht wusste, wo Lazlo war, sollte er lieber wieder bei uns im Kühlschrank wohnen. Dort war er am sichersten. Igor hatte einen ganzen Sack Brezeln an der Tankstelle gekauft. Ich teilte mir ungefähr fünf mit Siggi und Mr Bond, der beleidigt war, weil er nicht mit ins MANIC BINGO gedurft hatte, und Paulina und die Gremlins krümelten mit den restlichen die Rückbank voll. Igor wollte nichts essen, weil ihm die Angst um mich auf den Magen geschlagen war.

Direkt nachdem wir aus dem MANIC BINGO raus gewesen waren, hatten wir das nächste Polizeirevier angesteuert und eine Anzeige aufgegeben. Ich erzählte dem Beamten, der Dienst hatte, alles, was ich über Mike und Sven wusste, und auch, dass Lazlo mit mir eingesperrt gewesen war und ich mir Sorgen machte, was sie mit ihm vorhatten. Er versprach, nach ihm zu suchen und eine Streife bei seinem Onkel vorbeizuschicken. Dass er ein Dieb war, sagte ich ihm nicht. Ich brachte es einfach nicht übers Herz.

»Als dein Bruder mich in aller Frühe aus dem Bett geschmissen hat und ich auch keine Ahnung hatte, wo du warst, sind wir sofort los, um dich zu suchen«, erzählte Paulina in einer Brezelpause. »Ich hab mir gedacht, dass du wieder hinter Lazlo her bist, aber es war echt schwer, dich zu finden. Erst sind wir zum Schrebergarten gefahren –«

»Da war ich auch!«, unterbrach ich sie.

»Aber leider nicht mehr, als wir dort waren. Deshalb sind wir weiter zu Anita, die wusste aber auch nur, dass du wieder Lazlo suchst. Und dann kam Igor auf die geniale Idee, deine Schwester anzurufen und zu fragen, ob sie was von dir gehört hat.«

Igor nickte. »Ich hab wegen dir nach Sri Lanka telefoniert, Kröte. Weißt du, was das kostet? Dafür schuldest du mir mindestens drei Cake Pops von Paulina.«

»Ich schenk dir fünf«, sagte ich.

»Ihr spinnt wohl«, protestierte Paulina. »Wenn dann kriegt eure Schwester welche. Die musste nämlich extra teuer ins Internet, um die letzte Nachricht zu lesen, die du ihr geschrieben hattest. Und weil du sie darin gefragt hast, ob sie schon mal in einer Spielhalle war, haben wir angefangen, jede einzelne nach dir abzuklappern.«

Das MANIC BINGO war schon ihre achte Spielhalle, und sie

wollten grade wieder gehen, weil Nicole gemeint hatte, ich wäre heute Morgen mal kurz da gewesen, aber Mike hätte mich gleich wieder rausgeschmissen. Sie hatte ja nicht mitgekriegt, dass ich zurückgekommen war und jetzt im Keller festsaß. Zum Glück hatte Paulinas Handy geklingelt, und sie war raus in den Hof gegangen, um in Ruhe zu telefonieren, und die Gremlins waren ihr hinterhergerannt. Vor dem Fenster hatten sie die Drohne gefunden. Und weil sie sich nicht einigen konnten, ob es wirklich eine war oder doch ein Raumschiff, zeigten sie sie Igor. Er erkannte gleich, dass es ein Eigenbau von Papa war, und wollte wissen, wo sie die herhatten. Und so hatten sie mich endlich entdeckt.

»Ach, Toni. Ich bin so froh, dass ich dich wiederhabe!«, sagte Paulina und schlang die Arme um meinen Hals.

Ich war auch froh. Doch, echt.

Also, zumindest zum Teil.

Wenn ich nur gewusst hätte, wie es Lazlo ging.

Und wenn ich hätte vergessen können, was ich mir vorgenommen hatte, als ich da unten im Keller saß.

# 33. Kapitel

Das Wildgehege lag mitten im Wald. Es war so groß, dass man für den Rundweg, der außenrum führte, fast drei Stunden brauchte. Das stand zumindest auf der Holztafel mit den Wanderwegen. Ein Bach floss mitten durch und es gab eine große Lichtung mit einem See und sogar ein Sumpfgebiet. Das mochte Siggi bestimmt.

Ich hatte ihn vom Parkplatz bis zum Eingang getragen, wo die Tierpflegerin auf uns wartete, die ich angerufen hatte. Jetzt war es Zeit, ihn abzugeben.

Matti, Marek und Paulina waren mitgekommen und standen neben uns.

»Das machst du richtig«, sagte die Pflegerin und nahm mir Siggi vorsichtig ab. »Hier leben schon über dreißig Waschbären. Was meinst du, wie wohl der sich fühlt.«

»Bei uns war er auch gern«, flüsterte ich.

»Das glaube ich. Aber spätestens, wenn er geschlechtsreif wird, würdet ihr Probleme mit ihm kriegen. Und glücklich wäre er dann auch nicht mehr ohne Weibchen.«

Siggi kletterte auf ihrer Schulter rum, während sie ihn mit einer Banane fütterte. Sie fragte, was er sonst noch mochte.

»Mich«, sagte Matti.

»Mich aber auch!«, erklärte Marek.

»Eigentlich alles«, antwortete ich. »Sogar Unterhosen. Er ist das hungrigste, liebste und mutigste Tier, das ich je kennengelernt habe, also mal abgesehen von einem alten Hund. Und er heißt Siggi.«

Ich habe ihn noch einmal gestreichelt, während er seine Banane gefressen hat, und dann bin ich gegangen. Ganz schnell, während die Gremlins und Paulina ihm auch noch Tschüs sagten.

Igor kam mir mit Mr Bond auf dem Parkplatz entgegen.

»Wir können ihn immer besuchen, das weißt du, Kröte, ja?«, sagte er und legte den Arm um mich. »Und Mr Bond nehmen wir dann auch mit.«

»Mal sehen«, flüsterte ich.

Ich wusste nicht, ob ich das schaffte.

»Ich habe grade noch mal mit der Polizei telefoniert«, sagte Igor, als wir zum Auto zurückgingen. »Die haben die Kameras im BMW von Lazlos Onkel gefunden. Und Lazlo haben sie auch gekriegt. Das Jugendamt kümmert sich jetzt um ihn.«

»Und wie erfährt er, dass Krötz bei uns ist?«

»Die Polizisten sagen es ihm, das haben sie versprochen.«

Mein Handy summte.

»Das ist sicher Valli«, sagte Igor.

Aber es war eine Nachricht von einer Nummer, die ich nicht kannte.

**Liebe Toni, ich schreib dir von Leons Handy, weil meins untergegangen ist. War keine so gute Idee, es zum Surfen mitzunehmen, aber ich wollte erreichbar sein, falls was mit dir ist. Jetzt musst du mir leider über Leons Handy schreiben, wenn du mich brauchst.**
**Deine Valli**

Ich schrieb ihr gleich zurück.

**Liebe Valli,**
**du bist die beste Schwester der Welt. Und ich lass dich jetzt endlich mal in Ruhe Ferien machen.**
**Deine Toni**

## 34. Kapitel

Das alles ist jetzt eine Woche her. Seitdem sitze ich an Jonas' Computer und schreibe auf, was passiert ist. Und wenn ich gerade mal nicht schreibe oder in der Schule rumhänge oder mit Paulina und Mr Bond spazieren gehe, renoviere ich mit Igor die Wohnung. In drei Tagen kommt Jonas zurück und bis dahin müssen wir fertig sein. Dann wird es aussehen, als ob hier nie ein Waschbär gewohnt hätte, und Igor und ich ziehen wieder nach oben zu unseren Eltern. Denn Papa macht unsere Zimmer frei, weil er eine Werkstatt für seine Drohnen gefunden hat.

Und das hat er sogar mir zu verdanken.

In der Zeitung ist nämlich ein Artikel über die »Glücksspielbande« erschienen. Damit meinten sie Mike und Sven und Lazlo. Darin wurde lang und breit erklärt, wie die Drohne mich gerettet hat, und dadurch ist ein Unternehmer auf Papas Arbeit aufmerksam geworden und hat über ein Drohnenforum im Internet Kontakt mit ihm aufgenommen. Er will in seine Drohnen investieren und stellt ihm eine Werkstatt zur Verfügung, damit er weiter an ihnen feilen kann. Die Idee mit der regensicheren Postbeförderung hält er zwar für Schwachsinn, aber er glaubt, dass man die Drohnen gut zur Höhlenerforschung einsetzen kann. Papa fand das erst nicht so toll, aber Mama hat ihm zugeredet, bis er sich darauf eingelassen hat. Das ist die gute Nachricht. Die schlechte ist, dass meine Eltern über Papas Investor überhaupt erst von den Diebstählen erfahren haben, weil er ihnen den Zeitungsartikel mitgebracht hat. Jetzt sind sie stinksauer auf mich, vor allem Mama. Sie sagt, sie hat alles Vertrauen in mich verloren, weil ich nicht mit ihr darüber geredet habe. Sie will einfach nicht verstehen, dass man manche Sachen besser ohne Eltern löst. Ich hoffe, sie begreift das irgendwann. Und wenn nicht, will Igor es ihr auch noch mal erklären.

Gestern habe ich dann noch einen langen Brief von Lazlo gekriegt, mit einer Telefonnummer und einer Adresse drauf, die ich gar nicht kannte. Hebelweg 8. Das muss irgendwo hinter unserer Schule sein. Ich klebe den Brief hier rein, dann muss ich weniger tippen.

*Liebe Toni,*
*seit drei Tagen wohne ich zur Probe in einer betreuten Wohngruppe, und wenn's gut läuft, kann ich hierbleiben. Ich wollte dir schon die ganze Zeit schreiben, aber ich wusste nie, wie ich anfangen sollte. Jetzt mache ich es einfach irgendwie, weil ich lieber Mist schreibe als gar nicht. Denn so ist es immerhin, als ob ich mit dir reden würde. Und anrufen will ich nicht. Nicht nach allem, was passiert ist, und weil du im Keller gesagt hast, du willst mich nie mehr sehen.*

*Es tut mir so leid.*

*Den Satz würde ich am liebsten ganz groß schreiben, pro Seite nur ein Buchstabe oder ein Wort auf jeden Baum, den man von Jonas' Küche aus sieht.*

*Toni, es tut mir so leid, dass du wegen mir in Gefahr warst. Das wollte ich nie. Und ich kann es nicht wiedergutmachen, aber ich will dir wenigstens erklären, warum ich dich angelogen habe und wieso ich immer wieder abgehauen bin. Ich will nicht, dass du denkst, ich bin einfach nur ein Arsch. Das bin ich nicht. Aber ich bin ein Dieb, das schon.*

*Das Ganze hat in den Sommerferien angefangen, als ich schon bei Philipp gewohnt habe. Plötzlich hat mein Onkel behauptet, dass ein alter Bekannter meinen Vater bedrohen würde, weil er so hohe Schulden in seiner Spielhalle hätte. Und wenn wir das Geld nicht an seiner Stelle zurückzahlten, hätte er genügend Freunde im Gefängnis, die meinen Vater fertigmachen würden. Ich habe ihm geglaubt, Toni, denn im Knast geht es furchtbar zu, und ich weiß, dass mein Vater es manchmal kaum mehr aushält dadrin. Deshalb durfte ich ihm auch nicht sagen, dass Mike uns wegen ihm erpresste. Das hätte ihn völlig umgehauen.*

*Ich hab so viel gearbeitet, wie ich nur konnte, in der alten Villa und als Zeitungsausträger, das weißt du ja, aber das Geld hat nie gereicht. Und dann ist Philipp mit seiner Familie weggefahren, und mein Onkel wusste das, weil Philipps Mutter ihn gefragt hatte, ob es okay wäre, dass ich allein im Haus blieb. Am Samstagabend stand er dann auf der Matte, mit blutigem Gesicht. »Wenn wir jetzt keine große Summe beschaffen, machen sie deinen Vater fertig«, hat er mir erzählt. »Sieh dir an, wie sie mich zugerichtet haben. Denen ist es ernst.« Aber ich hatte kein Geld, ich hatte doch schon alles abgegeben. »Ware geht auch«, hat er behauptet, und dann ist er durchs Haus gelaufen und hat immer gesagt: »Die sind so reich, denen tut es doch überhaupt nicht weh, wenn was fehlt, aber du lässt deinen Vater wegen seinen Spielschulden einfach im Gefängnis verrecken.«*

*Solche Sachen. Ich bin richtig durchgedreht. Als er weg war, hab ich die Laptops und die Tablets und das Bargeld eingepackt und alles ins MANIC BINGO gebracht, damit meinem Vater nichts passierte. Und dann habe ich mich im Schrebergarten versteckt, weil ich nicht wusste, wohin.*

Genau in dem Moment hat Paulina angerufen.

»Bekir hat sich bei mir gemeldet«, sagte sie.

»Und? Seid ihr jetzt wieder zusammen?«

»Nein. Ich will nicht mehr. Und er, glaube ich, auch nicht. Er hat mir nur erzählt, dass Lazlo wieder zur Schule geht. Aber er darf nicht mehr bei Philipp wohnen, sondern hat jetzt wohl ein Zimmer in einer WG.«

»Ich weiß. Er hat mir einen Brief geschrieben. Ich bin grade dabei, ihn zu lesen.«

»Und?«

Ich erzählte ihr, was drinstand. Und dass ich nicht wusste, ob ich ihn wiedersehen wollte.

»Hä? Kapier ich nicht«, sagte Paulina. »Wenn der dir so einen schönen Brief schreibt. Und ich kann jetzt sogar verstehen, warum er geklaut hat. Ich würde auch lügen und betrügen, wenn meine Familie in Gefahr wäre. Obwohl die mir manchmal echt auf die Nerven gehen.«

»Aber mich hätte er nicht belügen müssen. Ich hätte ihm doch geholfen.«

»Wobei? Beim Stehlen? Schon mal überlegt, dass er dich nicht mit reinziehen wollte, damit du keine Schwierigkeiten kriegst?«

»Später hätte er es mir sagen können. In der Hütte. Aber er hat mich immer weiter angelogen.«

»Du ihn aber auch. Du hast Siggi hinter seinem Rücken aus dem Schrebergarten geschmuggelt.«

»Das war viel weniger schlimm!«

»Und was hast du zu Bekir gesagt? ›Wenn man jemanden wirklich liebt, dann verzeiht man dem auch mal und tut nicht so moralisch!‹«

»Woher weißt du das?«

»Hat er mir gesagt.«

Dann hatte Bekir es also doch gehört.

»Geholfen hat es bei euch aber auch nicht«, sagte ich.

»Das ist was anderes. Wir passen einfach nicht mehr zusammen. Aber das könnt ihr noch gar nicht wissen. Ihr habt es ja nicht mal ausprobiert.«

»Ich überleg's mir noch mal.«

»Weißt du, was?«, hat Paulina gesagt. »Ich glaube, du hast Schiss. Aber so wird das nie was mit dem Küssen.«

Ich habe schnell aufgelegt, weil ich nicht darüber reden wollte. Außerdem hatte ich noch nicht mal die Hälfte von Lazlos Brief gelesen. Und was dann kam, hat mich echt geplättet:

*… Ich hab mich wirklich gefreut, als ihr mich gefunden habt, und ich wollte dir alles erzählen, ich wollte dich nie anlügen, aber du warst dir so sicher, dass ich die Laptops und die Tablets nicht geklaut hatte. Und da habe ich mich zu sehr geschämt.*

*Denn in deiner Welt hätte es bestimmt einen anderen Weg gegeben, als zu stehlen, aber in meiner nicht.*

*Ich bin zu Mike zurück, sobald ihr weggefahren wart, und habe ihn angefleht, dass er mir die Sachen von Philipp zurückgibt und dass ich umsonst bei ihm arbeite, bis alle Schulden abbezahlt sind. Er hat bloß gelacht und mich rausgeschmissen. Ich dachte, mein Onkel wüsste vielleicht, wie ich die Sachen wiederkriegen könnte, aber der wollte nur, dass ich noch mehr klaue. Deshalb bin ich zu dir. Ich habe gehofft, wir hätten zusammen eine Idee, wie ich meinem Vater helfen könnte, ohne zu stehlen. Aber du wusstest es genauso wenig wie ich. Und schon am nächsten Morgen hat mein Onkel angerufen und behauptet, mein Vater wäre so zusammengeschlagen worden, dass er jetzt auf der Krankenstation liegen würde, und dass wir uns dringend treffen müssten. Er wollte mit mir spazieren gehen, damit wir in Ruhe reden könnten. Und Mr Bond sollte ich mitbringen. Toni! Weißt du, was der gemacht hat? Er ist mit uns aus der Stadt rausgefahren und hat uns im Wald ausgesetzt. Aber vorher hat er mir noch den Wohnungsschlüssel geklaut. Mr Bond und ich brauchten drei Stunden für den Weg zurück. Als wir wieder bei euch waren, steckte der Schlüssel von außen, doch die Kameras waren weg und der Laptop und Siggi auch. Den hatte er als Sonderüberraschung für Mike mitgenommen, weil der auf Klamotten aus Fell steht. Ich habe mir Krötz geschnappt und bin abgehauen. Mir war klar, dass ich mich nirgends mehr blicken lassen konnte, bevor ich die Sachen nicht zurückgeholt hatte. Deshalb bin ich wieder zu Mike und habe ihm gedroht, dass ich ihn auffliegen lasse, wenn er mir die Sachen nicht zurückgibt. Aber der hat mir nur eine reingehauen und mich in den Keller geschleppt, wo mein Onkel mich wieder abholen sollte.*

*Das ist es eigentlich schon. Bis auf die ganz große Sauerei, von der ich auch erst seit zwei Tagen weiß und die ich immer noch nicht fassen kann.*

*Ich bin nämlich bei meinem Vater gewesen. Der war gar nicht auf der Krankenstation, und er hat auch keine Spielschulden, sondern mein Onkel. Der hat massig viel Geld verzockt und Schulden bei Mike gemacht, die er nicht zurückzahlen kann. Deshalb hat er eine Scheißangst vor ihm. Vor allem, seit der ihm sein Auto demoliert und ihn so übel zusammengeschlagen hat, weil wir nicht genug Geld rangeschafft haben. Stell dir das mal vor: Ich habe tatsächlich Philipps Sachen gestohlen und jede freie Minute gearbeitet, nur um die Pokerschulden von meinem Onkel abzuzahlen! Und egal, wie das alles zustande gekommen ist, ich kriege auf jeden Fall einen Prozess. Vielleicht ist das sogar gut. Denn ich hoffe, ich kann das alles danach hinter mir lassen.*

*Aber weißt du, was komisch ist? Ich überlege immer, bis wohin ich die Zeit zurückdrehen würde, wenn ich es könnte, um alles anders zu machen. Und dann fällt mir nicht der Diebstahl bei Philipp ein und noch nicht mal die furchtbare Zeit in Mikes Keller. Sondern immer nur, wie wir in der Hütte von meinen Großeltern gestanden und uns umarmt haben. Da wäre ich gern wieder mit dir. Und dieses Mal würde ich dir alles erzählen, und vielleicht müsste ich gar nicht diese riesengroße Enttäuschung in deinen Augen sehen, vor der ich solche Angst hatte, sondern du könntest mich verstehen. Und dann würden wir uns küssen. Das hoffe ich einfach, denn das will ich schon so lang.*

*Ich weiß, im Leben gibt es meistens kein Happy End, aber das hier ist ja nur ein Brief, und darin darf man träumen.*

*Bitte grüß Krötz von mir. Ich kann ihn jederzeit holen, wenn du das Fach im Kühlschrank brauchst. Und falls du mich nicht sehen willst, kannst du ihn mir auch vor deine Tür stellen. Ich komme nicht rein, wenn du es nicht willst.*

*Dein Lazlo*

Ich habe Paulina angerufen.

»Kann man es beschissen finden, was jemand gemacht hat, und

gekränkt sein und beleidigt und wütend und ihn trotzdem lieben?«

Ich konnte hören, wie Paulina in ihr Handy grinste.

»Na ja. Ist jetzt kein ganz leichter Anfang, aber das gibt es schon. Liebe ist ein sehr komplexes Phänomen.«

»Wo hast du das denn her?«

»Lexikon der Psychologie. Mit Krimi und Horror bin ich durch. Psychologie ist mein neues Spezialgebiet.«

»Und was mach ich jetzt?«

»Das, was du willst«, sagte meine weise Freundin Paulina und legte auf.

Ich musste nicht weiter drüber nachdenken. Ich habe direkt in der Wohngruppe angerufen und gefragt, ob ich Lazlo sprechen könnte.

»Ich hab's mir überlegt. Ich will dich sehen«, habe ich gesagt, als er am Telefon war. »Wir müssen auch gar nicht mehr so viel reden, jetzt, wo ich deinen Brief gelesen habe. Und wenn du möchtest, darfst du auch das lesen, was ich aufgeschrieben habe. Aber nicht alles. Sonst haben wir ja schon wieder keine Zeit zum Küssen.«

Er hat gelacht.

»Ich komme«, hat er gesagt. »Ich bin sofort bei dir.«

# Mehr aus Antonias rasantem Leben:

ISBN 978-3-7348-5016-5

ISBN 978-3-7348-5017-2

Antonia kann es nicht fassen: Ihre Mutter will sie für ein halbes Jahr (also praktisch ewig) nach Ungarn verschleppen! Das geht gar nicht! Toni kann unmöglich ihre beste Freundin Paulina mit ihren Monsterzwillingsbrüdern alleinlassen. Außerdem muss sie auf Mr Bond aufpassen, den Hund ihres Nachbarn. Gerade erst hat sie in letzter Sekunde verhindert, dass er entführt wird. Dazu kommen noch eine Tanzkurs-Verschwörung, eine undurchsichtige Tanzpartnervermittlung und ein Haufen Läuse. Wer soll die Welt denn retten, wenn Toni nach Ungarn fährt? Damit ist die Sache klar: Um ihre Mutter zur Vernunft zu bringen, muss Toni den Bösewichten das Handwerk legen. Leider gerät sie dabei an ein paar ganz schön undurchsichtige Typen …

Katrin Zipse ist Radio-Redakteurin und lebt mit ihrer Familie in Baden-Baden. Sie ist die Jüngste von vier Geschwistern, aber ihr Zwillingsbruder ist wenigstens nur eine halbe Stunde älter als sie. Für ihren ersten Jugendroman »Glücksdrachenzeit« wurde sie mit dem renommierten Thaddäus-Troll-Preis ausgezeichnet. »Antonia rettet die Welt« ist ihre erste Reihe für jüngere Leserinnen und Leser.

Natürlich magellan©

FSC
www.fsc.org
MIX
Papier aus verantwortungsvollen Quellen
FSC® C083411

Wir pflanzen Bäume
Für unsere Umwelt
www.magellanverlag.de

**Gedruckt auf FSC®-Papier**
**Lösungsmittelfreier Klebstoff**
**Drucklack auf Wasserbasis**
**Hergestellt in Deutschland**

1. Auflage 2018

Umschlaggestaltung: Christian Keller und Carolin Glaser
unter Verwendung eines Motivs von iStock/lineartestpilot
ISBN 978-3-7348-5037-0

*www.magellanverlag.de*